叫我如何不执著：

姜琍敏散文选

姜琍敏 著

许多人为悟透人生哲理而费尽心机，殊不知一花一世界，一叶一菩提。一滴水可能蕴涵着大海，一句话中可能蕴藏着博大精深的智慧。不论是一个思想、一个信念或是一本书，人们都在体验一种感觉，它悄悄地沉淀在你的心底，经过岁月的酝酿升华为一种理念和意识，时刻支撑着你的思想和行动。

团结出版社

UNITY PRESS

图书在版编目(CIP)数据

叫我如何不执著：姜琍敏散文选 / 姜琍敏著. —
北京：团结出版社，2014.1(2017.10 重印)
ISBN 978－7－5126－2345－3

Ⅰ. ①叫… Ⅱ. ①姜… Ⅲ. ①散文集－中国－当代
Ⅳ. ①I267

中国版本图书馆 CIP 数据核字(2013)第 302508 号

出　　版：团结出版社
　　　　　(北京市东城区东皇城根南街 84 号　邮编：100006)
电　　话：(010)65228880　65244790(出版社)
　　　　　(010)65238766　85113874　65133603(发行部)
　　　　　(010)65133603(邮购)
网　　址：http://www.tjpress.com
E－mail：65244790@163.com(出版社)
　　　　　fx65133603@163.com(发行部邮购)
经　　销：全国新华书店
排　　版：北京文贤阁图书有限公司
印　　刷：北京中振源印务有限公司

开　　本：710 毫米×1000 毫米　16 开
印　　张：15
印　　数：5000
字　　数：180 千
版　　次：2014 年 1 月　第 1 版
印　　次：2017 年 10 月　第 2 次印刷

书　　号：978－7－5126－2345－3/I.873
定　　价：39.80 元

从生活的结束处开始
——序姜琍敏《叫我如何不执著》

汪 政

　　早就想为姜琍敏的创作写点文章。认识这么多年，书架上插了那么一长溜他的作品，人家这么多这么好的东西送你，却一点回赠没有，心里还真觉得有些失礼和亏欠。

　　不过，真要写了，却又不知从哪儿写起。姜琍敏的创作实在太丰富了，朋友多年，来一本读一本，一本一本地读过去，亲切，自然，自在。这样的阅读已经如同居家的日常生活一般，有心而又无心。许多的话好像都已经说了，若要细论，竟有相逢无一语的感觉。在我的印象中，姜琍敏是一个在文学上不太张扬的人，默默地写是他唯一的文学动作。也正因为这样的勤勉与低调，才使他有了如此惊人的创作量。在文学理想上，他是一个偏于传统现实主义的人，这可能与他青少年时期的文学阅读与文学启蒙有关，当然，也与他这一代人的生命历程与人生感悟有关。他的小说创作，虽然几乎横贯新时期文学几十年，历经各种文学潮流，但却少有时风的影响。这不是说他的创作能置于时代之外，而是说他总是不急不躁，将别人的思想，外面的风潮慢慢地琢磨，沉潜，消化，积淀，然后化为自己的手笔，并且统摄在自己的文学理想与实践之中。姜琍敏的文学是为人生的，是与社会和现实相呼吸的，是试图为人心存照的。九十年代初，他的《多伊在中国》甫一发表即引起关注。这部作品从题材上说明了姜琍敏的创作与现实生活的距离，他的敏感，他的快捷，他的思考。即使现在再去读这部作品，还依然能感受到作家得风气之先和他对中国经济与社会生活的剖析之深，体会到他对变革时期人们心态变化的观察之深。其实，故事并不铺陈，结构也不复杂，但是许多宏大的主题，东西方文化的冲突与融合，传统伦理的现代转型等等似乎都在作家的把控之中。而《女人的宗教》《喜欢》等则近乎心理分析式的作品，体现了姜琍敏刻画人物，特别是体察人心的能力。姜琍敏这代作家，对社会的认识，对生活逻辑的理解实际上在几十年前就基本上形成。这样的代际背景、思想资源与文化性格在面对这几十年的社会巨变，特别是要以文学的方式来处理时，可以说是一把双刃剑，就看具体的创作者怎么使唤了。有的人可能始终呆在自己的那前几十年里出不来，他们或只写自己那代的人与事，或对现实只存不解与怨怼。但也有通脱者，能将自己的阅历、背景与认知作为参照，恰可以拉开距离看出历史的变化与世事的播迁，如黑白对比般鲜明。姜琍敏正是这样的智者。这些作品虽然立足时代，却从社会的神经末梢入手，潜伏到人物的灵魂深处，写出不同阶层、不同性别、不同身份与地位的人物的心灵史，他们的欲望、本能和畸变。姜琍敏如同一个高明的外科医生，下刀稳而准，经他之手，那深藏的病灶几下子便呈现出来，让人不得不叹服作者的老辣甚至"残忍"。

姜琍敏长期从事文学期刊的编辑工作，这一职业使他须臾不能忘记读者，他们是他的上帝。这样的态度必然体现在他的创作中。他知道读者们喜欢怎样的作品，他知道更多的读者，同情普通读者的审美趣味。姜琍敏对小说传统有精深的研究，对小说这一带着世俗印记的文体的文化属性了如指掌。说得白一点，好看是对小说起码的要求，在这方面，姜琍敏是下了大力气的。千万不能说好看是小说的低级性状。相反，在一个现实常常超出了文学的想象，资讯发达天下怪事第一时间就能传遍世界的时代，在影像叙事不断增强刺激度的今天，讲好一个拖得住读者的故事还真不是件容易的事。我从读者的反馈中知道，他们喜欢姜琍敏的小说。像《黑血》《漫长的惊悚》等作品不但读者喜欢，即使我们这样的成天操弄批评只顾搜寻微言大意的人也不得不要换一个角度来讨论，老姜的故事是哪里来的？比如《漫长的惊悚》，一个看上去普通的男女情爱，怎么就会在几十年的绵延中藏得住那么大、那么多的秘密？明处的人物与暗处的人物如何在自然而然的状态下那么天衣无缝地"合作"着他们的故事？作者又如何面对和安排真相被揭明的那一刻？我们又该如何重新推想另一种叙述，假设一切本不该如此？这样的小说阅读后的智力游戏我想人们好多年不常做了，而这，大概是一个小说家所期待和得意的吧？真正的小说应该存活于作家与读者的互动之中的。

姜琍敏不仅多产，而且多面。他不但在小说上跑马圈地，而且在散文创作中也颇多建树。汪曾祺曾经说过，一个作家的最高理想是成为一个文体家。这句话的含义非常丰富，从大了说是自创新体，开一代文风。也可以说是一个作家建立了自己的文体意识。他知道文体的性格，文体的特征，文体的目标与功能，知道如何与不同的文体相处，更知道自己的心性与文体的关系。能做什么，不能做什么，能做好什么。我没有与姜琍敏讨论过类似的问题，也不敢贸然说他是个文体家，但依我的判断，他是一位具有自觉的文体意识的作家。因为我在小说与散文之中，看到了不同的姜琍敏。

在姜琍敏那里，小说是向外的，是为别人的，也是言说人间世事甚至天下大势的。但散文不同，散文在他那里，可以向外，但更可以向内，是为别人的，但也可以为自己，既可以观风俗，论时事，但更可以说人情，道心事，叙讲开门七件事，玩一玩风花雪月，它是"我"的，也是自由的。如果要对姜琍敏的散文特色作一个概括的话，我以为或可用智慧风貌而论之。因此我特别向读者推荐这本集子中的"禅边浅唱"部分，它可能包含了姜琍敏散文的秘密，也是打开作者散文之门的钥匙。禅边浅唱是说禅的，在姜氏禅学里，禅是一种态度、关系和方法。它的精义在于从现象处去参悟。佛无处不在，所谓一花一世界，一木一天地。它更主张佛就在我们的心中，每个人都有得道悟性的机会和权利。参禅悟道不是做学问，它可以不涉理路，不落言筌，它是人与佛性的相遇，是一种状态与境界。所以，禅是彼岸的，但更是此岸的，是超越的，但又是世俗的，是与我们每一天的生活相联系的。因此，姜琍敏说禅时，固然也出入典籍，和我们一起重温《五灯会元》《景德传灯录》《续传灯录》《祖堂集》《临济语录》等佛教史著作以及大量的类书笔记中的经典典故，体会醍醐灌顶、当头棒喝的境界与哲思，但更重视禅在现代生活中的状态以及与我们的关系。禅不仅在寺庙，也不仅在僧人，它同时就在我们身边，是我们应该拥有的生存智慧，是我们对待生活的一种态度，和我们应对生活中许多难题的方法。姜琍敏的禅是"现代的禅"。所以，他说，"咱老百姓能顺应本性，尽可能平常、善良地过一份安稳日子，就是天大的福分，就是'道'了"（《道在树上?》）。他问到，"生活中处处存在着如此精深的禅理，为什么我们总是视而不见，却痴痴地到处寻求、膜拜什么'拂子'呢?"（《为何不赞叹》）当然，既然是一种方法与态度，既然禅家亦可诃佛骂祖，因此，对禅的世界观，禅的历史遗产也不是不可以反思与批判，而且，这可能更近于禅的本质。所以，我尤其欣赏姜琍敏的入室操戈、反出山门，那些与禅宗的祖师爷"叫板"的文字，比如我们该如何看待我们的心理感受，我们真的需要什么都放下吗？我们又该如何对待自己的肉身，包括生与死？禅是为了安顿个体，安顿日常的生活，并且使生活获得意义的，如果不敢面对，而皆掩面逃去，要禅何用……

我们这里不是要与姜琍敏一起参禅，而是在讨论他的散文精神。这种精神就是智慧，就是从生活出发，反过来解释生活。古人讲，太上立德，其次立功，其次立言。张载的横渠四句说"为天地立心，为生民立命，为往圣继绝学，为万世开太平"。韩愈主张文以载道。我以为都可以用来说文学，说散文。文学也是一种立言，立什么言？就是给生活以说法，给生活以意义；天地无言，但文章一出，它们就有了"心"，所谓心也就是使山川草木、人间百事都获得了解释；凡人懵懂，"立命"也就是为普通人的生命找寻价值，这些都是文之道。所以，生活的结束，就是文学的开始。我们看姜琍敏的散文，他所耳闻目睹的我们没有经历过吗？巴黎的超市，罗马的街道，我们没去过吗？街边的瓜摊，桥洞中的寄居者，我们也见到过，我们也常常打电话时拨错号码，也时时丢三拉四，也怕理发，怕搬家，但我们更多的时候也就止于此而已。每天每日，有多少类似的事情与场景与我们擦肩而过？至于它们的背后是什么，它们与什么有着隐秘的联系，会给我们怎样的启示，我们却疏于思考。姜琍敏通过他的写作告诉我们，我们应该再向前一步的，也就这一步之遥，我们竟能海阔天空，我们成了"会思想的芦苇"。姜琍敏在寄居者的桥洞边也就多站了一会儿，便起了这样的思绪，"我仍不清楚录下这些凡俗之至的见闻有何意义。虽然心上常隐约感到似有似无的触抚。这大桥上风驰电掣着滚滚车流，桥两岸林立的大厦和迷离的灯彩里，也时刻起伏跌宕着诱人得多的活剧。有时你甚至能听到某辆名车中飘落的莺声浪语。但若你下桥来，站近看，这儿尽管比桥上暗也矮得多，毕竟仍是混然的一体。就是说，尽管形态不同，这也是生活。是生活就有意义，就有值得你我或各方偶尔关注一下的理由"。姜琍敏有文《叫我如何不执著》，虽是说自己，但我们也不妨多"执著"一下。

好的作品就是这样，它不仅给我们愉快，更给我们启迪，让我们更好地生活。

祝贺琍敏新著的出版，也感谢他给我这么好的谈谈他创作的机会。但纸上得来终觉浅，还是找机会坐下来说得痛快。

何时一樽酒，重与细论文，在此与琍敏郑重一约。

2012 年 9 月 8 日，龙凤花园。

（作者系著名理论家、江苏省作家协会党组成员、创研室主任）

目　录

第一辑　禅边浅唱

叫我如何不
姜琍敏散文选

第二辑　世像漫弹

叫我如何不忧心：姜珊敏散文选

第三辑　雪泥鸿爪

禅边浅唱

春在哪里?

朱紫阳尝作一绝曰："川原红绿一时新，暮雨朝晴更可人。书册埋头何日了，不如抛却去寻春。"陆象山闻而喜曰："元晦至此觉矣。"

——《柳亭诗话》

这小诗诚清新可爱，可爱就可爱在实在。那"书册埋头何日了，不如抛却去寻春"句，唱出多少读书人之心曲！但若以为这则小典故的意义仅止于此，那您就误读太甚啦。为什么？首先因为，这小诗的作者非同寻常。原来这"朱紫阳"者，乃赫赫宋儒朱熹者也！而朱熹，程朱理学之集大成者，"存天理，灭人欲"之疾呼者，居然也"春"欲大发起来！而对于"书册埋头"，他向有一基本理论曰：

"为学之道，莫先于穷理；穷理之要，必在于读书；读书之法，莫贵于循序而致精；而致精之本，则又在于居敬而持志。"

看看，持着如此读书观者，有一天竟也会发出"不如抛却（书本）去寻春"之大逆之言。"书册"之恼人，可谓大矣！无怪陆象山要将须乐曰："元晦（朱熹）至此觉矣。"

觉什么？当然是看破红尘，把那花花世界，"书中自有黄金屋，书中自有颜如玉"之类统统看破，弃如蔽履；"梦幻空花，何劳把捉。得失是非，一时放却"，扬鞭策马去寻春哪——得儿个驾……

哪位若问，春在哪里？我不是朱老夫子，但我想此时之他，或也会手绕鞭梢，低吟浅唱：春在陌头杨柳色，白云深处有人家；春在若有若无处，就是不在书册里……

我这么说，并非无稽。所谓有诗为证，上引小诗即为一例。更重要的是，理学大师朱老夫子并非道学之师。他的思想观念向富禅意。所以任继愈《中国哲学史》才会称其"直接继承了禅宗思想。"

遗憾的是，继承禅宗思想和实践禅宗思想毕竟不是一码事。所以到末了，尽管时而也会发发"不如抛却去寻春"之慨的朱老先生，终其一生也未脱皓首穷经、老死书斋之读书人的必由之穴。其因何在？怀琏禅师一语破之：

"世法里面，迷却多少人！佛法里面，醉却多少人！"

而一部《红楼梦》，道得更明白：

"世人都晓神仙好，只有娇妻忘不了……世人都晓神仙好，只有功名忘不了……"

忘不了就忘不了吧，谁曾想，却还往往还脱不了个"君生日日说恩情，君死又随人去了……古今将相在何方，荒冢一堆草没了"之凄凉结局——

人生哪，缘何如此两难！

便逐东风又何妨

东坡守彭城，（禅僧）参寥往见之。坡遣官妓马盼盼（向参寥）索诗。参寥作绝句：有"禅心已作沾泥絮，不逐东风上下狂"之语。

——《续骫骳说》

食色，性也，因而也是人所最难克制之大欲。然而禅僧参寥则不然，他将自己的心好有一比，恰似那沾在泥泞中的柳絮，再也不可能随风轻狂，亦即心如死水，再不可能为任何色相之诱所动。参寥的道行可谓深也。然而巧的是，我的敬意还未消时，却又从苏东坡先生的《苏长公外记》中读到了另一段关于这位参寥子禅师的记载：

参寥子言：

"老杜诗去'楚江巫峡半云雨，清潭疏帘看弈棋。'此句可画。但恐画不就耳。"

仆（苏东坡）言：

"公系禅中人，亦复能爱此语耶？"

参寥云：

"譬如不事口腹人，见江瑶柱（海味珍品），岂免一朵颐（咀嚼状）哉？"

我们知道，杜甫的"楚江巫峡半云雨"，用的是巫山神女典故。出自宋玉《高唐赋》：

"昔者，先王尝游高唐，怠而昼寝，梦见一妇人曰：'妾，巫山之女也，为高唐之客，闻君游高唐，愿荐枕席'。王因幸之。去而辞曰：'妾在巫山之阳，高丘之阻，且为朝云，暮为行雨，朝朝暮暮，阳台之下。'"

后世因此而以"云雨"为男欢女爱的象征与代称。而参寥禅僧在此所言，虽然仍自比为不事口腹之人，毕竟还是坦承了他欣赏"云雨"之意，恰如见到鲜美诱人的"江瑶柱"一样，虽然吃不到或不敢真的去吃，终究也还是忍不住会"朵颐"几下。

如此言语，竟出自上则轶闻中那个"禅心已作沾泥絮，不逐东风上下狂"的得道高僧之口，是不是太矛盾了些？这倒未必，人心本来不是铁板一块，此一时也，彼一时也。今天这么说，明天那么想，正常得很。但假设一下，如果这两则记载中有一个是假的，那你相信哪个是真，哪个是假？或者说，如果两则都是真的，你更乐意接受哪一个参寥的观点？老实说，我是宁愿相信后者是真的，亦即更乐意接受后者那个参寥的观念。因为前者那个参寥似乎很可敬，却总觉得虚伪而令人感到难以亲近。后者那参寥之言虽然表面看来与禅师的身份有点儿距离，但那个参寥子却因此而显得真实也可亲得多。原因很简单，无论是禅师还是俗人，根本上都是有血有肉的活生生的人，是人就有欲，是欲就不妨承认，真心实话，没什么可以羞耻的。就是有点儿羞，也比那满嘴的仁义道德，一肚子男盗女娼者堂皇得多。何况，别忘了禅僧们可不是一般的僧侣，他们中向来不乏"活泼泼、净洒洒"的旷达而不羁之士，甚至，还有许多敢于逢场作戏、"以淫止淫"的激进者。因为他们本是超脱了一切之人，岂复为男女之大防所缚？而世间之所谓声色，原不过如慧力悟禅师所言：

"一切声，是佛声，檐前雨滴响泠泠。一切色，是佛色，觌面相呈讳不得。便恁么，若为明，碧天云外月华清。"

"尼姑原是女人作"

禅林是庄严圣洁的修行之处，同时也是个真知灼见的发源地。禅师们面壁苦思，悟性十足之余，一不留神还会弄出点看似引人发噱却又大有深意存焉的名言警句来。这不，师从五台山归宗禅师学禅的智通禅师之"顿悟"，就是一例。

一天夜里，智通禅师忽然连声高叫：

"我开悟了，我开悟了！"

次日，归宗问他悟到了什么，智通充满自信地回答：

"尼姑原是女人作！"

归宗闻言居然也连连颔首，印可了智通的"创见"。

无独有偶，日本道元禅师在中国学禅十年后，回到日本。他在对人谈起自己的苦修心得时，不无自豪地说：

"我领悟到一个最深刻的真理，就是：人的眼睛是横着生，鼻子是竖着长的。"

试想，如果是你我，某一日洋洋自得地向人宣称自己的发现：尼姑原是女人作。或者，正儿八经地告诉人家：知道吗，你的眼睛是横着生，鼻子是竖着长的。闻者会作何反应？不喷饭也得把你当呆子，起码也会觉得这所谓的深刻道理，不过是十足的废话吧？

然而，如果较起真来，且不说智通和道元的说法看似朴拙，实质自有深意存焉，就是照字面意思来看，谁又能否认他们所言不是事实呢？是事实就是真理。尽管它简单得让人发怵，朴实得让人起噱。我们更不能否认的是，在此背后还隐含了一个更简单却也更深刻的真理：真理往往是朴素而简单，甚至是赤裸裸的。而越是简单的事实，简单的真理，越含有深刻的内涵，并越容易为人所忽视。

这且不论。两则轶闻倒是还提醒了我们这样一个并不简单的问题：人类绵延数千年的文明、哲学，固然是博大而精深的，但是不是也存在着某种过于繁复的负面因素呢？也就是说，眼下是不是到了该还许多真理以质朴清晰之本来面目的时候了？

比方说吧，尼姑原是女人作，如此一个简单的命题，如果到了现代的巨儒大家手中，会弄成个什么样的四不像呢？仅论题，我想就不会少于"尼姑论""论尼姑为何物""尼姑是女人之滥觞与流变""关于未来尼姑仍将是女人之前瞻"等无穷之可能。如同《红楼梦》研究将必然与人类之未来史共存亡一样，"尼姑原是女人作"，毫无疑问也将与爱情一样，成为我们永恒的话题——我们的文明，原本就是如此这般繁荣、壮大起来的吗？

至于眼睛是横着生，鼻子是竖着长之"发现"，看似傻了点，其实也真够伟大的。不要说研究一下它为什么要横着长、竖着生在生理上有何必要，在进化中有何意义，在具体生活中又有多么无穷无尽的"可操作性"；就是从务实角度上来看，对我们的启发已够紧要的了。譬如，为什么古今中外世世代代永远会有那么多人喜欢不要命似的追明星、傍大款、攀附权贵？恐怕原因就在于，他们都没能像道元禅师那样，及时发现一个再简单不过的真理：那些个所谓的"星"啊、"款"啊、权贵人物啊，鼻子都竖着长，眼睛都横着生，和咱们没两样，和电视上没两样，和作报告时也没两样。更明确些（或更废话些）说，就是他们也和咱们一样，也是人，下了台也要吃饭，也要睡觉，也要拉屎，也要放屁，甚至，有时也要追个旁的什么星或傍个更大的款……

明乎此，他们还有那么大的稀罕吗？

"生无恋，死无畏"

人生不过百，常作千年忧。而一切忧烦，莫不是因欲而起。饮食、男女、财富、地位，无不可欲，无不可忧。即便一切都满足了，那最大的忧烦——谁也无法长生不死之现实，又来啃咬我们那本来就少得可怜的一点儿欢乐了。说到底，我们的一切痛苦，一切烦恼，皆系这万劫不变之大敌——死亡在作怪呀。怕死，是一切生命的本能；贪生，也就成了一切生物迈不过去的一道深壑。

那么，这世上真就没有不怕死的人了吗？

当然不是。古今中外,人类中从来不乏视死如归的英雄好汉。然这并不意味着他们先天就没有怕死之本能,或后天有了克服恐惧的什么法宝。可以说,他们作为人,在很多地方和怕死如鼠之庸众是并没有什么两样的。不同的是,他们舍得为了某种真理或信仰,在需要或不得已的时候,断然放弃、牺牲自己宝贵的生命。我们之所以称他们为英雄,便是敬服他们这种难能可贵的牺牲精神。

不过,林子大了,什么鸟都有。这世上的的确确也还存在着一些个真正意义上的视死如归者。坚持某种信仰、为求之已久的美妙归宿而真正地视死为乐。在他们看来,人的身体,不过是组合成世界的地水火风诸大元素,因为一定的机缘而暂时地和合凑泊在一起,不可以错认为属于自己所有,而是属于宇宙。如此,死亡便不过是回归本源之入口而已,再平常不过。因之,他们面对死亡,无不显得极为洒脱而豁达,且毫不萦怀,言笑自若。这些人说多不多,说少倒也不少。凡持相同信仰者,可以说绝大多数都是这号"生无恋,死无畏"(道英禅师语)之徒。

诸如谭嗣同,诸如那些悟道的禅师们。

他们之不怕死,靠的也就是那个平常不过的字眼:觉悟。当然,真正意义上的觉悟。

这类人或事,在他们的世界里比比皆是。以下两则,可见一斑:

本朝(宋太祖)遣师问罪江南,后主纳土矣。而胡则者据守九江不降。大将军曹翰部曲渡江入寺,禅者惊走,(缘德禅)师淡坐如平日。翰至,不起不揖。翰怒呵曰:

"长老不闻杀人不眨眼将军乎?"

师熟视曰:

"汝安知有不惧生死和尚邪!"

翰大奇,增敬而已,曰:

"禅者(其他和尚)何为而散?"

师曰:"击鼓自集。"

翰遣裨校击之，禅无至者。翰曰：

"不至何也？"

师曰："公有杀心故尔。"师自起而击之，禅者乃集。翰再拜，问决胜之策。

师曰："非禅者所知之也。"

——《五灯会元》卷八

（北宋）建炎初，徐明叛，道经乌镇，肆杀戮，民多逃亡。（性空妙普禅）师独荷策而往，贼见其伟异，疑必诡伏者。问其来，师曰：

"吾禅者，欲抵密印寺。"

贼怒，欲斩之。师曰：

"大丈夫要头便斫取，奚以怒为！吾死必矣，愿得一饭以为送终。"

贼奉肉食，师如常斋。出生毕，乃曰：

"孰当为我文之以祭？"

贼笑而不答。师索笔大书曰：

"呜呼，惟灵劳我以生，则大块之过。役我以寿，则阴阳之失。乏我以贫，则五行不正。因我以命，则时日不吉。吁哉！至哉！赖有出尘之道，悟我之性，与其妙心，则其妙心，孰与为邻？上同诸佛之真化，下合凡夫之无明，纤尘不动，本自圆成。妙矣哉！妙矣哉！日月未足以为明，乾坤未足以为大。磊磊落落，无毫无碍。六十余年，和光混俗。四十二腊，逍遥自在。逢人则喜，见佛不拜。笑矣乎！笑矣乎！可惜少年郎，风流太光彩。坦然归去付春风，体似虚空终不坏。尚飨！"

举箸饫餐，贼徒大笑。食罢，复曰：

"劫数既遭离乱，我是快活烈汉。如今正好乘时，便请一刀两断。"乃大呼："斩！斩！"

贼方骇异，稽首谢过，令卫而出。乌镇之庐舍免焚，实师之惠也。

《五灯会元》卷十八

白日见鬼

一日，有异人峨冠绮褶，从者极多。轻步舒徐，称谒大师。师睹其形貌，奇伟非常，乃谕之曰：

"善来仁者胡为而至？"

彼曰："师宁识我邪？"

师曰："吾观佛与众生平等，吾一目（一视同仁）之，岂分别邪？"

彼曰："我此岳神也。能（置）生死于人，师安得一目我哉！"

师曰："吾本不生，汝焉能（使我）死？吾视身与（虚）空等，视吾与汝等，汝能坏空与汝乎？苟（即使）能坏空及汝，吾则不生不灭也。汝尚不能如是，又焉能生死吾邪？"

——《五灯会元》卷二

此处的"师"，指的是唐代禅师元圭。他俗姓李，幼年出家，得法于嵩山慧安禅师，亦住嵩山。那戴着高高的帽子，穿着军人的服装，"从者极多"，故而想必是神气活现地前来会他的家伙，大约也就是这嵩山上的"山神"吧。只是有点滑稽的是，这自称能"生死于人"的山神爷，怎么也一副饱食人间烟火的扮相呢？

这且不去管他。我想说的是，读了这则小故事，我在忍俊不禁且为元圭禅师之精妙驳诘叫一声好之余，最大的感慨就是：从古到今，咱们这泱泱中华，别的也许会有断层的时候；奇技异能，装神弄鬼之徒，却是"江山代有才人出""青出于蓝胜于蓝"哪。所不同的是，一千多年前者自称山神，其活动范围大约也只局限在他所能管辖的嵩山周边；而 21 世纪的今天，层出不穷的"大气功师"则纷纷从深山老林"出山"，哪儿热闹就往哪儿去"传功"，哪儿繁华就在哪儿去"带徒"。精神境界和奇功异能显然要较那些个"山神"之类高明多了。

此外，昔日之"山神"们，通常只敢称自己能"生死人"；如今的大师们，什么不敢称，什么不能做？与宇宙人通话是小菜一碟。穿墙过壁，测人生死；灭火于千里之外，移山至万里之遥；意念取物，天目透视；往高层次上带人，破能量守恒定律；真可谓无所不能，无所不为。若硬要找出点与那山神爷相同之处，就是他们也说人话（惜乎多半不通人间之外国话），穿时装（且多半是西服革履打领带），生了病一样要吃药（当然得背着众人）。只是山神爷苦于时代和地域之局限，从者再多，必不如他们众；钱包再饱，断不会有他们鼓。其中也不可能有什么专家、学者、这官那长地供奉他，为他们写书、立传、拍电视，还开什么新闻发布会；更不可能有飞机、轿车、桑拿、按摩之类好享受招待他。至于生起病来，山神爷顶多能背地里偷偷喝点嵩山之草熬出的苦汁水，现代大师则可以沾他们从不以为然的现代科学之光，打吊针，吞进口胶囊。

遗憾的是，这则典故太短，且语焉不详，故不知在元圭禅师那儿碰了一鼻子灰以后，那山神爷是作何反应的，一怒之下而真的置元圭于死地？显然不太可能，否则我们也读不到元圭所述的故事了。幡然悔悟，甚而心服口服，收起骗人的那一套，纳头便拜，立地成佛，成为元圭禅师的虔心弟子？从这号人的本性来看，似乎也不太可能。最大的可能恐怕是："山神"爷拂袖而去，且从此吃一堑长一智，再也不找任何禅师的麻烦。因为这些禅师都信奉不生，即相信事物本性都是无生无灭的，因而"生无恋，死无畏"，早就将生死置之度外，他那一套自然也就吃不开了。而芸芸众生哪一个不贪生怕死，哪一个没有一脑门的忧愁困苦要寻求寄托或宣泄，故而要好哄得多，所以能"从者极多"，大有他踢打施展的广阔天地。

只是，不管怎么说，如今那山神爷早已经灰飞烟灭是可以断定的。倒是现代的这大师那大师们，其智商较之乃祖来，无疑要高得多，所处的时代及环境分明也好得多，所以碰壁的事情虽也时有耳闻，却依然活跃得很，日子显然也就好过得多。因而便难以判定他们将来之结局，悲邪，喜邪？更难以弄清的是：按道理，在科学日益昌明，知识越发现代的当今，"山神爷"之徒子徒孙们应是更难装神弄鬼的，怎么他们反倒能如鱼得水，青出于蓝而胜于蓝呢？而这种现象，对于我们来说，究竟又是悲邪？喜邪？

别具一死

因为信仰坚定，因为参透禅机，禅林中向来多豪放豁达、超俗洒脱之人。生无求，一勺饮、一杯粟足矣。死无畏，大限一至，随时可笑赴黄泉。而且，即便在此时，他们也往往表现出一种特立独行的襟怀，彻底开悟的个性。生则生得坦荡，死也死得别具一格。试看一例：

唐咸通初，（镇州普化和尚）将示灭（去世），乃入市谓人曰：

"乞我一个直裰（百姓家居常服）！"

人或与披袄，或与布裘，皆不受，振铎（摇着铃铛）而去。临济（义玄禅师）令人送与一棺，师笑曰：

"临济厮儿饶舌。"便受之，乃辞众曰：

"普化明日去东门死也。"

明日，郡人相率送出城，师厉声曰：

"今日葬不合青乌（风水）。"乃曰：

"明日南门迁化。"

人亦随之，师又曰：

"明日出西门方吉利。"

明日人出渐稀。出已还返，人意稍息。第四日（普化和尚见没人凑热闹了），自擎棺出北门，振铎入棺而逝。

——《五灯会元》卷四

你看这普化和尚的一举一动，哪有一点将死之人的气息？不，他哪是在准备赴死，分明像是要去参加别人的葬礼，甚至是婚宴！开开心心地摇着铃铛，一会儿领着伙人直奔城东，一会儿又掉转头来悠向城西。到末了，原来是在演一出典型的"黑色幽默"剧——把那帮真心哀悼他的信众都搞烦了。他倒好，自个儿扛着棺材，而且还摇着铃铛，快快活活地独自把自个儿给"埋"了！

而他此举纯粹是为了和活人开上最后一个玩笑吗？我看未必。完全可能是大有深意存焉。其目的怕也不仅仅为了向人展示自己的生死观，更在于向世间盛行的种种关于死亡的文化、禁忌，葬仪的繁冗、累赘发出旗帜鲜明的挑战。那一串串清脆的铃声，岂不就是普化发出的轻蔑的冷笑！

实在说，虽然我既不可能效仿普化的生法，更不可能模仿他的死法，但对其明智而坦荡的生死观，我是十分欣赏的。诚然，生与死乃人生之两个极端，人们珍视它，庆贺或悼念它，实质是对生命的珍惜与眷念，完全合情合理，无可厚非。只不过如同酷好把玩其他文化一样，人类似乎也总是因着过剩的精力、过分的贪欲，要把好事过度矫饰，要把文明扭曲成浮夸。比如对死者的悼念吧，适当地有所仪式，以告别死者，慰藉生者无疑是应该的，但现在都弄成什么了呢？不管有没有感情，都得蜂拥到医院去告别，上灵堂去鞠躬。而且是官越大、名越响，去的人就越多。但实际情形却又往往是，真想去的未必去得了，不想去的却因为种种缘由而不得不苦着个脸儿，到那里去强挤几滴廉价的眼泪。而那纸扎的花圈真能代表活人的真心？竭尽美化之言的悼词真有在死人面前大念一番的价值？依我看，与其在人死后挤到灵堂去看一张僵硬恐怖的脸，不如在家里真诚地默念一下死者的生平，想想自己对他有没有什么欠缺；更不如在当前多多善待身边的"生者"。平时尽量少生些对任何人的祸害之心、贪妄之念……反正，此生我最不愿参加的"会议"，就是所谓的追悼会。最反对的也就是有朝一日别人也这么似真非真、似假还真地摆弄我一气——当然，真到了那一步，恐怕也由不得自己了。

这么看，还是普化和尚来得聪明。当然，要我或其他任何人学他这套，都是太绝对也太不现实了。那么，能否有什么新办法，让我们的活人都活得轻松些，死人都死得痛快点呢？

禅师也是人

大通禅师者，操律高洁，人非斋沐（吃素沐浴），不敢登其堂。东坡一日挟一妙妓谒之。大通愠形于色。公乃作《南柯子》一首，令妙妓歌之，大通亦为之解颐。东坡曰：

"今日参破（大通的）老禅矣。"

东坡其词云：

"师唱谁家曲？

宗风嗣阿谁？

借君拍板与门槌，

我也逢场作戏、莫相疑。

溪女方偷眼，

山僧莫睫眉，

却愁弥勒下生迟，

不见老婆三五年少时。"

——《苏长公外记》

看了这则趣闻，莞尔之余，油然浮起一念：禅师也是人。不是吗，通常一提起禅师，脑海里浮现的，总是个餐清风、宿雨露、空灵遁世、仙风道骨、优哉游哉、全然不食人间烟火的白胡子高僧。何曾想，禅师再高明，毕竟也是人，而不是神。既是人，哪怕你操行高洁如大通者，有时也禁不住苏轼拿妙妓艳词那么轻轻一试，顿时便被他参破了"老禅"！只是这苏老夫子此招未免太损，明知人家苦修不易，操行难得，偏要去诱人破戒！

不过话也说回来，禅僧毕竟是人，是人就免不了会有"食色"之心。虽然他们倡言"随缘放任"，终究为戒律所缚，相对还是比较洁身自爱的。而且他们多数也不同于贪官污吏，不会以"是人论"为盾去行那偷香窃玉之事，这就够难能可贵了。但"食色"毕竟是"性也"，无论你是否高僧，间或在心头涌动那么一两下，谁能说他的什么不是呢？而且，相较而言，禅僧毕竟是禅僧，不比一般和尚那么须谨守戒律，故也极少有如大通禅师那么自奉"高洁"的。他们的信仰要来得自由而旷放，他们的性格也因此豁达得多，对待性的问题自然也坦诚随缘得多。这样的禅师，至少在我看来，非但是可以理解的，而且，也远比大通禅师那样的作派来得可爱。而事实上，这样的禅师也反而更能为一般僧俗所亲敬。

不妨你也来比较一下看：

临安府净慈肯堂育禅师，余杭人。嗣颜万庵，风规肃然，望尊一时。颂"即心即佛"诗云：

"美如西子离金阙，

娇似杨妃下玉楼，

终日与君花下醉，

更嫌何处不风流。"

——圆悟《枯崖漫录》

东山演和尚颂曰：

"丫鬟女子画娥眉，

鸾镜台前语似痴。

自说玉颜难比并，

却来架上着罗衣。"

（天游禅）师曰：

"东山老翁满口赞叹，则故是点检将来，未免有乡情在。云岩（我）又与他不一般：

打起黄莺儿，莫叫枝上啼，啼来惊妾梦，不得到辽西。"

——《五灯会元》卷十八

沉默是金？

相传，广主刘王诏云门文偃等禅师在宫内度夏。禅师们过从密切，日日参禅说法，好不热闹。唯独云门文偃从不与人交流，终日默默无言。宫内有一名直殿使，看出云门文偃的无言并不是他无话可说，相反，恰恰是一种不可测度的最上乘禅。于是他写了四句偈语，赞曰：

大智修行始是禅，禅门宜默不宜喧。

万般巧说争如实，输却云门总不言！

的确，云门的沉默无言，对于禅宗来说，是一种难得的境界。除了在外的无言，在家他也常用一个字来回答门人的提问，被传为高不可攀，颂为"一字关"。如，有僧问他："如何是云门剑？"他只答一个字曰："祖。"又问："如何是禅？"答曰："是。"又问："如何是云门一条路？"又答："亲。"又问："如何是正法眼？"又答："普。"再问："三身中那身说法？"又答："要。"

如此回答，真可谓高深莫测也！而世俗生活中也向有沉默是金的说法。相对于"万般巧说"之啰嗦或废话连篇之误导，其境不知强却凡几。而且，在禅宗看来，语言是逻辑的工具，是对世界本体的分割或束缚。因而他们主张超越语言文字，用独特的"悟"，来进入世界的本体，用非逻辑的观念和"第三只眼"来打破语言桎梏，发现逻辑之外的人生。

遗憾的是，作为一名愚钝不化的旁观者，我对这种哲学虽可理解其高妙之雅，却始终难以欣赏，更不用说实践了。因为在我看来，某种哲学固然高明，却未必具有"可操作性"。将其运用于实际或导向某种极致，总不免失之偏颇。而语言虽难精准把握世界或完整传达内心感受，却实在是人与人之间得以沟通、得以认识和联系世界的一座不可或缺的桥梁。因而它的存在本身就是一座无可撼动的大山。这是毋须论证的。否则，两个人见了面，从早到晚竟无语沉默，谁也闹不清对方葫芦里揣的是什么药的话，客观倒客观了，但究竟彼此"悟"了些什么，谁能说得清？而相对而言，彼此间可能造成的误会，恐怕无论如何要比开口说话来得大吧？

即便在禅门，一大群僧师终日里打坐、冥想，或一言不发地望来望去，再无二话。那光景不说有点儿瘆人，起码也太凄清混沌了点吧？没错，这些人之所以不言不语，是因为一开口就陷于执缚。所以要"于一切法无言无说，无示无识"，以消灭一切对立，好入那不二法门。可入得那法门以后，他们或他们的魂儿还不说话吗？如果永远这么不哼不哈，还活个什么劲？甚至，还算得个人吗？再说，如果大家都以云门那套来相待，全不问逻辑不逻辑，问什么都吐上一个字，说什么都哼上三两声，恐怕并不是一件难事。可这到底算啥禅理，到底是何哲学？

　　总觉得什么事再好，终不能弄得过于极端。而语言再有缺憾，矫枉过正则可能更为荒谬。

　　不禁想起冯梦龙所编《广笑府》中一则关于"不语禅"的笑话。虽然它也如我一样，是在用凡俗的眼光看禅境。因而必然如语言本身的缺憾一样，讽刺得未必得法；却言之不无道理，因而至少能获得我的同感——

　　一僧号不语禅，本无所识，全仗二侍者代答。适游僧来参问：

　　"如何是佛？"

　　时侍者他出，禅者忙迫无措，东顾复西顾。游僧又问：

　　"如何是法？"

　　禅不能答，看上又看下。又问：

　　"如何是僧？"

　　禅无奈，辄瞑目矣。又问：

　　"如何是加持？"

　　禅但伸手而已。游僧出，遇侍者归。游僧乃告侍者曰：

　　"我问佛，禅师东顾复西顾，盖谓人有东西，佛无南北也；我问法，禅师看上看下，盖谓是法平等，无有高下也；我问僧，彼是瞑目，盖谓白云深处卧，便是一高僧也；再问加持，则伸手，盖谓接引众生也：此大禅可谓明心见性矣！"

　　侍者进见僧。僧大骂曰：

　　"尔等何往？不来帮我。那游僧问佛，教我东看你又不见，西看你又不见；他又问法，教我上天无路，入地无门；他又问僧，我没奈何，只假睡；他又问加持，我自愧诸事不知，做甚长老，不如伸手沿门去叫化也罢！"

　　如此不语禅师者之"沉默"，于他而言，显然真算得上"金"。但对那游方僧而言，得到的亦是金吗？

春色恼人眠不得

《五灯会元》有这么个小故事：

一日，台州宝藏本禅师，上堂讲道：

"清明已过十余日，华雨阑珊方寸深。春色恼人眠不得，黄鹂飞过绿杨荫。"

言毕，哈哈一笑竟下了座。

《古今谈概》说的则是：

丘琼山经过一所寺院，看见寺院的四面壁上竟都画着《崔莺莺待月西厢》的故事情节。不禁大为惊讶。就问方丈，佛中人哪里应该有这种东西？

方丈却说：

"老僧我就是从这里悟得禅宗的玄妙道理的。"

丘琼山不解：

"你从何处悟得到？"

方丈道：

"就在她离开寺院，回眸顾盼，投来深情目光的那一瞬间。"

美人回眸，深情一瞥，居然也有禅机存焉，这恐怕只有博大精深的禅师们才悟得到。我等凡夫俗子自是无此大觉悟的，所以方丈的话是否有那么点儿狡辩的味道，我不拟臆论。我感到有趣的是，终日参禅修道的禅师们，居然也有为春色所恼而眠不得的时候，居然也会从大俗大欲的"美色"中参悟禅旨，可见他们说到底也是凡人一个。既是凡人，就免不了三烦四恼，也少不得会有些七情六欲了。至于那方丈在参得禅机的同时，是否也满足了些许情欲，我亦不敢妄测。但即便真是如此，也并不会令我因此而轻看了他，相反，倒会觉着他更可爱，也更可亲近些。毕竟，佛法是佛法，人性是人性嘛。何况按禅宗的观点，佛法原就在"平常心"中。而禅宗之所以广为老百姓喜爱和接受，就在于他们那不拘名相，随缘放达的精神呀。

不过，佛法的根本在于戒欲，在于成为有觉悟的人（佛），目的是让人当下顿悟，断诸一切烦恼，填平所有欲壑。但听了宝藏本禅师的道，我不禁对肉身凡胎的世人能否修成此正果，持着点怀疑态度了。至少，宝藏本禅师尚有"春色恼人眠不得"的时候，我等，就更甭提啦！

到底谁"狂"？

"狂"者，按辞典的解释，有四层含义。一指精神失常，所谓疯狂、丧心病狂是也；二指猛烈，如狂风、烈马狂奔；三指纵情而无拘束，如狂喜，狂放；四即狂妄和极端的自高自大是谓。所以首先需要指出，此处谈论的"狂"，仅限于第一层意思，即从精神、理性之层面而言，正常或不正常。

而之所以有此一辩，亦有感于一则禅宗典故。典出《五灯会元》卷二：

有昔同从军者二人，闻师隐遁，乃共入山寻之。既见，因谓师曰：

"郎将狂邪，何为住此？"

师曰："我狂欲醒，君狂正发。夫嗜色淫声，贪荣冒宠，流转生死，何（怎么能）由自出（拔）？"

二人感悟，叹息而去。

这里也需要略作一点解释。即上文中之"师"者，指的是智岩禅师。智岩（600—677），俗姓华，曲阿（今江苏丹阳）人。曾为中郎将，频立战功。40岁后始出家。后谒见牛头宗一世法融禅师，领悟禅旨，受命为牛头宗二世。

毫无疑问，从智岩的身世及他与两位专程上山劝其还俗的昔日部属的对话中，我们可以肯定地说，他是个神智正常而信念决绝的高僧。之所以被他的老部属视之为狂，乃源于他们对其的误解。其理由或潜台词想必便是：好端端的一个卓有战功的中郎将，怎么忽然抛却荣华富贵，遁隐山林了呢？这有悖常情之举，岂非太不正常了吗？

不正常，无疑是可以视之为狂的。

问题是，抛弃世俗的一切，做出有悖于人之常情之抉择，但神不疯，情不迷，是否便可以等同于不正常呢？

岂止不可。按智岩禅师的逻辑，他的举动还恰恰是清醒的标志。而那两个好心的部属则反而是真正的狂，且还执迷不悟，危险得很呢！"夫嗜色淫声，贪荣冒宠，流转生死，何由自出？"

听听吧——他这话何止是仅仅在对两位好心而"狂正发"的老部下而言？简直就是指着你我他各色人等、芸芸众生的鼻子在当头棒喝呢！这世上像智岩禅师那般遁隐山林之士，古往今来，从来就是极少数而已。而从俗恋世之人，虽说是各有各的原因，各有各的追求，但从实质上论，有几个不"嗜色淫声，贪荣冒宠"的，又有哪一个摆脱得了"流转生死"之命运的？

我们也"狂正发"吗？

而智岩，是否便因此而如他自己所相信的那样，"我狂欲醒"，因而便可能摆脱"流转生死"之命运了呢？

或者说，在我们这些旁观者看来，到底是智岩的逻辑更合理一些，还是他那两位好心的部属的逻辑更对我们脾胃一些？多数人恐怕在理论上会对智岩的言论有那么点儿共鸣，行动上则更倾向于那两位部属——不倾向也不可能，事实上我们绝大多数人都是不可能遁隐山林，也决无一片理想的"山林"可供我们遁隐的。尽管谁的现实生活都远不能称得上如意、算得上"醒"的，但这是大多数人的选择或习以为常的生活方式。习以为常的东西，无论你喜欢不喜欢，它都是一种力量，一种不可小觑的制约甚至诫命。违拗它本身便形成一种痛苦，更何况还显得不那么正常！不正常者，即便不能算"狂"，也离狂不远了。而谁也不欲"狂"，不是吗？

这恐怕也是智岩禅师那两位部属，听了他一番高论后，虽有"感悟"，却并没有因此而立地成佛，留下来追随智岩，而是"叹息而去"的根本原因。

去则去矣，毕竟还是叹息了两声。这说明他们多少还是心有所动的。甚至，他们就此对自己习以为常的人生观和生活方式有所怀疑，以至于惶惑甚而真的"狂"起来，也未可知呢。

如果真这样的话，这两位老兄则未免有点儿迂了。因为在我看来，智岩禅师和他俩虽然都视对方为"狂"，其实是谁都不狂，且都有一定的道理；只不过彼此的角度和出发点不同，因而谈不到一块去罢了。既如此，道不同不相为谋便了，何必去深究谁醒谁不醒的呢？这世上的活法和主张，历来就纷纷芸芸。信什么就怎么过，爱什么活就怎么活罢。只要不疯不傻不丧失理智不伤天害理，怎么活不都是一世人生？

这看法也许消极了些，却实在。当然，或许还有那么点儿无奈吧。

道理过剩

"兄弟姐妹都是同一父母所生，争个什么？儿孙自然有儿孙的福气，担忧什么？爱占小便宜终究会吃亏，贪婪什么？纵然是再精美的食物才过舌头又会化作什么，馋什么？人死以后一文钱也带不走，吝啬什么？荣华富贵不过是眼前虚幻的空花，傲什么？冤冤相报何时才能罢休，又何必与人结下冤仇？世间的事就像下一盘棋，算计什么？聪明的反而被聪明所误，投机取巧干什么？虚假的语言会把人一生的福气都折尽，说谎干什么？谁是谁非终究会分别清楚的，有什么可以辩解的？谁能保证自己一生不出点什么事，责备别人干什么？欺负别人是祸，宽恕别人是福，求神问卜干什么？人生无常，一旦死期来临万事皆休，忙忙碌碌地干什么？"

这一连串的锦言妙语，据说出自南宋时杭州净慈寺禅僧济颠，也有说是明代山人陈继儒托济公之名所作的。不管是什么人作的，读它的恐怕都得拍案叫绝，道一声有理。尤其是烦恼缠身或怀才不遇之辈，读来不说是神清气爽，起码也能出长长地出口郁气，兴许还当下开悟，连吃它三大碗咸菜泡饭哩！这就是参禅的妙处了。据说近几十年来，不少欧美和日本学者都在研究禅宗，海峡彼岸还兴起不大不小的参禅风来；从政界要人到公司员工，都声称，无论你从事的是何职业，也无论你处在如何复杂的环境，面对怎样的烦恼，读一点禅语，会帮助你进入一个快乐无忧的人生佳境，会使人变得旷达、洒脱，活得自由自在——问题是，读过了，快乐过了，旷达起来也洒脱起来后，你还得去公司，上单位，还得在挨挨挤挤的人海中摸爬滚打，你真的会因此而自由自在、有理有节，活得光明磊落了吗？怕不见得吧！

再说呢，世人其实一个也不傻，类似济公这样充满辩证思想的哲理，世上也从来都不缺，只不过说法有异，章程不同罢了。譬如说法律，譬如说政策，譬如说"手莫伸，伸手必被捉"，等等。大可不必访名山，问高僧才觅得来。可世人们知道了道理后，实际上又如何行得通呢？上有政策，下有对策；坐在会场上作报告时，手是可以不"伸"的，非但不"伸"，还要慷慨激昂地痛斥一番伸手者；但夜黑风高时，天知地知你知我知时，"伸"上一回又如何？

所以说，世人患的症结不是不懂道理，而是不遵从道理；更不是缺少道理，而是嫌道理过剩。所以聪明者便懂得挑挑剔剔，使自己自由自在起来。对脾胃的照单全收，让自己快乐无忧；不对的拿去束缚别人。让他们记住："荣华富贵不过是眼前虚幻的空花，傲什么？谁能保证自己一辈子不做错点什么事，责备别人干什么"？至于那"一旦死期到来万事皆休，忙忙碌碌干什么？"之类，大可一笑了之。眼下死期不还没到嘛，岂不是不拿白不拿，不争白不争？何况有些个道理原就是纸上谈谈的，一到现实里，立马便苍白甚而迂腐起来。像什么："虚假的语言会把人一生的福气折尽，说谎干什么？"实际却是，因说谎而得福的，因不说谎而折福的比比皆是，你究竟是说谎还是不说谎？而谁若不信这个邪，欲穷究其中道理的话，倒真要"聪明的反被聪明所误"了。恐怕还是各凭各的感觉，各靠各的"悟"性，"说"起来比做起来，总是要来得"旷达"和"洒脱"多喽。

道在树上？

"平常心是道"，这是禅宗区别于其他教派的主要特征之一。"大道"如同"蒲花柳絮、竹针麻线"一样自然，好像"尼姑本是女人作"一样毫无神秘之处。无论是僧是民，一样是"一日不作，一日不食"，而只要悟得自性清净，那就"挑水担柴，无非妙道""拈柴择菜，就是禅悟"。

当然，如同缤纷世界、五色杂陈一样，禅林也非铁板一块。南宗北宗各有千秋，修行风格亦自有不同。从众者虽是主流，别出心裁者却也不在少数。更有些特立独行之高僧，反其道而行之之个性，常令他们做出些一般人匪夷所思的怪行异举，为禅林添了许多趣闻轶事。《五灯会元》卷二所载"太守危险尤甚"一节，便是一例。说的是唐元和年间，浙江富阳有个叫道林禅师的名僧。"名"就名在他首先是个怪僧。好端端的禅寺他不住，却独入深山，常年幽居。这也罢了，他居然还像只大鸟般栖于古松枝上。这种人时下倒也偶有所闻，像某个西方怪客，就独自生活在非洲的大树上。但西方怪客住在树上倒还好理解，他是个狂热的动物保护主义者，栖于树上是为了便于工作。那不会不懂得"平常心是道"的道林禅师，却是为的哪般？对此，不仅一般人迷惑不解，时任杭州刺史的一代诗圣白居易，亦为之好奇而心生关爱；于是引轿上山，气喘吁吁地来参拜道林禅师，这就有了如下一段有趣的记载：

元和中，白居易侍郎出守兹郡（杭州），因入山谒（道林禅）师。问曰：
"禅师住处（枝间）甚危险！"

师曰："太守危险尤甚！"

白曰："弟子位镇江山，何险之有？"

师曰："俗界因缘业识薪火煎迫，烦恼不停，得非险乎？"

居易又问："如何是佛法大意？"

师曰："诸恶莫作，众善奉行。"

白曰："三岁小孩亦解得恁么说。"

师曰："三岁孩儿虽说得，八十岁老人行不得。"

白作礼而退。

不知白刺史彬彬而退之际，耳根是否有点儿发热。但毕竟是知书达理之人，道理一点就通。他退得知趣，退得恰到好处。只是，退回去归退回去，悟到什么归悟到什么，道林禅师的"道"，他是否会真心领受，我是怀疑的，因为并没有见到有什么白居易也从此"良禽择木而栖"的记载。

不过，道林禅师后来有没有继续在松枝上住下去，同样未见记载。可以肯定的只有一点，即同为高僧，他却并不怎么认同平常心是道的教条，反而更像是"反常心是道"的身体力行者。而他对白居易的那番说教无疑也是很有"道"理的。问题是，三岁小孩解得而八十岁老人行不得的"道"，真的只有从深山老林的松树枝上才能觅得吗？"诸恶莫作，众善奉行"之所以难以落实，其根源固然与尘寰的"薪火煎迫，烦恼不停"有关，但恐怕更有与人之某种本性相抵牾的关系在吧。想独辟蹊径，以避世或幽居老林的办法来得道，似乎并不那么高明，也不那么管用。再说了，即使栖居松枝是得道妙法，大家都挤到老树高枝上去的话，大眼瞪小眼地喧哗一气，和眼下那浊雾腾腾的尘世又有何分别呢？

似乎还是"平常心是道"来得更有道理，也更易为人所接受，更让人好过些。

其实，依我看哪，咱老百姓能顺应本性、尽可能平常善良地过一份安稳日子，就是天大的福分，就是"道"了，还东奔西走地钻什么牛角尖呀？而你若不刻意索求，那"道"反而离你不远了。

说到底，这恰恰就是"禅"吧？

真是佛性平等？

呵佛骂祖，可谓禅宗特有的叛逆性格。这实际上反映的是禅宗的一个重要特色，即作为其思想基础的平等观念。宇宙万物在本质上同为一体，一切"法"（事物）、一切众生都是因缘和合而成，本无差别。所以称作平等。正与庄子所提出的"物无贵贱，万物一体"精神如出一辙。

但须看到的是，随着社会的演进，认识到或持有平等观念者，无论僧凡，都是不在少数的，然真正身体力行的却往往凤毛麟角。只有在禅宗那里，呵佛骂祖或无视王公贵胄之权威的人或事才屡有上佳表演。

试看《祖堂集》卷三所载之例：

唐肃宗问讯次，（慧忠禅）师不视帝。帝曰：

"朕身一国天子，师何得殊无些子视帝？"

师云："皇帝见目前虚空么？"

帝曰："见。"

师曰："（虚空）还曾眨眼向陛下么？"

见了皇帝别说纳头便拜，居然连眼皮都不抬！这样的禅师，无论你怎看，也不论他是不是想要演戏，终究还是有几分可爱的吧？除此之外，如《景德传灯录》中那个玄素禅师，或《五灯会元》所记载的那个将一套神圣礼数倒着耍的赵州从谂禅师，亦颇让人敬重——

（玄素禅师）后居京口鹤林寺。尝一日，有屠（夫）者礼谒，愿就（自己）所居办供（请客），师欣然而往，众皆讶之。师曰：

"佛性平等，贤愚一致。但可度者，吾即度之，复何有差别之有？"

真定帅王公携诸子入院，（赵州从谂）师坐而问曰：

"大王（领）会么？"

王曰不会。师曰：

"自小持斋身已老，见人无力下禅床。"

王尤加礼重。翌日帅王令（部下）将传语，师下禅床受之。待者曰：

"和尚见大王来，不下禅床。今日军将来，为什么却下禅床？"

师曰："非汝所知，第一等人来，禅床上接；中等人来，下禅床接；末等人来，三门外接。"

有道是：彻底的唯物主义者是无所畏惧的。禅师们敢于呵佛骂祖，倡导"佛性平等，贤愚一致"，皆源于他们的觉悟吧？多少有些遗憾的是，即便在这样的得道高僧那里，觉悟的程度也还是因人而异，深浅不一的。比如这赵州从谂禅师吧，依我看，如果不是故意与人开玩笑，或是欲演一出与某种传统对着干的戏的话，那他老兄这三种来客三种接待规格的玩法，距着这"彻底"，似乎还有着一段距离。不然，若其心中真有了众生平等的观念，又何来此上中下三等人之分？而且，他这上中下三等的分法，也还未能免俗——何以帅王便一定属于上等人，而部将则一定视作二等人？其标准不是世俗的那一大俗套又是什么？可见这"平等"二字，其内涵实在是大不简单的。形式上说说或做做毕竟容易得多，实际上，仅区别一下等级，就有让高僧级人物落入某种陷阱的危险哪！

不过话也得说回来。这从谂禅师再怎么着，毕竟是几百年前的老冬烘，能演上那么一出，诚属不易了。如果我们再将目光向当下这"民主、文明而进步"之新世界巡视一番的话，恐怕更要觉得方才对赵州从谂禅师未免是太苛求了些。

也许这"平等"二字，本不当作这解法。或者那赵州从谂倡导的，是一种皮相而绝对之平等，而我们实际体现的，才是种实际而"现代"之平等？

但愿如此吧。但不管怎样，至少对我个人来说，赵州从谂和那些同时代的禅师们，他们那套作派，从里到外都讨喜得多。

佛祖也骗人？

一看这题目，你恐怕便会大起疑惑：佛祖可谓真善美之化身，谈何骗不骗人？

你别说，还真有人这么看的。而且此人还是个禅师。当然，他这也只是一种修辞，意在表明一种观念。这观念说来也毫不费解，有些费解的是道理虽明白，世世代代的人，一多半却超它不脱。不信，不妨且看且议。

典出《景德传灯录》卷十七，湖南长沙龙牙山妙济禅院居遁禅师（935－923）的一段语录：

"夫参学（佛祖的）人须透过祖佛始得。新丰和尚云：（看待）祖教佛教好似冤家，始有学分（资格）。若透祖佛不得，即被祖佛谩（骗）去。"

时有僧人问：

"祖佛还有谩人之心也？"

师曰："汝道江湖还有碍人之心也无？"

又曰：

"江湖虽无碍人之心，（因）为人过不得，江湖成碍人去。不能道江湖不碍人。祖佛虽无谩人之心，为人透不得（看不穿），祖佛成谩人去。不能道祖佛不谩人。若透得祖佛过，此人过（胜）却祖佛也，始是体得祖佛意，方与古来佛祖同。如未透得，但学佛学祖，则万劫无有得期。"

很清楚，居遁禅师并非真在"恶攻"佛祖，只不过是在强调，佛祖虽无骗人之心，但如果我们在参佛学祖时，看不透其圣光，或不能有所超脱，是断不能学得其真精神的。如此，则与受其骗无异了。换言之，如果你面对佛祖，不能取平等姿态或有所俯瞰，而是一叩不起，顶礼膜拜的话，休说得益，就连学习的资格也没有，遑论其他？

其实类似的道理，世俗中人也多有指拨。如齐白石就有"学我者生，似我者死"之谓。亦颇富辩证精神。要学齐白之画，当然得"似"，但若似得一塌糊涂，笔笔有来处，画画不逾矩，毫无自己的风格或面目。那与"死"何异？即便不死，世间已有一个白石，我们尽可叹赏把玩，何须再多一个亦步亦趋的克隆货呢？

显然，这已不是参什么、学什么或怎么参、怎么学的问题，似乎离我们现在要论的话题远了些，那就赶紧打住吧。但不知从今往后，聪明的真理追求者们是不是会多一些。免得那么多本来挺好的"佛祖""白石"或"主义""思想"，再被这样那样的"学者"们，糟蹋成"骗术"。

好一个 "寸丝不挂"

传说，宋代的张九成去造访喜禅师。喜禅师问他：

"缘何而来?"

张九成自信地答曰：

"打死心头火，特来参喜禅"。

哪知喜禅师却讥诮道：

"缘何起得早，妻被别人眠?"

张九成一听此言，勃然大怒：

"无明真秃子，焉敢发此言?"

喜禅师微微一笑：

"轻轻一扑扇，炉内又起烟"。

显然，声称已"打死心头火"，即抛却了自我的一切执缚，虔心参禅的张九成，一点也经不起喜禅师的考验。"轻轻一扑扇，炉内又起烟"。而且，那烟气还不小，可见人的心火并不像想象的那么容易"打死"。

说起这，又想起另一则轶闻，说的也是自称忘我而实际却难以忘我的事。有所不同的是，这回那个自我标榜已臻忘我之境的角儿，可是个已在大日山石窟中修行了相当时日的女尼。有一天，她去参拜雪峰禅师，两人便有了如下一段对话：

雪峰问：

"你叫什么名字？"

"玄机"。

"既是玄妙之机，每天能织多少布呢？"

"寸丝不挂（我已完全忘我）！"

雪峰见玄机如此自负，目送着她的背影，突然道：

"你穿的袈裟角拖在地上了。"

话没落音，玄机连忙扭头察看袈裟。雪峰朗声笑道：

"好一个寸丝不挂！"

　　的确，自称忘我（寸丝不挂）却未能真正忘我，玄机这偶一回首，立时露出了大大的马脚。雪峰的小计得逞，自然开心一笑。然而，这是否值得我们也为之一笑呢？我这里指的是嘲笑的笑。恰如那自以为已打死了心头火的张九成，听见喜禅师说了句自己老婆的坏话，就火冒三丈，听起来似乎也同样令我们感到好笑。但这笑在我看来，充其量是一种会心的笑，觉趣的笑，而不应是嘲笑。因为很简单，谁也没有嘲笑他们的本钱。若论真正的"忘我"，这世上别说玄机和张九成，连喜禅师和雪峰禅师是否算得上，我看都可以打个问号。否则，他们或许也不会如此有把握地捉弄张九成和玄机了。

　　当然，"忘我"，作为悟禅所讲究的，参禅者也渴望臻至的一种特殊境界，想必自有其玄机在。对此我不想多论。但我仍然想强调，尽管"忘我"作为一种境界有其存在的理由，但作为一种现实，却既无可能性也无必要性。说白了，我觉得，撇开某种特殊教义不谈，在社会生活中要求人们忘我，是对人性的压抑与背违，因而本身就是一种并不现实的观念或信条。如果要嘲笑，恐怕那对象不应是"炉内又起烟"之人，而是这观念的"扑扇者"。有趣的是，无论在禅林还是尘世，推崇忘我或标榜忘我者，历代不衰，且蔚然成风。以至到了现代，竟愈演愈烈。"忘我"成了种到处张贴而字迹又多半歪歪扭扭的破标语，逢会必诵而腔调又常颤颤巍巍的八股文。至于学生的作文里，或某些官员的会议上，更是必不可少的闪光点。甚至流行歌曲都好哭天抢地地反复嚷嚷我爱你，而难得哼一句"我爱我"。所不同的是，说的写的和唱的，都不必面对一个雪峰或者喜禅师。谁都可以毫无愧色地昂首高歌"寸丝不挂"，却不用担心会有谁指着你大喝一声："好一个寸丝不挂!"

不知道这种"忘我"之风从何而来，其目的又究竟何在。更不知道活生生地作为一个人，一个"我"，为什么不可以在一定的道德或法制前提下，"有我"或"恋我"。但就现代而言，我知道早有许多伟人明确论述过"有我"之合理意义。比如马克思和恩格斯，他们就直截了当地说过："在任何情况下，个人'总是从自己出发的'……他们的需要即他们的本性。"因此，马克思把"自我克制，对生活和人的一切需要克制"，视为对人性的剥夺而提倡"每个人的全面而自由的发展"。也即是说，对个体需要的否定和对个体生命的虐杀，根本是违背人的一般天性的。而人的全面自由的发展，就是要随着社会的进步，使个人的需要——包括个人的权利、自由、尊严、快乐、幸福等——日渐提高其满足度，最终获得全面而充分的实现。而人的个性，在此过程中也自然而然地越益丰富而强烈……

试问，干嘛要"寸丝不挂"?

呵佛骂祖

"神佛都是假，谁能相信它，打破山门后，提杖走天涯。见佛我就打，见神我就骂，骂倒十万八千佛，打成一片稀泥巴。看来禅杖作用大，可以促进现代化。"

——这是郭沫若先生看了关良所作《鲁智深醉打山门》画后，即兴而赋的一首诗。作为马克思主义信徒的唯物主义者，先生要将神佛"打成一片稀泥巴"，自然是不足为怪的。怪的是我竟在禅宗典籍中，也看到了类似的非佛而渎神的文字，且言词之大不敬，甚至污秽，远胜先生百倍！试看《五灯会元》所载唐代禅僧宣鉴是怎么说的：

"我们禅宗先辈与其他教派的看法不同，在我们这里，既没有祖师也没有佛圣。达摩是老臊胡，释迦老头子是干屎橛，文殊、普贤是挑粪汉，等觉、妙觉只是破除执见的凡夫，菩提智慧、涅槃是系驴的木桩，十二部佛经是鬼神簿，是擦拭疮脓的废纸，四类果位、三类贤者、初学佛者以及十地圣者则是守古坟的一群鬼魂，自身难保。"

呵佛骂祖，一至于此。而且，此等简直比唯物主义还唯物主义的言辞，竟出自尽管特立不羁却仍属佛教支系的禅宗大师之口，听起来不是太不可思议了吗？

关于宗教，马克思曾有名言曰："宗教是人民的鸦片。"这自然是指宗教对人具有精神上的迷惑和麻醉作用。可是，在许多禅师那里，非但不见其醉态，相反，却清醒得极端，叛逆得近狂！他们非但不断强调佛的本意不过就是"觉悟"，反对将佛作为法力无边的偶像来崇拜，而且竭力提升人的尊严，以致狂妄到"呵佛骂祖"的地步。这对于那些见佛就拜，逢庙敬香，到处寻求神灵庇佑，遍访高僧禅师以觅佛法妙旨的虔信者们，未免也太煞风景了吧？也许，这正是禅师们彻底"觉悟"的结果吧！

我想是的。胆识胆识，有识才有胆，而彻底觉悟了的人，的确是无所畏惧的。不是说一切皆空吗？"明镜本无物，何用勤拂拭？"既然本无物，既然并无实际的对象，那么信也好，不信也好，敬畏也罢，亵渎也罢，不都是毫无意义的了吗？而无论禅师们那么说的本意如何，所"悟"是否正确，他们敢于这么说，敢于蔑视神圣和祖宗，"敢把皇帝拉下马"的精神，无疑是世所罕匹的。

艰难的任性

"我在马路边，拣到一分钱，把它交到警察叔叔手里边……"

这首耳熟能详的儿歌，是个中国人，恐怕没有不知道的。现实中，相信大多数人碰上类似的情形，也会毫不犹豫地这么做。可是，如果你面对的不是一分钱，而是一元钱，十元钱，甚至百元、千元、万元。你也会毫不犹豫吗？如果犹豫，又会如何犹豫法呢？而不论如何犹豫，其结果却不外乎如下几种：交给"警察叔叔"；悄悄掖起，闭门偷乐；胡吃海喝，挥霍一空。即便你选择的是交公这一高尚的行为，内心里恐怕也不会不经过种种考虑。而主要的动机也不外乎这么几种：体恤失款人的焦虑，认为理当所此；为了心境平和；想要博得美名，也许美名能换来比这笔横财更大的好处……

总而言之，面对从天而降的"一分钱"，你的心理会随此"一分钱"的多寡而波澜起伏。心定如水，视若平常，觉得该怎么做就怎么做的人，想必也有，但恐怕不在多数。作为一个红尘中人，这很正常。现实中的人哪怕在他独处的时候，也决不是真正独立的、自由的。他清楚自己的任何一个行为，都将上对天，下对地，中间还有个自己的良知——长期生活、教育形成的四维八德，伦理纲常，利害得失，都会在你将作出任何一个判断、选择时跳出来，决定和左右你的行为。不同的是，有时候它被我们清楚地感觉得到；有时候它表现得不那么明显，起作用的是一种习惯形成的直觉、下意识

叫我如何不忧着：姜珊敏散文选

罢了。

然而，不要小看了这小小的一点儿不同，或许它就将决定你是否算得上是一个悟道之人！

我这么说，当然也不仅仅是心血来潮。不妨也请你和我一起来品品《景德传灯录》记载的一个小故事吧：

澧州龙潭崇信禅师，本（来是）渚宫卖饼（人）家子也，未详姓氏，少而英俊。初，（道）悟和尚为灵鉴所请，住持天王寺，人莫之测。（崇信）师家居于巷，常日以十饼馈之（道悟和尚），悟受之，每食毕，常留一饼（还给崇信）曰：

"吾惠汝以荫子孙。"

（崇信）师一日自念曰：

"饼是我持去，何以返遗我耶？其别有旨乎？"遂造而问焉。

道悟曰："是汝持来，复汝何咎？"

师闻之颇晓玄旨，因请出家（为道悟之徒）。悟曰：

"汝昔崇佛善，今信吾言，可名崇信。"由是服勤左右。

一日（崇信）问曰：

"某自到来不蒙指示心要（佛法）。"

悟曰："自汝到来，吾未尝不指示心要。"

师曰："何处指示？"

悟曰："汝擎茶来，吾为汝接；汝行食来，吾为汝受；汝和南（行礼）时，吾便低首。何处不指示心要？"

师低头良久。悟曰：

"见（领悟）则直（当）下便见。拟（一）思即差（错）。"

师当下开解，乃复问：

"如何保任（持）？"

悟曰："任性逍遥，随缘放旷。但尽凡心，无别胜（更特殊的见）解。"

瞧，在道悟和尚那里，玄法大义就这么简单。别人给茶，我接受；别人行礼，我回礼，便是掌握了心要，算得个悟道之人了。而且，只需尽此平凡之心，"无别胜解"。

但是且慢，分明他还是有着一个明确的前提的。那就是"任性逍遥，随缘放旷"，而且"拟思即差"。也就是说，遇事但凭直觉，一任自性，想怎么做就怎么做，万不可顾这虑那，犹豫不决。否则，是谈不上什么任性逍遥、随缘放旷的。而谈不上这个，还谈什么心要大法呢？

而这"任性逍遥、随缘放旷"八个字，在云山雾罩、人迹罕至的深山古刹里，或许还可一为。若在咱这车水马龙、万头攒动的茫茫人海之中，别说修得这份功夫，只怕是连想一想都是种奢侈呢！不信？那别的不说，就请你朝马路上吐口痰，或者，闯一回红灯，看看会发生些什么！

如此看来，这心要大法，说起来倒真是没什么难的。平常心是道嘛。但用起来，恐怕至少得先把咱厕身的环境给变上一变，才有门哪！

叫我如何不执著

宋代上封禅师曾说过这样一段话：

菩提达摩未来中国以前，人的心灵就像媚水之珠一般明亮澄净。个个像荆山的璞玉一样有着天然的美质、独立高耸如壁立千仞的山岩。但从二祖慧可向菩提达摩三拜以后，一个个向南去寻师问道，向北去礼拜文殊菩萨，真没有丈夫气概！或者其中有这么一个半个人，既不求诸圣人，也不自我执著，匹马单枪，把那虚幻的一切都投掷到刀刃之上，不妨一生庆幸。

像这样的人如今还有么？自是不归归便得，五湖烟景有谁争？

《五灯会元》卷十八

此言是颇值玩味的。本来这礼佛之人，"向南去寻师问道，向北去礼拜文殊菩萨"，应是再理所当然不过的。不循正道，焉成正果？那唐三藏为此岂只是向南向北？他跋山涉水，一路向西，历尽九九八十一险，终于求得西方大法的故事，谁个不知，哪个不赞？这上封老儿却非但不赞，还把这求佛问道之人讥作"真没有丈夫气概"！言下之意，似乎原本明如媚水，纯如璞玉的一颗颗心灵，一求道反成了污泥浊流了。

然细细再品，你又不能不认可上封的话还是自成道理的。首先它符合禅宗"佛法在心，只能向内求悟，不可向外求得"的宗旨。其次，对一般人而言，此言也别具启迪意义。人生在世，早至牙牙学语，迟则乳口黄牙起，哪个摆脱得了毕生"求道"的大逻辑？至于"求道"之目的，"求道"的方式，"求道"付出的艰辛，"求道"带来的烦恼、争斗、倾轧则全然不在话下。在话下也视为必须付出的成本。以至于渐而渐之，"求道"本身成了目的，成了一切。这样的人，这样的人生，我们视若正常，看作理所当然。以至于到后来，如上封所云："自是不归归便得，五湖烟景有谁争"之意境，听起来竟恍如隔世，想起来也迷迷瞪瞪，即便弄明白了，也只是淡淡一笑，甚至还要暗哂那提起之人冬烘——原本咱凑的就是一份热闹，争的就是那人人看好的东西呀，没人争的，即便是美不胜收的"五湖烟景"，又有何趣？

我这么说，也许太抽象，那就举个例吧。譬如我，譬如我这圈子里最热门的职称吧。周围人，包括我，哪个不说这玩艺如今已滥到味同嚼蜡的，却哪个不在暗暗"求道"，苦苦争索的？但若要"求"，别的不论，考外语这一条就够我这一窍不通者喝一壶了。既如此，何若独辟蹊径，掉头而去？事实上，我也屡下决心，尤其是一试二惶都不成之时，我更是朗朗自勉：这么一个破玩艺，争到手来又如何？不如泛舟于五湖，逍遥于烟景，从此作个"真丈夫"。然誓音未落，却又放下屡次受挫之英语，拣起了据说好懵之日语，为伊消得人憔悴去了。

"既不求诸圣人，也不自我执著，匹马单枪，把那虚幻的一切都投掷到刀刃上。不妨一生庆幸，像这样的人，如今还有吗？"

上封的意思显然是没有了。而我的看法也如是。至少我是没有看到过这样的人。这就是他这段话引起我一点共鸣之所在。问题是，究竟缘何会如此？而"自是不归归便得"，如是简单的道理，又为何没人理会呢？

净土何在

识得点佛学的人都会知道，佛教又有"净教"之称，意谓"人世皆秽土，唯有佛门净。"所以佛理又称"净心之道"，佛戒又称净戒，佛寺则有净刹、净室等别名。

严格说起来，禅宗的信仰与一般佛教流派尤其净土宗虽属同源，却仍存有很大区别。净土宗厌弃人世，视同秽土。禅宗则平和得多，他们认为"秽净在心，不在国土"。但不论怎么说，毕竟同信同源。一般的禅宗也出世，也看重戒律，尤重修行环境之清宁优雅。正如《洛阳伽蓝记》所述："寺西有园，多饶奇果，春鸟秋蝉，鸣声相续。中有禅房一所，内置祇洹精舍。"几乎没有一所禅寺不是回避尘世，幽处于花木森森之中的。所谓"曲径通幽处，禅房花木深""满目青山春水绿，更求何地可忘机"——多么令人羡慕的桃源净土呵！修行终老于此，对于终日庸碌紧张、挤挤挨挨的世人，尤其是某些饱食终日却精神空虚的文人墨客而言，不说是一种福份，起码也是份悠然自得、闲云野鹤般难得的飘逸与潇洒吧？

所以，诗人皎然满怀神往地吟曰：

山居不买剡中山，湖上千峰处处闲。

芳草白云留我住，世人何事得相关？

唐代李洞的《赠僧》诗也道：

不羡王侯与贵人，唯将云鹤自相亲。

闲来石上观流水，欲洗禅衣未有尘。

身心超脱，无忧无虑，甚至连禅衣都一尘不染。这种生活，焉得不羡；这种境界，岂非净土？

然而，世上果真有人间仙境吗？禅林果真是无波之水吗？何妨再听听"套中人"的感想。宋时一位在杭州径山寺修行了大半辈子的至慧禅僧，面对"净土"与浊尘，最终选择的竟还是后者。下决心还俗后，他留下了一首不无幽默的自嘲诗：

少年不肯戴儒冠，强把身心赴戒坛。

雪夜孤眠双足冷，霜天削发秃头寒。

朱楼美酒应无份，红粉佳人不许看。

死去定为惆怅鬼，西天依旧黑漫漫。

这真是，"你在城楼上看风景，风景里的人在看你"——且彼此都这山望着那山高！

就我们而言，手搭凉蓬，遥遥一望，看到的仅仅是绿水青山，禅房花木，却未曾看到霜天雪夜，那冰凉的双足和寒冷的秃头！而对于多数禅僧来说，他们只"看"到尘世的污秽与混浊，却忘了还有那对活生生的人性充满着巨大诱惑的朱楼美酒、红粉佳人！（寺庙好筑于深山老林，是不是也有眼不见心不烦之意？）更要命的是，他们（也包括我们中的许多人）相信，此岸的清苦和寂寞，必将换得来世的极乐与仙境。所以他们有了忍耐一切悖离人性之苦的精神支柱，苦苦寻求法旨，日夜期盼成佛。不料那至慧却恍然发觉，自己面临的不仅是现实的凄凉，而且"死去定为惆怅鬼，西天依旧黑漫漫"——我的天，那我这图的是啥呀？

禅宗讲求顿悟，"当下开悟""立地成佛"。至慧的选择和"猛醒"肯定与大多数禅僧相悖，却也无疑是一种独到的"顿悟"，一个对他的信仰和同行的"当头棒喝"。既如此，他当然也算得上成佛者即"觉悟者"。而且，从某种程度上看，他尽管还了俗，实质却更像个得道的禅僧。因为禅宗本来就最富叛逆精神，追求个性解放，以随缘放旷、任性逍遥为宗旨。既来之，则安之；既躁之，则去之。而来得自由，去得自在，如风无羁，如电无挂，此非"禅"，又是什么？

只是，至慧的顿悟到底有没有道理？换句话说，这世上到底有没有净土？那"西天"，到底是极乐世界还是"黑漫漫"的一派鬼域？

但愿至慧没"悟"对。

可爱的婆子

昔有婆子供养一庵主，经二十年，常令一二八女子送饭给侍。一日，令女子抱定（那和尚），曰：

"正恁么时如何？"

和尚回答：

"枯木倚寒岩，三冬无暖气（毫无欲望）。"

女子举似婆，婆曰：

"我二十年只养得个俗汉！"

遂遣出，烧却庵。

这是禅宗典籍《五灯会元》中一则很著名的故事。初读此事，我是着实迷惑了一阵子。别说从佛家戒律，便从一般道德观来看，面对着妙龄女子的放肆引诱，这和尚能坐怀不乱，心如枯木，怎么着也是了不起的道行呀？不大唱赞歌，至少也不该将他逐走，甚至还烧了他的庵堂呀？而这婆子一则以美色诱乱人心，二则以烧庵逐人，实在太过蛮横，太无道理！

然再细品那婆子的话，所谓"20年只供养得个俗汉！"这"俗汉"两字，顿使我恍然大悟：原来这婆子眼里，坐怀不乱如那和尚者，适足证明其不过是一个普通人而已，而我供养了你二十年，原指望你已成了一个操行、观念有异于常人，不拘泥，不做作，"随缘放任"而"活泼泼"的高僧呢。既如此白费苦心，再养耳何益？这么看来，这婆子反倒是个参透禅机的高人了！

的确，只要心中有道，做什么都随心所欲，看什么都是"佛"，世人眼中的绝色佳人，也不过是"红粉骷髅"。既如此，面对美色，与其严词厉色，强作正经，不如"逢场作戏"，"以淫止淫"。这也是禅宗有别于一般宗派之处。虽然这一套想法及作派多少给人些病态感，免不了让人生出假借大义，美其名曰之嫌，但毕竟要显得实在多了。这较之那些表面上道貌岸然，骨子里男盗女娼之流，要可爱得多。至于某种特殊情境下，如那庵主面对婆子的考验时，即使他情不自禁一回，在我看来也是可以理解的。

可惜呀，那桶面

禅宗强调"悟"，根本在于教人要看破红尘，把那花花世界视作过眼烟云。超越得失、抛弃安危、脱却生死；不仅不论是非，连那是非的辨识之心都要去掉。这在一般人看来固然有理，却未免过于消极也很难做到，因为这根本是与人性乃至本能相违的。所以世人中尽管也有高呼"看穿了"之人，骨子里却依然欲望如炽，那心头自然也就烦恼不绝了。那么"悟"道成佛的大师们，是否就真个都能"赤裸裸，净洒洒，无牵挂"，达到了彻底的无欲无求的旷达境界了呢？说实在的，我多少是有点怀疑的。

试看《续传灯录》里这两则小轶事吧。其一说：

弥光禅师上堂说：

"梦里幻影，空中虚花，何必当作实物？得失之心，是非之辩，都一齐抛掉吧。"说着，禅师就扔下了手中的拂子，说：

"如今山僧已经抛掉啦，你们各位又怎么办呢？"

妙的是，此禅师没等大家出声，紧接着又冒出了一句：

"侍者，把拂子（给我）拾起来！"

另一则说的是：

宋代著名禅师清了有一天进厨房看煮面条。忽然，那盛面条的木桶的底子脱落下来，一大桶面条洒在地上。众和尚都惊叫失声道：

"可惜呀！"

清了禅师却说：

"桶底脱（语意双关，在禅宗那里有想通了、"开悟"之意）自合欢喜，因什么却烦恼！"

众人说：

"只有师傅才能高兴呀。"

你道禅师怎么答？他说的是：

"确实可惜呀，一桶面！"

这两则故事，都颇幽默的。幽默就幽默在，禅师们的前言后语听起来有点矛盾，刚说一切都非实物，要统统抛掉，随即又想把拂子（实物）捡起来；才道桶底脱（悟）是好事，应该庆幸，转眼又不禁为一点面条叹惜起来。听着是不是挺好笑的？这且不管，要紧的是，他们是不是真开悟、真了断一切了呢？我们自然可以理解为，开悟了的人，不等于就不可以再有惜物之心了。甚至可以说，越是彻悟者，越懂得珍惜该珍惜的事物。但既然已将喻为"得失"之心的拂子扔了，转眼又（似乎是本能地）要将它拾起来，终究难免舍不得之嫌。既然是舍不得，谈何彻悟呢？这是否多少是一种证明：彻底二字，难乎哉！

不过，我并不会因此而看轻了二位大师。相反，倒觉得他们因此而显得更可爱些。他们肯定较常人旷达而洒脱得多，能有他们那种"得失之心，是非之辩，都一齐扔掉吧"的觉悟和（面壁苦修的）实践，毕竟不是件容易的事情。而禅师毕竟也是人，是人就免不了会有点"确实可惜"的时候。这没有什么"可惜"的。而当可惜时则可惜，当抛弃时则抛弃，实质也并不矛盾。倘若禅师们竟"悟"到"可惜"之心都不存在的地步，还像个人吗？"悟"的目的如果是成为这样的人，还有什么意思？岂不反令人生畏甚而憎厌了吗？

可意会而不可言传

《景德传灯录》卷十二，记录了唐代重臣裴休悟道的故事。

裴休字公美，官至中书门下平章事（相当宰相）。他笃信佛教，所以在唐武宗灭佛时，他利用自己的身份对佛教多有翼护。

而这个故事说的是裴休出道前任新安节度使时的事情。当时恰好希运禅师离开黄檗山而来到大安寺院，因为不为本地僧所器重，便和劳役僧人混在一起，洒扫殿堂。有一天裴休来此烧香，主事恭敬地接待他。观赏壁画的时候，裴休提了个问题：

"是什么图像？"

主事回答：

"这是高僧的肖像。"

裴休问：

"肖像可观看，高僧何在？"

主事和僧人都无法回答。裴休就问他们此处可有禅人，主事答道：

"最近倒是有个僧人，投奔到本寺做劳役，很像禅人。"

裴休说：

"可以把他请来询问吗？"

于是主事立刻把希运禅师找了过来。裴休看到他很高兴，说：

"我刚才有个问题，诸位大德没有回答，现在请上人代答一语。"

希运请裴休询问，裴休就问了上面的问题，希运听后便高声呼唤：

"裴休！"

裴休答应了。希运就又问：

"在什么地方？"

裴休当下就领悟了其中的意旨，如同获得佛经中所说的转轮法王发髻上的明珠一般高兴地说：

"我的老师你可真是高僧啊！启示别人竟如此迅疾，为什么却会埋没在这里呢？"

说老实话吧，读了此典，我也确实心有所动，仿佛被什么轻轻拂过，心境霎乎明朗了许多。但究竟是什么触动了我，或者说，我究竟是否领悟到了裴休所领悟到的东西，却又觉把它不准，亦难以言表。裴休问希运的是高僧的画像在，人却何在？按通常的答案说他死了或暂时不在，肯定不是裴休所要的答案。但何以希运一个反问却使得裴休立马就"顿悟"了呢？我只能这样猜测：也许，希运的话启发他联想到，高僧在他该在的地方，如同你在你该在的地方；事物有其固有的规律，如同你也必须服从自然的规律……如果这样理解是对的，确实也是一个很有深味的意境，可以焕发出无穷的想象。问题是这也只是我的理解，你的理解未必如此，而裴休当下的理解更未必如此。但不管怎么样，我们得承认希运的回答很巧妙，他旁敲侧击，启人自省，给人以虽难言表却可意会的特殊领悟，使人轻松地臻至禅境。这，本身就是禅的有趣之处，也是禅的高妙之处！

确乎，禅境或曰佛法，本质上原是可意会不可言传的。恰如人生的许多况味，譬如说爱情的滋味，譬如说对一个人的印象，再譬如说当你面对旷野上那静谧的黄昏时，你再怎么能言善辩，能恰到好处地描绘出它的神秘和美丽吗？此正所谓一说就错。而不说呢，你心中朦胧感受到的那份韵致和美感，却可说是最本质的领悟。至少，你离它的距离已是八九不离十了呢！故而希运禅师也特别强调说：

"自达摩大师到中国，唯说一心，唯传一法。以佛传佛不说余佛，以法传法不说余法。法即不可说之法，佛即不可取之佛……"

——《黄檗传心法要》

奈何闲事挂心头

春天来了。桃红柳绿，风和日丽，人心为之一畅。于是偕老携幼，人们上公园，去郊外；春也融融，情也浓浓，不亦乐乎。然而，转瞬之间，阴雨沉沉，数日不开，人心也仿佛为之壅塞……

自然界的阴晴寒热，总在默默地昭示着我们：人生亦是如此，生活亦当如此。不可能有永久的欢乐，也不可能有永久的痛苦。一切都会过去，一切都将开始。生活永远是一种跌宕起伏的过程，概莫能外。

任何想要十全十美的愿望都是可以理解的，却是不现实的。最明智的人生态度便是顺乎社会、历史、人生的客观规律，顺乎自己的才智、机遇和境况；不以晴喜，不以阴忧。今天下雨就过雨天，明天天晴就过晴日。该做什么做什么，能做什么做什么，可做多好做多好。逆境无须多悲观，顺境不要太陶醉——能如此，便是一份充满禅意的福份了。

然而，这份明智，这种"幸福"，在现实生活中，又有多少可能？或者说，有几个人真正做得到随遇而安，又有几个人感受到了随缘自适的快乐？

也许我们都该来答一答云门文偃常问弟子的一个问题：

叫我如何不爱它：姜琍敏散文选

"我不问你十五日月圆以前如何，我只问你十五日以后有何体会？"

他的弟子的回答五花八门，各有千秋。而他自己的答案却是简简单单的一句话：日日是好日。其诗云：

春有百花秋有月，夏有凉风冬有雪。

若无闲事挂心头，便是人间好时节。

意思和一般人的看法差不到哪儿去，区别只在有无闲事挂心头。我们都明白随缘的理，却因种种"闲事"而无以自适。都相信"日日是好日"没错，却因"闲事"而被生活的缺憾遮蔽了视野，体会不到或根本无暇体会生活的美好。明明生活在当下，眼睛却总看着将来。刚刚收获了五斗米，转眼又预算起十担谷。这样的日子，不叹苦也罢了，还谈什么好呢？

也许这原是凡人和禅僧之根本区别处吧！那就随缘几分是几分，明智几分是几分吧。无论如何，就其本质而言，无论你"看到"不看到，生活毕竟是美好的，人生总是有意义的。认识到这一点，不也别有禅机吗？

你就没个身体在？

有一个著名的传说，想必你还记得。说的是有个女尼向赵州从谂禅师请教："什么是佛法大意？"

赵州随手掐了她一把。女尼惊问：

"和尚还有这种举动？"

赵州正色答曰：

"只因你还有这个身体在。"

另一个类似的故事说的是大理学家程颢、程颐兄弟俩的事：

两兄弟一起去赴宴，程颐见席中有妓女陪酒，便拂袖而去。只有程颢若无其事地留下来，痛饮美酒，尽欢而散。次日，程颢到程颐书斋中去，程颐仍怒气未消（潜意识里兴许不止恨程颢失节，更觉得自己吃了个闷亏吧）。程颢笑道："昨日本有（妓女在），（我）心上却无；今日本无（妓女在），（你）心上却有。"

程颐支支吾吾，半晌说不上话来。

有人曾就这两则轶闻盛赞道：程颢的话很幽默，也很富禅理。而赵州从谂的举动和自辩，则充分说明他心中忘我，因而坦荡无邪；而女尼则心中有我，才会对赵州掐她一把感到惊怪。也就是说，女尼俗，缺乏禅机；而赵州高尚，大有禅意。

从这个意义上说，似乎上述看法是有道理的。但不知怎的，也许我这人也太俗了点吧，读此事，我总有那么点儿不太帖服的感觉。说白了吧，总觉得赵州和程颢的话，比起女尼的浅薄和程颐的虚伪而言，是有其高明处，却也总有一股子掩饰不了的矫揉在。再说白点，这股子气味比起程颐的虚伪来，几乎是半斤八两，好闻不到哪儿去。

赵州清楚自己掐的是女妮，更清楚自己这样做犯的是某种出家人的大忌，所以他才会在掐了一把以后，为自己找个堂皇的理由作掩护。当然他的话是一种隐喻，自有其深意在。但无论那"身体"指的是什么，我总不太相信，赵州自己就真的没有"身体"在。反之，如果他对女妮说的是：嚷什么？不过就是个身体而已，掐一把又何妨？我听着倒会觉得他这份坦荡无畏要可爱得多。

而程颢的举动本来比程颐来得磊落而潇洒，不回避或干脆就喜欢妓女在，虽然与他这个理学家的身份不那么相容。但既为之，则当之，倒也多少为自己添几分丈夫气概，何必又捏着鼻子酸不唧唧地扯什么本有本无的大假话（心中真无妓女的话，你那酒会喝得那么痛快？）。看似颇有禅意，实质倒反不如程颐那酸文假醋的迂阔来得可喜了。

也许是特殊环境、特殊文化、特殊身份对人的压迫太大太沉重了吧。国人做什么都"必也正名乎"，连大理学家大禅师也不能幸免，做什么说什么都必须来它个"美其名曰"。冠冕是冠冕了，档次却好像比真正做了什么不好的事还低了几分。

山高哪碍野云飞

唐天复年间，（善静禅师往）中南谒乐普禅师。乐普器重之，容其为入室弟子，仍典（菜）园事务，力营众事。有僧来辞别乐普，乐普曰：

"四面是山，向什么处去？"

僧不能对。乐普曰：

"限汝十日内答语，得中即从汝发去。"

其僧苦思冥搜，久而无语。因经行偶入菜园，（善静）师怪问曰：

"上座岂不是辞去，今何在此？"

僧具陈所以，坚请师代为作答。师不得已，代曰：

"竹密岂妨流水过，山高哪碍野云飞？"

其僧喜踊，师嘱之曰：

"祗对和尚，不须言是善静代语也。"

僧遂告白乐普禅师。乐普曰：

"谁下此对语？"

曰："某甲（我）。"

乐普曰：

"非汝之语。"

其僧俱言园头（善静）所教。乐普至晚上堂谓众曰：

"莫轻园头善静，他日住（持）一城隍（寺院），会有五百人常随也。"

——《景德传灯录》卷二十

正所谓惺惺惜惺惺，乐普禅师不仅欣然收留善静禅师为入室弟子，而且从他的一联妙对中，准确地判断出善静是个不可多得的人才，将来必可住持一个有五百人追随他的寺院。而事实也正如善静自己所云："山高不碍野云飞。"他始而弃官出家，继而又从一个菜园管头跃升为京兆永安禅院的住持。他的灵性和乐普禅师的慧眼，同样难能可贵。

当然，这是他话。当初乐普给那个欲辞此他去的僧人所提的问题，实际上是禅宗的一个话头，所问的正是一种禅机。人的生存境界，永远如四面围山，如何才能获得自由？而自由作为一种意境，其实就是禅宗最为强调的"解脱"。换言之，四面是"山"，如何才能解脱出来？

善静禅师的答对确实很妙，同样言简意赅，且生动形象。只要你是流水，那竹帘再密，充其量挡得住（不悟的）鱼儿，岂能阻挡流水的自由？而同理，只要你得道如云，那四面的大山再高，又如何阻隔飘逸的野云？

问题是，如此回答，妙是够妙，却仍然难以回避这样的疑问：对于绝大多数人来说，我们毕竟是人而非流水，更非野云哪，我们如何才能挣脱祖祖辈辈传袭下来的纲常之网、吏律之缚而飞起来？

或许，不管我们是否能变作流水，化成野云，对自由的向往和追求却是完全可能，也是最根本的前提和"道行"。对此，另一名北宋禅师义青的指点，似乎就说的是类似意思。

义青禅师说：

"孤村陌店，别在那儿挂钵停留。佛祖的玄妙关隘，当下飞身而过。尽管如此，已是如同苏秦游说碰壁，难以返回家园；项羽来到乌江，怎逃穷途之命？诸位禅僧来到这里，如果前进就落在天魔之手，如果后退就陷入饿鬼之道，如果不进不退，恰又沉溺在死水之中。诸位，怎么才能得到安稳呢？"

义青禅师自己也沉吟了良久，才接着说：

"任凭你三尺大雪，压不住一寸灵松！"

什么都不是

我曾在《条条大路通罗马》里说过，不少禅师在回答弟子们最渴切掌握的"什么是佛法大意"等问题时，往往不正面回答，且答案五花八门，不知所云。悟性高者，或可有解；悟性稍差或如我这般的，听了反而如堕五里雾中，更摸不着头脑了。这不，信手翻翻，又见到许多这类妙答，如："大者如兄，小者如弟""土身木骨，五彩金装，天台榔栗""春日鸡鸣，中秋犬吠""庭前柏树子""清潭对面，非佛是谁""大好灯笼""南面看北斗"……

我相信，如此回答，自有其奥妙。且禅宗的特点就是参话头，讲究悟性。所谓不能说，一说就错（这种说法本身，是否也有些故弄玄虚呢？）。凡有悟性者，你旁敲侧击，他一点就通，没悟性者，说破天也不明白。所以，我是宁愿相信听不明白的责任全在自己的。但说句老实话，此类说法听多了，我也不免生出几分疑心，到底这佛法大意是什么，这些大师们是不是个个都弄明白了呢？有没有谁，自己也弄不明白，又不得不面对弟子，便信口雌黄或故作玄虚一番呢？因为我总觉得，佛法大意终究是佛法大意，都这般随意一说的话，到底哪个是对的？你这么说，他那么答，听起来好像什么都是（象），实质上岂不成了什么都不是（象）了吗？似乎鲁迅就说过这样的意思：当小乘教都变成大乘教的时候，佛教也就没有了。那么，当什么都是的时候，佛法还存在吗？

这个事我恐怕是弄不明白的了，且来议议现实吧。比如诗歌，曾经贵为"文学的王冠"的诗歌，十来年前还轰轰烈烈，虽不像唐诗宋词那般神圣，毕竟还广为诵读，大有读者的。而曾几何时，却衰落到"门前冷落车马稀"，"写诗的要比看诗的多"之地步了。其原因自然很多，但有没有自身的问题在呢？有的话，首要的是什么呢？

窃以为，什么都是诗，怎么写都行，便是最根本的因素之一。非理性，反逻辑，超现实，后现代；第三代，第四代，第八代，第某代，短短几年里，新潮诗风起云涌，各领风骚三五天。什么人都能写诗，写什么都管它叫诗，"泣血的树桩在阿拉斯加跳舞"；"线条告诉我，太阳不知道"；"黄色的精灵，以神圣的名义。喔，呵，呜，稀里哗啦"……

既然怎么涂鸦都是诗，既然除了作者谁也读不懂的玩艺儿也叫诗，甚至作者自己也弄不懂写了些啥，凭什么还要我来读？既然什么都是诗，那还有什么不是诗？而什么都是诗了，诗歌还会存在吗？

没有规矩，不成方圆。没有头脑，不像个人。没有内容呢？恐怕也不是个东西。这话不仅仅是对禅师说的，可也不仅仅是对诗歌说的了。

谁看破"红尘"？

　　北宋著名文学家苏轼，字子瞻，号东坡。他的诗文千古传诵，脍炙人口。但他同时亦是一位笃信佛教之士，只是未曾削发，属在家修行的居士。关于他的好禅，知道的人不在少数。但具体的典故，知道的人也许不是很多。《朱米志林》载有一段他与也颇闻名于文坛的妓女琴操参禅的轶闻，可资一览：

　　苏子瞻守杭日，有妓名琴操，颇通佛书，解言辞。子瞻喜之。一日游西湖，戏谓琴操曰：

　　"我作长老，汝试参禅。"

　　琴操敬诺。

　　子瞻问曰：

　　"何谓湖中景？"

　　对曰："落霞与孤鹜齐飞，秋水共长天一色。"

　　"何谓景中人？"

　　对曰："裙拖六幅湘江水（湘水女神），髻挽巫山一段云（巫山女神）。"

　　"何谓人中意？"

　　对曰："随他杨学士，鳖杀（气坏）鲍参军。如此，究竟何如？"

　　子瞻曰："门前冷落车马稀，老大嫁作商人妇。"

琴操言下大悟，遂削发为尼。

这段小插曲是真是假，我无能考证。姑且当作是真的吧。从中我们可以看出，聪慧的琴操，无疑是一位深得东坡点拨之益而一举参破禅机的伶俐女子。她与东坡先生参了几句话头，便"言下大悟"。竟至于立马削去那一头想必也不亚于"髻挽巫山一段云"之撩人的秀发，出家为尼去了。

如此决绝、果敢的举动，足以令她的导师东坡先生汗颜呢！试想，令她看破人生虽可能明艳煊赫于一时，却终不免"门前冷落车马稀，老大嫁作商人妇"之悲剧命运的，正是那宦海沉浮、饱读诗书的东坡先生。他自己想必是早就"悟"了的，却依旧恋恋于红尘，顶多做个向心爱的姑娘卖弄机锋的居士罢了！从这点来看，东坡先生比起琴操来，恐怕还只能说是悟得了一点儿皮毛而已！

然则，情形果真是如此简单吗？东坡先生对人生本质的理解，果真不如琴操这么个阅世未深的风尘女子来得深沉吗？

我看未必。其实质很可能是，经过东坡的点拨，两人都领悟到了人生的某种本质，终究逃不脱"门前冷落车马稀，老大嫁作商人妇"之结局。不同的是，对此命运，东坡选择的是相对积极而更达观的顺天知命、与之合作（亦不乏抗争）的处世哲学。而琴操则显然是取了走为上的办法，所谓看破红尘、出污泥而不染是也。

琴操这种姿态，至少在我看来，是"形积极而实消极，形果敢而实懦弱"的。而且，仅仅就"悟"来说，恐怕也远不如东坡先生来得"大"呢。理由亦很简单，一言以蔽之，她还远远没有将红尘真正看破——真正看破了的话，那么，只要你无法羽化成仙或揪着自己头发飞出地球，遁迹山林和浮沉红尘又有何根本的不同呢？既然没什么不同，削发为尼何如博击人寰甚而鼓盆而歌来得更勇敢、更洒脱、更明智呢？起码，这时常不免让人泄气的红尘，亦自有一份"落霞与孤鹜齐飞，秋水共长天一色"的良辰美景之抚慰在呢。

从这个意义上看，琴操毕竟是琴操，东坡毕竟是东坡，生姜终究还是老的辣，悟归悟，行归行，真正深得禅机的，终究还属他！

现实中那些言必称看破，语必讥红尘，甚至愤而喝药、投水、抹脖子的"大彻大悟"者，或许也该从"东坡老"身上悟出点什么来吧？

何来金钢眼睛？

（中国禅宗三代祖师僧璨）大集群品，普雨正法。会中有一沙弥，年始十四，名道信，来礼师，而问师曰：

"如何是佛心？"

师答曰：

"汝今是什么心？"

"我今无心。"

"汝既无心，佛岂有心耶？"

道信又问：

"唯愿和尚教某甲解脱法门。"

师云：

"谁人缚汝？"

"无人缚。"

"既无人缚汝，即是解脱，何须更求解脱？"

道信当下大悟。

——《祖堂集》

　　相信你读过上文，也会有豁然开朗之感。人生在世，最渴望之境界，莫过于自由，而自由之实质，又在于精神的奔放不羁。但现实中却总有种种束缚，般般禁锢，使人畏首畏足，终难越雷池一步。而这些思想文化方面的种种"束缚"看似厉害，其实无不通过个人的自性才起到作用。如果你真能在精神上超脱这一切，那任何束缚自然都土崩瓦解，身心的解脱也就是须臾之间的事了。

　　但是，问题真就如此简单吗？"道信当下大悟"固然可羡，但大悟之后，道信又如何了呢？我是说，悟得某种道理是一回事，实际生活又是一回事。一个人的某种禅悟，真能解脱他一辈子吗？老实说我是怀疑的。而《景德传灯录》中，师备禅师的一席话，似乎也是论述这个问题的，但却好像反而从一个侧面，印证了我的疑虑。

　　师备禅师所言大意是：

　　"各位看见有险恶，看见老虎、刀剑等等威胁你的生命，就会产生无限恐怖。这像什么，就像世间的画师一样，自己画出地狱，画出老虎和刀剑，认真地看了，却又自生恐怖。如今你们各位也是如此，把什么都看成真实存在。其实是你自己产生幻觉，又因此而恐怖。并不是别人给你造成过错。现在你想澄清这种幻觉和迷惑吗？只须认识你自己的金钢眼睛。如果认识到了，就知道世间什么事物都不是真实存在，哪里有什么虎狼刀剑能够威胁你？……"

　　毫无疑问，师备禅师所言是一语中的的。人间许多恐怖，其实是种种束缚禁锢和我们自己的心理幻象合力之结果，所谓心造之幻影而已。地狱压根儿不存在，可是画师却把它画得煞有其事，能不恐怖吗？更恐怖的是画师自己也因此而恐怖起来，两腿发抖，掉头就跑，完全忘了那是自己的艺术创造。恰如那些设计、雕塑了金身大佛的工匠，肚里的稻草明明是他自己填进去的，佛像塑成，他却首先一头跪倒，纳头便拜。真是可笑复可悲。但这还是有一定的合理性在，因为人的天性就是如此软弱，他的精神需要有一个崇拜的对象，哪怕那实际上是他自己炮制出来的，他的想象却还是会将其神圣化，以寄托自己空虚的灵魂。

然而，事物毕竟还有另外一面，我们的恐怖决不完全是自己的幻像造成的，它确确实实是这个错综复杂、险象环生的人世硬塞给我们的，因而是无论如何也难以被"认识"或超脱的。比如，我们许多人在坐飞机时会情不自禁地祷告上帝，乘汽车时会担心发生车祸，因为公路上的车祸是每时每刻都在发生着的，而我们也多次在电视上见过飞机坠毁的惨状。甚至，有时我们在家里好好地坐着，却忽然嗦嗦发抖起来，因为你听见有人在暗夜里惨呼救命，或者听说小区又发生了多少窃案甚至碎尸悬案——生活中的不安定因素委实是太多太多了，经验中的可怕体验委实是太丰富太丰富了，更遑论从创世以来就如影相随般与人类发展史纠缠着的战争、病患、地震、海啸等数也数不清的天灾人祸了。害怕、恐惧的反应，可以说已成了人生在世必不可少的一种预警机能和起码的自卫机制。禅师们要我们超脱的，如果也包括这些的话，是不是有些太迂阔了些？如果谁真的在现实生活中如此地"开悟"、超脱，因此而无视一切实际存在的危险，其本质和自欺欺人恐怕没有太大的不同，其结果怕也和盲人骑瞎马差不多吧？至于师备禅师所言的"金钢眼睛"，我是肯定不可能有的了，因为我始终看不清他的微言大义。而能把一切恐怖都"认识"到或者说是看没了的眼睛，我不知道究竟会不会在什么人头上长着。就是真有哪个尘世中人生了这样一副所谓的眼睛，他是不是妖也还难说。如果真是人，那他现在是否还活在这儿看我这番胡言，老实说吧，我仍是深深怀疑的……

顺风使帆心自宽

人生而有欲，饮食男女，功名利禄，不管你爱也好，恨也罢，落入这尘世就脱不了这个罗网。尽管王公贵胄与贩夫走卒的活法不啻天壤，归宿却绝无二途。对人生的界定也说法不一，归齐了还是最简单的一句话：拼命满足五花八门的欲望，无奈地承受失落的痛苦。

宗教，尤其是禅宗，却恰好是一切人欲的化解剂。苦口婆心、循循善诱的无非也都是一句话，悟透本质，超脱欲惑，把那花花世界彻底看破。"金宵虽珍宝，在眼亦为病。"没有什么是值得追求的。自然地，也就没有什么可留恋或可害怕的了。包括那人生里最大的欲望——"生"和最可恶、最令人绝望的痛苦——"死"。

客观地说起来，禅宗的基本观念偏于消极，对人类社会的进化发展是不利的。但对于个人尤其是竞争日趋惨烈、精神疲累不堪的现代人来说，它的心理抚慰之功却是不可抹杀的。尤其是相对于一些正统佛教那一味叫人逆水行舟式地制欲灭欲的教义来，它的许多观念显得温情通达而合乎逻辑得多，因而也更易为人接受，更令人感觉到安慰。比如，细细品味一下北宋居士钱端礼的悟道之言，恐怕你也会如我一般，在纾解地一笑的同时，由衷地生出几分对禅理的认同感吧。

此事载于《五灯会元》卷二十：

叫我如何不想着：姜琍敏散文选

北宋孝宗时，参知政事钱端礼居士，号松窗，师从此庵禅师而悟道，后来又对禅宗和宗派的旨趣作了精详的研讨。宋孝宗淳熙丙申年冬天，简堂禅师归住平田，与他相来往。丁酉年秋天，钱端礼微感不适，写信召来简堂和国清、瑞岩禅师。

简堂和两位禅师来到他的卧室床边时，钱居士起来盘腿端坐，谈笑了一个多时辰，然后援笔写道：

浮生若梦，一切虚幻，本来就无所谓去和来。四大五蕴，必归终尽。虽然佛祖具有巨大的威力和德行，也不能避免一死。这一关口，天下老和尚和得道高僧们还有没有跳得过去的？人的身体，不过是组成世界的地水风火四大元素因为一定的机缘而暂时地和合凑泊在一起，不可以错认为属于自己所有，而是属于宇宙。大丈夫磊磊落落，能够自我把握，率性而行，顺风使帆，上下水皆可，去和留都自由自在。至于死亡，乃是既往的各位佛圣所开的使人获得大解脱的涅槃之门，复归那本来清净空寂的境界，体现着无为的大道，因而值得赞叹庆贺。我今得以如此，岂不快活！尘世的劳碌，世间的机缘，一时全部扫尽。承蒙各位山僧前来看我，都愿意为我悟道作证明，希望各位多加珍重！

钱端礼写完，放下笔对简堂说：

"我是卧着去好，还是坐着去好呢？"

简堂说：

"相公去就是了，还管什么坐与卧呢？"

居士笑着说：

"法兄当为佛祖之道而自爱！"

说完，遂敛目而逝。

条条大路通罗马

帕斯卡尔说：人是一株会思想的芦苇。芦苇有多脆弱，折一茎便清楚了。可是且慢，这是一茎会思想的芦苇，你若折它，它可是会问你凭什么折它的。你若说出一个道理，它可能会举出两个道理来反驳你，直驳得你下不了手；甚至即便折断了它，有一天你万一良心发现了，可能还得跪下来向它告饶——这就是人这株"芦苇"与一般芦苇乃至万事万物的不同之处。可见"思想"不是闹着玩的，"人"唯有籍着它，才兀地高贵而尊严起来。

可是，"思想"也同时给人带来了麻烦。因为思想会带来正误之分，尊卑之别，而有了比较心和辨识欲，也必然有了无穷无尽的困惑与烦恼。困惑多了，烦恼狠了，人又自然而然地想从中解脱。于是便"思想"出种种主义，演化成色色追求。参禅学佛以求彻悟的自然也不在少数了。所以，翻开禅宗故事，求佛心切、企盼一夕顿悟的弟子们问得最多的，便是这类问题："何为佛法大意？""什么是（达摩）祖师西来意？""如何为道？""如何是禅？"

有趣的是，我发现历代高僧大师们对此明确而单纯的问题的回答，几乎没一个相同的，更没有一个确切的意思。有指着灯笼，道"大好灯笼"的；有舞着蝇拂道"好个拂子"的；有答"空中一片石"或"蚊子上铁牛"的；有道"虚空驾铁船"甚至"古董杂碎"的；更有一听此问题劈头便打的；或者干脆两眼一闭："西来本无意！"

识得一点禅的人都知道，禅宗与一般教派不同之处便在于它鲜明不羁的个性。即使教学方法，也多由说公案、逞机锋、参话头来悟得；乃至棒打呓喝，拳脚相加都不稀罕。可再怎么，也总不至于连个佛法大意，何为禅，何为道，也顾左右而言他，玄而乎之，让人不得要领吧？细想想，又觉释然。若非如此，那还叫"禅"吗？那还见个性吗？至于他们所答之不同，恐怕根本就在于悟的途径不同吧。你有你悟，我有我觉，所以在他眼中是"大好灯笼"，在彼眼中便成了"好个拂子"。而佛法无边，大音若希，通途原非一径。所谓条条道路通罗马，悟得者，你便立马进了城。执迷者，我便是明白告诉你，你若不解，还道我说得不明不白或太浅太白呢。于是乎，还是一头雾水地在城外徘徊，不得其门而入了。

不过，究竟我这样理解的对不对，我也似"空中一片石"，拿它不准。且罢。倒是觉得自己生而为一株"会思想的芦苇"，既是幸事，亦是先天之一大缺憾。因为这世界上"思想的芦苇"何其多，而"芦苇"的思想又何其之多矣！彼此间的沟通因此而大为艰难。亦不论他，便是往罗马的道路，有时也觉着未免是太多了些——多少人一不留神便走岔了道，多少人稀里糊涂或自以为明白无误地穷赶了一辈子，终究还是在八百里外的旷野里瞎转悠——想来好不让我"拔剑四顾空茫然"，两眼白瞪费踌躇！

跳得出来是好手

你喜欢看书吗？写作呢？或者，你已是个汹汹股海的弄潮儿了吧？总之，人生在世，你总得做点什么，因而就必有你的爱好、追求或钻研方向。这不仅是做人的一种本能，也是生活命定的基本方式。而且，谅必你也逃不脱人的某种天性，即不论做些什么，总希望做得出色一点，成功一点，甚至精神上也要自由一点，超脱一点。那么，你试着读过一点禅语吗？你相信我们的世俗生活中，也充满着禅机吗？你悟出了禅宗作为一种哲学，不仅有其精神价值，也不乏实用价值吗？

当然，这也要看你如何理解。任何哲学都是抽象的，但对于理解和为它精神实质所启悟的人来说，某些玄理却又可说是十分具体而且普遍适用的，所谓放之四海而皆准也。比如北宋禅师重元的这段论禅的短语，虽寥寥数语，却给我以不小的触动。尽管他是对僧人说的，品味起来，却像是对我、对你，甚至是对整个人世在"棒喝"呢！

出世后，僧问：

"如何是禅？"

师曰："入笼入槛。"

僧拊掌。师曰：

"跳得出是好手。"

僧拟议，师曰：

"了。"

——《五灯会元》卷十六

面对如何是禅这无论怎么回答似乎都不嫌啰嗦的大问题，重元的回答本身就好像一篇演讲法则之示范。鞭辟入里，精妙生动。一共十个字，顶多再多一个"了"！

的确不必再说什么了。在要求解除一切执缚的禅宗那里，把一切都看作笼槛，自然也包括禅本身在内了。但这样的回答显然是会使人糊涂的，既然禅是笼槛，还进去干什么呢？所以重元禅师紧接着来了一句："跳得出是好手。"

好一个跳得出！它概括了多么丰富的潜台词啊。试想，对于一个可以自由进出的人而言，笼槛还存在吗？但对于修禅者的根本目的来说，是要通过修禅达到一个超脱而自在的理想境界；而要达到这一境界，必先努力修习，这就仿佛钻入了某种笼槛；而修习并不是目的，若沉迷于其本身，则无异于成了笼槛中不可自拔的永久囚徒，与学禅之初衷背道而驰。此时，能否跳得出来，又确乎成了能否真正把握禅之精神实质的关键。

其实，进得去，出得来，又何尝不是做好一切事情甚至为人处世的根本法则呢？

你读书，是为了获取知识，但若一味死读，不懂得活学活用，除了使自己成为一个金玉其外的书架子外，有什么实际意义呢？

你炒股，如果只会着眼于某只股票的涨落或股市本身的变幻，而无对全局之灵动而超脱的把握，终究只会成为一个被股价的涨落抛上摔下的票奴而已。

即便作文吧，钻研一些作文法则，注重技巧的掌握无疑是必要的，但若将其视为根本，深陷其中而不能自拔，是断乎写不出有血有肉的好文章来的。对此，作为一个有着二十来年编龄的文学编辑来说，我见到的活例实在是太多了。许多优秀感人的好作品，往往出自那些还远远谈不上掌握了基本理论技巧，即还未"入笼"的业余作者之手。而大学文科专业每年毕业那么多高材生，让他们谈经论道或可头头是道，若写起来，其佼佼者就不成比例了。其因自然很多，但对于写作理论、技巧之类钻得进，出不来，恐怕不能不说是一个要因。谁都可想象得到，笼槛可不是出佳作的地方。至于某些钻研语法的专家学者们，恕我直言，他们论起语文法则来，真可谓口吐莲花；但写起文章来，却每每失之干枯。这，是否也与"笼槛"有关呢？多么希望能多看到一些生动鲜活的"学术"大作呵，而这，对于"跳得出"的"好手"而言，未必是一种奢求吧？

质言之，对于我们任何人来说，生活本身岂不就是个"笼槛"！谁也无法决定我们不生于这个笼槛之中。我们时常抱怨活得太累，哼哼着"有点烦"；我们梦里都渴望着能够"得道成仙"，以便能活得轻灵一些，超脱一些。而这个身子看来却无论如何也是不可能拔得出地球了。然而，精神呢？

也许，重元禅师"跳得出是好手"，原本也是冲着我们说的吧！

为何不赞叹

（桂琛禅）师见一僧来，举拂子曰：

"还（领）会么？"

僧曰：

"谢和尚慈悲示学人！"

师曰：

"见我竖拂子便道示学人，汝每日见山见水就不示汝？"

师又见一僧来，举拂子。其僧赞叹礼拜。师曰：

"见我竖拂子便礼拜赞叹，那里扫地竖起扫帚，为什么不赞叹？"

——《景德传灯录》卷二十一

——为什么不赞叹，这问题岂不是太简单？那扫地的只是一个庸常老妪，既没高深学问，又没起码的地位，我好歹也是一僧，岂有对她赞叹之理？至于说看见山看见水也要赞叹，也有什么禅机示我，桂琛禅师是不是有点糊涂了？

没错。禅师反复举他的拂子，反复说明的无非还是那个在许多禅师看来都是至关紧要的命题："平常心是道。"山水平常，但禅理亦如此平常而素朴。扫地平常，却和我们的生机息息相关。而所谓生机，岂不都是这么淡朴无华地蕴含于日常生活的柴米油盐、缝补洒扫之中吗？为什么你们只知道赞叹、神化那根本质上与扫帚并无二致的拂子？为什么你们总是对自己的生活视而不见，却热衷于向外寻求什么禅机和高深莫测的东西呢？难道真是"生活在别处吗？"

再看宝积禅师的省悟，与桂琛禅师可谓异曲同工：

（宝积）因市肆行，见一客人买猪肉。语屠家曰：

"精底割一斤来！"

屠家放下刀，又手曰：

"长史，哪个不是精底？"

（宝积）师于此有省。又一日出门，见了舁丧，歌郎振铃云：

"红轮决定沉西去，未委魂灵往哪方？"

幕下孝子哭曰：

"哀！哀！"

（宝积）师忽身心踊动，归（将自己的省悟）举似马祖，祖印可之。

——《五灯会元》卷三

看官，听了屠夫的诘问：哪个不是精底？和那唱哭丧曲的歌郎的疑问：红轮决定西沉去，未委魂灵往哪方？哪个不是富含深沉哲理的禅语？哪句不让我们也如宝积禅师一样，跃然心动？

是啊，这就是生活，这就是禅机，这就是道啊！

而心动之余，我们是不是也会如桂琛禅师一样问问自己，生活中处处存在着如此精深的禅理，为什么我们总是视而不见，却痴痴地到处寻求、膜拜什么"拂子"呢？

未知生，却知死

禅宗旷达，生于红尘，出乎世间，一切大彻大悟。因而大多数禅师都体现出鲜明的"生无恋，死无畏"的磊磊襟怀。有趣的是，其中有多少相关典籍在故弄玄虚啊！许多禅师在那些一切生命都无不本能地畏惧的大限临头之际，不仅仍然表现得毫不萦怀，坦然若素，而且，似乎还都具有一种未卜先知，能预知自己死亡时间的特殊能耐，以至于不仅都死得安然甚至快乐，且别具一格，可谓死也死出了特色。

不信，请看以下数例：

邢州开元法明上座（和尚），依投报本（禅师）未久，深得法忍（历经磨难，坚信佛法）。后归里事落魄，多嗜酒呼卢。每大醉而唱柳永词数阕，日以为常。乡民侮之（但他我行我素），召（他）吃斋饭则拒，召饮则从。

如是者十余年。乡民咸指曰"醉和尚"。一日（他）谓寺众曰：

"吾明旦当行（死），汝等无它往。"

众窃笑之。翌晨，摄衣就座，大呼曰：

"吾去矣，听吾一偈。"

众闻言奔视，（法明禅）师乃曰：

"平生醉里颠蹶，

醉里却有分别。

今宵酒醒何处，

杨柳岸晓风残月。"

言讫寂然，撼之已委蜕（去世）矣。

——《五灯会元》卷十六

至道元年春，遇安禅师将示寂（死去），有嗣子蕴仁侍立在侧。遇安禅师乃说偈示之：

"不是岭头携得事，

岂从鸡足付将来。

自古圣贤皆若此，

非吾今日为君裁。"

付嘱已，禅师澡身易衣，安坐，令舁（抬）棺至室内。良久，自入棺中。经三日，门人开棺，睹禅师右胁吉祥而卧。四众哀恸，师乃（从棺中）再起，升堂说法，诃责垂诫曰：

"此度更启吾棺者，非吾弟子。"

言讫，复入棺长往。

——《五灯会元》

（隐峰禅师）入五台，于金钢窟前将示灭。先问众曰：

"诸方迁化（去世），或坐去，或卧去，吾尝见之，还有立化（立着死）也无？"

曰："有"。

"还有倒立者否?"

曰:"未尝见有。"

禅师乃倒立而化,亭亭然其衣顺体(而不下垂)。时众异就荼毗(抬去火葬),师屹然不动。远近闻者瞻睹,惊叹无已。禅师有妹为尼,时亦在彼,乃拊而咄(斥责他)曰:

"老兄,畴昔不循法律,死更荧惑于人!"

于是以手推之,(隐峰禅师)偾然而踣(僵仆在地)。

——《五灯会元》卷三

类似的事例在禅宗的相关记载中还有很多,禅师们活得清奇古怪,死亦五花八门,花样翻新。上述那种自己爬进棺材或倒立着死去的已够怪了,更怪或者说更潇洒的还有特意在海水退潮时,坐在木盆中,吹着铁笛,唱着歌,随波而去,当木盆翻倒在海中的一刹那间将铁笛掷向空中,慨然入水。在此过程中居然还有雅兴宣传一通水葬的好处!这些记载看上去言之凿凿,我却总觉得其中或多或少有夸张成份在。但有一点却是可以相信的,即人完全可以凭籍着自己的精神和意志,扼住命运的脖子,战胜一切境遇。而禅师们的不怕死,并非源于他们有一副铁石心肠,能以一不怕苦二不怕死的态度抗拒死亡,而在于他们有超脱生死、坦然接受生死这样一种自然规律的觉悟。他们信奉"佛无生灭"之哲学,相信生死不过是一种循环,"如沿圆环转动,圆环既无起点,也无终点",那又何来什么生与死之分别呢?

不过,无论这些哲学如何高明,坦率地说,我在读上述记载之时,仍会觉得,禅师们如此超然而透辟的生死观,对我们凡俗之辈固有开慰和启迪之功,但其花样百出的死法却多少仍有些作秀的意味,不足为效。至于他们为什么要作秀,我想或许是想以此给人以鼓励,或许竟是有意无意地想要掩抑那心灵深处若隐若显的无奈?我不得而知。而且这类问题想得深了,不免还有几分入骨的寒意袭上心来,所以不想也罢……

文明之累

昔有老宿（禅师），畜（养）一童子，并不知（教）规矩。有一行脚僧到，乃教童子礼仪。晚间（童子）见老宿外归，遂去问讯。老宿怪讶，遂问童子曰：

"阿谁教你？"

童曰：

"堂中某上座。"

老僧唤其僧来，问：

"上座傍家行脚，是什么心行？这童子养来二三年，幸自可怜生（怪可爱的），谁教上座破坏伊？快束装起去！"

黄昏雨淋淋地，（行脚僧）被逐出。

——《五灯会元》

养一童子，自己不教规矩，实行"愚童政策"；别人好心教化，他非但不谢，反怪其破坏，怒而逐之。老宿的心态大怪，却是典型的禅宗性格。

礼仪、规矩是人类文明的产物，也是一个人乃至一个国家是否文明，是否有文化教养的标志。老宿却对此深恶痛绝，必欲逐之而后快。这在四大皆空、鄙弃一切既有文明之束缚、"饥来吃饭，困来睡觉"且食的不是人间烟火的禅宗那里，是很自然也完全做得出的，因为他们是出世者。

其实，率性自然，无拘无束地生活，应该说也是我们一切在世间的人们共同的本愿。但没有规矩，不成方圆。世间若无章法约束，将成一盘散沙，结果是自由反被自由误，这是无需论证的。所以我们，在家有家规，出门有国法，时时处处得文明着点，有教养些。无拘无束者，永远只能是一种幻想罢了。即使一个人在家独处，潜移默化形成的习惯也无声无息地管束着我们的手脚。比如你高卧在家，身边没任何人管你，你也不至于会一时任性，便将墙头作画布，恣情挥洒吧？

不过，文明也的确是一柄双刃剑，利人也未免累人。有时候甚至显得太沉重了些。一个人终其一生，总得无时无刻地背着它，实在不是那么快活，甚至是很无奈的事情。尤其是当它形成许多过于冗琐的繁文缛节后，作个文明人实在应付得够呛。不信你瞧，连那小孩子家家的，一旦进了幼儿园，也得"小手放腿上，小脚并并拢，说话先举手，才是好宝宝"！

再随便举个例子说吧：你收到张洒金红帖，要去赴一个高档宴会。这原是大好事一桩。然而，且不论你为穿什么衣服，该怎么修饰操的那份心了；就说进门时那你揖我拱的礼让，就够麻烦的了。入席时，还得为一个所谓的主座而争后恐先地折腾上十几个回合；握手时那分量轻也不是、重也不成，得恰到好处。好不容易将这套老戏演完，操起了筷子，却又得一而再、再而三地起立，为这个的健康，那个的事业三番五次地干杯。闹腾够了总可以大快朵颐了吧？万万使不得，如果你忘了右手使刀，左手使叉的规矩，那可是要贻笑大方的！还有，喝汤不可出声，吃鱼不能翻身；随时想着给长者布菜；随时记着给主人或尊者敬酒；主座没动的盘子你可别擅自下筷……

你说，你这是去图快活还是找罪受呢？或许，我们拼命灌酒，你敬我干的，潜意识里也就是想以酒盖脸，图一时轻松吧？不管怎样，每当此时，我想起那在自家山门里率性而为的老宿，总不免要为之喷饭。如果他老人家肯应邀来赴一赴我们的宴会，甭管他有多大的能耐、多高明的理论，被逐出去的准是他，而不是我们的文明！

幸而我们也都习惯了。

习惯，可真是我们为人处世所必备的第一大能耐和最绝妙的铠甲呀！而那些老宿们，谅必是习惯不了，便只能躲进被文明放逐的深山老林里，去养一个他以为可爱的童子喽。即便如此，还会有个把莫名其妙的行脚僧，来破坏他好不容易造就的小环境。真是天可怜见。那多事的行脚僧，该逐！

吾即宝藏

（慧海）初至江西参见马祖，祖问曰：

"从何处来？"

曰："越州大云寺来。"

祖曰：

"来此拟须何事？"

曰："来求佛法。"

祖曰：

"自家宝藏不顾，抛家散走作什么！"

（慧海）遂礼拜问曰：

"阿那个（什么）是慧海自家宝藏？"

祖曰：

"即今问我者，（就）是汝宝藏。一切具足，更无欠少，使用自在，何假（必）向外寻求？"

慧海一听，立即识见了自己的本心，豁然大悟。

慧海悟到了什么，他心里明白，我不清楚，也并无兴趣去弄清楚。因为我读此轶闻，也已若有所悟。那就是，既然马祖已告诉我，何假向外寻求，那还管别人悟得什么作甚？

至于我自己悟到了什么，可能也没多少新玩意，即：

人生在世，学无止境。学习的目的虽有所不同，但基本上是脱不开明理增智、以利生存并有用于世这一根本的。而开卷有益，只要你努力学习，终究是有所收益的，这没有疑问。但人们学什么，如何学，却是有着很大差异的。许多人，包括我，常常会为学所困，不知不觉便成了一只只知机械地学习，却迷失了自我的屎壳郎。

不是吗？我们经年累月地爬呀拱呀，孜孜不倦于书海，或到处寻觅他山之石，却不知不觉地忘记了学习的本来目的，但知学、不知用或根本不打算用。比如哪儿出了个先进典型，便蝗虫般从四面八方嗡嗡而至，谓之取经。但那"经"是否适合自己的需要，就很少考虑。甚至压根就没打算真用，听到别处又有新的名堂，便赶紧打点行装，嗡嗡嘤嘤地又上了路。

这倒也罢了，可悲的是，我们在经年累月的"学习"与寻觅中，还形成了一种习惯，即言必有出处，行必有依据，且人云亦云。一事当前，潜意识里想的是有没有"道理"，符不符合规矩，亦即是不是"佛法"大意，却就是没有自己的独立判断或个性，没有"我"。

再比如写文章吧。现实主义时兴时，我们上农村，下工厂，热火朝天地深入生活。国门一开，西方的主义成批舶来。我们考虑的很少是这一套合不合自己的个性或实际，而是唯恐落后，唯恐被人看作土老帽，于是不亦乐乎地今天先锋、明天实验地穷追风。追来追去，看起来似乎永远很时兴，实质却永远落在人家后面。写了再多东西，除了臭了一条街的"时尚"，永远看不到一星半点的"我"。

看来，与其如此，倒真不如时时向自己问上一句：

"自家宝藏不顾，抛家散走作什么！"

当然，开发自我的宝藏，肯定也不是拒绝学习的意思。关键是要明白，

叫我如何不想書：姜琍敏散文选

他山之石再好，终须经"我"之打磨削琢，方能化为美玉。而根本目的是丰富自家宝藏，充实"我"。说到底，活在世上的这个人儿，是我呀！

下不得也，哥哥

清远禅师说学禅的人有二病：一是骑驴找驴，二是骑着驴子不肯下。

"你说说看，骑着驴子还去找驴子，岂不是大错？山僧对你说，别找，伶俐的人一下子就能知道，改正向外寻觅的过错，痴狂之心就平息了。看到驴子后，骑着不肯下来，这个病最难医。山僧对你说，别骑，你就是驴，整个大地就是一头驴，你怎样骑呢？你如果骑着驴，病肯定不能除掉；如果不骑了，十方世界就空旷清静啦。把这两种过错一齐除掉了，心中无事，称为道人！所以，赵州从谂问南泉普愿和尚，什么是道，南泉回答：'平常心是道。'"

佛家追求的是四大皆空，彻底解脱，立地成佛——而欲达此境界，首要的是去除一切"我执"，无欲无求。但求成心切者却恰恰相反，骑在"驴子"上到处寻求解脱的办法（找"驴"），别人告诉他，很简单，你下驴就是了。他也明知自己该下，却死活不肯或不舍得下他那驴。

事情本这么简单，却为什么这么困难呢？

细想起来，这个问题也不难答。归根结底，"骑驴"原是人的天性，江山易改，本性难移哪。何况你眼中之"驴"，在他眼中未必是驴。非但不是驴，还可能是他心目中安身立命之本呢。故你要他下来，他焉肯轻易下来？

世人从一落地，就嘴里呱呱，两手乱抓，企图攫取些什么才感到踏实。及至成人，满眼功名利禄，满心荣华富贵，诱得七情六欲一起蠢动；抓还抓不过来呢，你倒叫我放下？不放下也着实累得慌，于是又手搭凉蓬，东张西望，企图找到个解除狠抓猛捞带来的劳苦烦恼之妙方。所以大多数人终其一生都脱不开骑驴找驴的怪圈。要不，这世上成佛得道之人会如此之少吗？

至于山僧所劝："别骑，你就是驴，整个大地就是一头驴。"听起来也是蛮有道理的，可是不是"悟"得也太透了些啦？水至清则无鱼呀。况且实际也未必真是那么回事嘛！你说我就是驴，那我还下个什么劲呢？当头驴子虽说苦点累点，倒也不乏驴放南山，悠哉悠哉、乐在其中的时候呢。而你说整个大地就是一头驴，那我就干脆别下啦。况且我肉眼凡胎的，怎么看也看不出大地为什么就是一头驴。倒是满世界的人都在骑驴，"世人熙熙，皆为利来，世人攘攘，皆为利往"——看起来还骑得蛮欢的呢，独独叫我一个人下？怕是下不得也，哥哥！

闲来有事

人为财死，鸟为食亡，这是古往今来，世世代代的尘世中人难以挣脱的生存规律，不同的只是各自的方式方法而已。所以无论古今，总有人在劳碌之余叹息太累，抱怨活得太苦，憧憬着有朝一日能"偷得浮生半日闲"，好好放松一下。至于放松后又如何，那还用问？再去打拼，再去求索。否则，如何活人哪？而且，就是真有谁发了个大财，比如得了笔巨额遗产或中了个头等大奖，多半也不会就此坐享其成，坐吃山空的。习惯成自然，自然成本能，否则，一个"正常"的世人，你叫他天天闲在家里，不得病也会精神空虚，百无聊赖，反而活得索然无味。

禅宗则不同。在他们那里，饱食终日，一无所为，不仅是一种可能，更关乎到信仰坚定与否这样大是大非的问题。因为在早已堪破一切的他们看来，人生在世，"一旦无常万事休，忙什么？"因而他们的宗旨就是：做无心人、无求人、无事人，过一种闲而又闲的舒适生活。至于如何才真正无心从而真正达到无求无事之境，宋代禅僧、平江府虎丘绍隆禅师有诗咏曰：

百鸟不来春又喧，

凭栏溢目水连天。

无心还似今宵月，

照见三千与大千。

而台州天台的如庵主，则是求闲态度至为坚定的身体力行者，《五灯会元》卷十六载道：

台州天台如庵主，久依法真，因看云门东山水上行语，发明己见（开悟），归隐故山，猿鹿为伍。郡守闻其风（格高），遣使逼其令住持（郡中寺院）。如庵主偈曰：

"三十年来住此山，

郡符（命令）何事到林间？

休将琐琐尘寰事，

换我一生闲又闲。"

遂焚其庐，竟不知所止。

如庵主为追求闲适的志向，竟不惜焚屋以拒官命。意志可谓坚决，处境却不那么顺利，足证一个人要想彻底闲适，也不是那么容易的。当然，运气好的也不在少数。如蓬莱禅师，不仅悠闲终生，还饱受僧俗的尊崇：

庆元府蓬莱禅师，住山 30 年，足不越阃（家门槛）。道俗尊仰之。师有一谒曰：

"新缝纸被烘来暖，

一觉安眠到五更。

闻得上方钟鼓动，

又添一日在浮生。"

30年没有迈过门槛一步，却活得有滋有味，这样的人生真是太悠闲了。只是，我总觉得这里面有那么点儿小问题在。且不说这种生活，是否真有可能。就是真有可能，这种生活方式到底有何意趣可言？当然，禅师或许也是在将此作为一种修行方式。但既是修行，便是一种刻意，那又谈何悠闲？既非悠闲，又似乎反证其修行尚未到家。再者，细想起来，一个人若有吃有喝，30年不出家门，其实并不困难。因为他没有比较，没有诱惑，因而相对容易心定。设若请蓬莱禅师每年下山一天，看看那花花世界，或者每年来一个人，告诉他一些外界风光。如此，他的心，还能"一觉安眠到五更"；他的脚，还能长守槛内30年吗？若还能，这份"闲适"，怕也不比"忙累"来得轻松吧？

人哪，忙活着不易，真正想闲下来，亦谈何容易。或许，这世上压根儿就不曾有过我们梦中的那个"闲"！

有偈便好

清代梁绍壬的《两般秋雨庵随笔》卷六之《和尚破荤》，有如下轶事：

人馈得心大师鸡子若干枚。师大吞咽，作偈曰：

"混沌乾坤一壳包，也无皮骨也无毛。老僧带尔西天去，免在人间受一刀。"

是大慈悲，大解脱。

张献忠攻渝，见破山和尚，强之食肉。师曰：

"公不屠城，我便开戒。"献忠允之。师乃食肉，说偈曰：

"酒肉穿肠过，佛在当中坐。"

是大功德，大作用。

寥寥数语，有事有理，更有几分幽默。不禁想起《笑林广记》中一则似乎不很相干的笑话，说的是某员外最忌食肉，凡手下犯事，轻则打手心，重则打屁股，更重的惩罚便是罚他食肉。弄得手下人不患犯错，唯恐犯的不是大错。而张献忠显然不是蠢员外，更没有幽默感。他深知食肉对于和尚是个"饿死事小，失节为大"的要害，存了心想陷其于两难。却不料碰了个软钉子，那和尚信的是禅宗，因而不但吃肉，还吃得堂而皇之，吃出了"大功德，大作用"。而且也并不因此而有妨他的道行，正所谓"酒肉穿肠过，佛在当中坐"。相较而言，得心大师似乎气短了些，他食蛋破戒的理由似乎牵强了些，也缺乏某种道貌岸然的必要性。好在他也有一偈，说得有理有据，也较破山之偈更有诗意。于是给自己赋予了一个"大慈悲，大解脱"的责任感，破戒的意义幡然出新，成了一次几乎不亚于破山和尚的壮举。

由此可见，破戒不破戒，在禅宗那里并不是一个机械的桎梏。只要名正言顺，有一个说得过去的理由，当然最好是有"偈"，那么，怎么做都依然是大慈悲或大功德。哪怕这在戒律森严而一丝不苟的净土宗看来，是大逆不道的败坏德行。对此，我要说的是，虽然我已经表示了一定程度的牵强感，且也能理解净土宗的观念（如果都像禅宗那样，戒律还有存在的必要吗？），但如果要我作一个选择，我仍然乐于信仰灵活实际而富有人情味的禅宗，而不是看起来更高尚，行起来却冷硬如铁的净土宗。

不过这样一来，禅宗的哲学从某种程度上看，似乎便与普通人的性格无甚差别了。比如，生活中，我们伸手摘下一枝花来，谓之爱美；垂钩钓上一条鱼来，谓之乐趣；凡此种种，只要有一个理由（或许也包括许多"偈"），都会被视为理所当然。圣经也告诉我们，凡飞禽走兽五谷四蔬，都是主赐予我们的食物。

然而事实果真如此吗？

艳丽的花真是为满足人类的赏美而生存的吗？鲜活的鱼真得要奉献自己的蛋白质才有价值吗？最简单的答案是：我们不得不如此，因为我们需要生存。然而我们并不如此回答问题。我们总要找一个美丽而堂皇的理由（或一个"偈"）——诸如乐趣，诸如爱美。这也是人与人之外的一切生命的根本差别之处吧？

有知者无畏

（唐代禅僧）"破灶堕"和尚，不知其名氏，言行叵测，隐居嵩岳。（附近）山坞有庙甚灵，殿中唯安一锅灶，远近祭祀不辍，烹杀物命甚多。（破灶堕禅）师一日领侍僧入此庙，以杖敲灶三下曰：

"咄！此灶只是泥瓦合成，圣从何来！灵从何起！恁么烹宰物命！"

又打三下，灶乃倾破堕落。须臾，有一人青衣峨冠，礼拜于师前。

师曰：

"是什么人？"

曰："我本此庙灶神，久受业报。今日蒙师说无生法（即认为一切事物的真实性质是无生无灭的），得脱此处，生在天中，特来致谢！"

师曰：

"吾言你本有之性，非强加于你。"

灶神再拜而没。少选，侍僧问师曰：

"某等久侍和尚，不蒙示诲，灶神得什么径旨，便得升天？"

师曰：

"我只向伊道是泥瓦合成，别也无道理给伊。"

侍僧无言。师曰：

"（领）会么？"

僧曰：

"不会。"

"本有之性，为什么不会？"

侍僧等乃礼拜。师曰：

"堕也，堕也！破也，破也！"

后义丰禅师将此事举似（告知）安国禅师，安国叹曰：

"此子领会尽（人与自然之共同本质）！可谓朗月处空，无不见者。"

破灶堕禅师之号即因此事而得。

——《五灯会元》卷二

这个破灶堕和尚的性格的确是有些怪异，从不说出自己姓名也罢，居然
还领着个侍僧去将并不曾碍过他什么事的灶神的香火给灭了。烹杀物命，祭
祀灶神，此类事在今天肯定会被多数人视作荒诞不经的迷信一桩。不砸就睁
个眼闭着眼，随信众闹腾去；砸呢，也就砸了，没什么大不了的事。当时可
不然，毕竟是千把年前的唐代，又是个修行的禅师，居然呼喝几声，说砸就
砸，读来不仅为破灶堕的勇气叫一声好，亦为禅林发一点噱，真是林子大
了，什么鸟儿都有，成年住庙出家的和尚里，居然还出了个砸庙的！

其实此事说怪也不怪，禅宗的一大特征就是破除一切"我执"，看透一切事
物本质，超脱一切观念束缚。破灶堕的行为可谓典型的禅宗性格。时下有句流行
的言语叫作"无知者无畏"。无知者的无畏有时也真的是很了不起的，好比在大

雾里过独木桥，走起来如履平地，面不改色心不跳。遗憾的是一旦云开雾散，发现那脚下竟然是万丈深渊，你再看那无畏者吧，说不定早已吓落于深壑了！所以，所谓的无知者无畏，充其量不过是一句貌似有理实际空洞苍白的戏语。而真正的无畏者，必定总是有知者。如破灶堕和尚，"此子领会尽"，清楚一切事物的真实性质原是无生无灭的，方能如此自信，如此"怪异"而无所畏惧。难怪他只须"咄"地一声，杖击数下，神圣不可侵犯的土灶便"倾破堕落"，连被砸的灶神都出来向他礼拜。真理原在其掌握之中，不拜又奈之何！

斩得钉，截得铁

《五灯会元》卷十六，记有浙江婺州（今金华）智者法铨禅师一段名言曰：

"要扣玄关（入道之门），必须是有节操、极慷慨、斩得钉、截得铁，硬剥剥地汉子始得。若是畏刀避剑，碌碌之徒，只有在一边看的份！"

乍读此言，我胸中确有种浩气凛然之感，然也不免有所困惑。不是说"平常心是道"吗？不是说"放下屠刀，立地成佛吗？"怎么又必须先是个硬剥剥的铁汉子才入得了佛道之门呢？这样的汉子尘世中能有几个？这扇大门一竖，入"道"之路未免也太不平常了吧？

然细想，却并不矛盾。本来，平常心自然是道，却未必是人人都"平常"得起来的。你没点对于禅机的颖悟之心，没点儿为人处世的道德底子，

叫我如何不（）道：姜琍敏散文选

没点儿坚持信仰的骨气和操守，谈何入"道"？便入得了"道"，又将如何？

那么，什么样的人物，才是智者法铨禅师眼里的硬汉子呢？这样的人，不必到禅林去找，凡间即有。所谓彻底的唯物主义者是无所畏惧的，那些为"主义"或信仰奋斗甚至献身者就是。而那些为坚持原则而敢于与邪恶抗争者，那些出污泥而不染、不为五斗米而折腰者，无疑都是铮铮铁汉。惜乎这样的人在茫茫人海中并不多。而在禅林，却可说比比皆是，比例相当地高。他们当然不是唯物主义者，但却因参透了生死而无畏于生死，坚定了信仰而化身于信仰。无所畏惧，高风亮节。不仅不能为生死所慑，亦不能为名利所诱。具体而言，宋徽宗大观年间之芙蓉道楷禅师，便是生动的一例：

大观初，开封尹李孝寿上奏皇上，表道楷禅师道行卓冠丛林，宜有褒显。（徽宗）即赐紫方袍，（封）号定照禅师。内臣持皇上敕命至（道楷处），禅师谢恩竟，乃陈己志：

"出家时尝有重誓，不为利名，专诚学道，用资九族，苟渝愿心，当弃身命。父母以此听许。今若不守本志，窃冒（皇上）宠光，则与佛法（和对亲人的盟誓）背矣。"

于是修表具辞。（徽宗）复降旨开封尹，坚命其使道楷受之。道楷确守不受，因以抗皇命坐罪，下旨大理寺捕禅师，可从轻发落。大理寺闻有司，欲徙（流放道楷于）淄州。有司曰道楷有疾，与免刑。于是大理寺吏往问道楷病否，道楷曰：

"无疾。"

大理寺吏（暗示）曰：

"既无疾，何有炙瘢邪？"

道楷曰：

"此昔者疾，今日愈。"

吏更令其思之，师曰：

"（我）已悉（您的）厚意，但妄（要我扯谎）非心所安。"

乃恬然就（在脸上刺字的黥）刑而行（往流放地淄州）。

——《五灯会元》卷十四

坦荡、执著如道楷者，焉不是"有节操、极慷慨、斩得钉、截得铁，硬剥剥地"铁汉子！

这些禅师好滑头

（智藏禅）师住（持）西堂后，有一俗士问他：

"有天堂地狱否？"

师曰：

"有。"

"有佛法僧宝否？"

师曰：

"有。"

更有多问，禅师只管答言有。问者曰：

"和尚恁么道莫（恐怕）错否？"

智藏师曰：

"汝曾见尊宿（高僧）来耶？"

"某甲（我）曾参径山和尚来。"

师曰：

"径山向汝作么生道（怎样回答）？"

"他道一切总是曰无。"

师问曰：

"汝有妻否？"

"有"。

师曰：

"径山和尚有妻否？"

"无。"

师曰：

"径山和尚说无即得（是对的）。"

俗士礼谢而去。

——《景德传灯录》卷七

看到这里，请先恕我冒昧一问：假如你是那位"俗士"，你会像他一样对智藏禅师"礼谢而去"吗？我是说，如果不是出于礼貌，你会因为对智藏禅师的回答感到满意而由衷礼谢他吗？老实说我不会。因为我到现在还觉得一头雾水。问你什么，你都说有，这倒罢了，可对于同一些问题，听说别人的答案是一概说无，你又说他的回答是对的。那到底"有"是对还是"无"是对？果真是"有作无时无还有，无作有时有还无"？反正愚钝如我者，是一时难以绕出这个迷魂障的了。难道，这就是禅机之所在？

或许，智藏禅师说的不过是老实话：相对于你提的问题之抽象性，说有说无都可以，谁也无法核实。完全是个信仰与否和看问题的角度问题。讨论的前提就具有不确定性，答案也未尝不可来那么点随意性或曰黑色幽默。

有意思的是，这类问答在禅林可谓司空见惯。信手再拈一例吧：

洪州廉使问（著名禅师马祖道一）：

"吃酒肉即是，不吃即是？"

师曰：

"若吃是中丞（即廉使）禄，不吃是中丞福。"

——《五灯会元》

你瞧，怎么答怎么对，怎么做怎么好，到底标准是什么？到底有没有确切的真理？实际上，这正是禅宗的特点及其易于为人接受的原因之一。随机说法，因人而异。法无定法，因事而异。他们对皇帝会说"陛下日理万机即是佛心"；对进京赶考的人会说"且去作官"；对做了官的人说："做官有何不洒脱！"而对山野村夫则又是另外一种说法，如要"勤耕田，早收禾"，要安贫乐道等等——你说这些禅师，是不是很有几分滑头的味道？

其实，这未必是滑头。因为在所有这一切"回答"之中，还是贯穿着禅宗一个重要的思想，即："平常心是道。"要以超脱而灵活的人生姿态去对待你的生活，而无论你是做官还是种田，都不要太钻营，也不要太认真，心中要时时于"有"时，念着一个"无"字；反之，亦要于"无"时念着一个"有"字。所谓"有"中有"无"，"无"中有"有"。而这，恰是"道"，恰是人世之至理也！

这就能成佛作祖？

王常侍一日访（义玄禅）师，同师于僧堂前看。乃问：

"这一堂僧还看经么？"

师云：

"不看经。"

常侍云：

"还学禅么？"

师云：

"不学禅。"

常侍云：

"经又不看禅又不学，毕竟作个什么？"

师云：

"总教伊成佛作祖去。"

——《临济语录》

这段对话挺有趣不是？说实在的，我初读它，也就是当作个玩笑来看的。一个当和尚的，不看经，不学禅，反道能成佛作祖，这种话不是玩笑还能是什么？

可是没想到，我漫不经心翻过的书页间，紧接着又出现了同一个义玄禅师的另一段语录。而这段话和上段话说的亦是差不多的意思，却连傻瓜也看得出，这回决不可能还是开玩笑——

"若人求佛，是人失佛；若人求道，是人失道；若人求祖，是人失祖。大德！莫错，我且不取（不欣赏）尔解经论，我亦不取尔国王大臣，我亦不取尔辩似悬河，我亦不取尔聪明智慧，唯要尔真正见解。道流（学道者们）！设解得百本经论，不如一个无事的阿师（禅僧）！"

——《临济语录》

瞧，这回这义玄禅师说得再认真再明白不过了。而且，此言不恰恰是上一言的一个明白无误的注解吗：

如果一个人求佛，那么他就失去了佛；如果一个人求道，那么他就失去了道！

换而言之：求佛求道之路，真个就是不学经，不学禅！

那么，为什么不学经，不学道，反可能成佛成祖呢？

是不是亦如另一位怀琏禅师所说"世法里面，迷却多少人！佛法里面，醉却多少人！"类似的意思呢？

我想是有此意思在。但恐怕义玄禅师的意思更是一种反激，所谓极而言之，体现的是一种辩证思想。其本意不是不要人学经学道，而是不要人刻意地学经，片面地求道。所谓平常心是道——"热即取凉，寒即向火。""要眠即眠，要坐即坐。"

只是真这样的话，世人岂不是人人能成佛作祖了吗？这成佛作祖真就能如此简单容易吗？

当然不可能如此简单。问题就在于：尽管有人这么说，世上就是没有几个人真能把手中的"经书"给放下来！总有这样那样的原因或理由，使我们认定"正道"不回头！不信，你回头看看——写诗作文的，都知道"功夫在诗外"的道理，却又有几个人能扔下书卷，忘却苦吟，自在而洒脱地到田间去，到溪畔去，真正沉入动态的生活中，感悟其本质，采撷其鲜活，然后心有所动，情有所托，玉词锦句喷如泉涌……

知易行难——世事、世人，大抵如是。细想想，真有些怪哪！

这山望着那山高

禅宗高僧六祖慧能语录云：

"东方人造罪遭受苦难，念佛求来世投生佛国乐土；佛国中的人造下罪孽，念佛求生哪个国度呢？凡俗愚昧的人不能明心见性，不认识自身中就有一片清静的所在，一会儿觉得这里好，一会儿又觉得那里好；觉悟的人，在哪里都是一样。所以佛祖说，不管住在哪里都是安乐的。"

佛家总是强调觉悟。而觉悟和不觉悟，到底有什么区别呢？

品品慧能禅师的"觉悟"，我们或可有些启发了。但像这般看似平常实质颇有深意的认识，一般人在自己的人生体验中也未必感觉不到，比如说"心静自然凉"，谁都明白这是个理，然而又有几个因此而"静"了、"悟"了的呢？所以这世上，终究是这山望着那山高，总觉得"别人的馍好吃"的人来得多。比如小地方的人，一个个都喜欢削尖脑袋往大城市挤，处心积虑向高处里钻。挤进了，钻乏了，却又遥望远方，心有所动，"悔叫夫婿觅封侯"。怎么看也觉得，还是那青山幽明、碧水潺湲的乡村来得清新可人。而那些桃源中人呢，终日漠漠地在桃红柳绿中出没，却偏偏又嗅不出什么仙气来。你若冲着他花香鸟语诗雾腾腾一番呀，保不准他还当你牛奶面包吃多了，跑这来抽风撒娇，弄不好会狠狠地啐你一口呢！此正所谓，熟悉的地方无风景，墙里开花墙外香呀！而喜新厌旧，永无魇足，或许就是如此这般地潜移默化为人的本能了吧?

既如此,索性就喜新厌旧,就这山望着那山高吧。何况这现在的世界,也着实是太诱惑人。见山山有情,看水水有意,哪样是那么容易割舍的呢?能跑的你就常跑跑,能捞的你就多捞捞吧。乡村住厌了,到城市闻闻汽油味,或许也别有一香。城市呆腻了,到乡下走走小桥流水,谅必便心旷神怡。至于遭罪,就遭些;受苦嘛,就受吧。做啥能不付成本呢?兴许你不在意它,它也就拿你没多大辙了。"在哪儿都是安乐的"毕竟只是少数割断俗缘的高僧。像咱们这号的,终究难。何况是"树欲静而风不止"呢,你没见那滚滚红尘,多大的风!

最难"平常心"

有人问景岑禅师:

"如何是平常心?"

师曰:

"要眠即眠,要坐即坐。"

这人说:

"这其中包含什么旨意?"

禅师说:

"热即向凉,寒即向火。"

这样的回答应该是很清楚的了，真理往往就这般简明，这般朴质。但是对于习惯于寻求微言大义的人们来说，未免少了些"旨意"。因而反觉糊涂了。

幸好，另一位有源禅师也回答过类似的问题，他的回答就明确而具体得多了。他也将和尚的用功概括为"饥来吃饭，困来即眠"。问者追问道：

"一切人总如是，同师用功否？"

他很干脆地说：

"不同。他吃饭时不肯吃饭，百种须索；睡时不肯睡，千般计较。所以不同也。"

问者闻此，哑然杜口。

是呀，想吃就吃，想睡就睡，想干什么就干什么，这样的日子谁不会过？用得着禅师们餐风沐露苦苦修持吗？如果大家都这么过，高明的禅师们，和普通人又有什么区别呢？

区别还真不小呢！正如有源禅师所言：我吃饭就是吃饭，睡觉就是睡觉。心思单纯而明确。你却该吃饭时两眼白瞪，该睡觉时辗转反侧，千方百计，索讨个没够，搜求个没完。这区别还小吗？

问题就在这里了。这"平常心"无疑是为人之一至境，但却是说起来清汤寡水，做起来麻烦透顶，着实得有番不平常的功夫垫底才行呢！而一般红尘中人，凡夫俗胎的，镇日在功名利禄里滚，夜夜在柴米油盐里泡，每天睁开眼睛，涌上心来的，件件都是平常事，可哪一件让我们少操心，哪一件轻易放得下呢？即使你努力放下了，可刚端起饭碗来，却又听说邻居抽奖得了台洗衣机；你那饭吃起来还香吗？晚上你很想睡个好觉，可单位里分房的事又冒了出来，据说还可能有人要下岗，我的天，难道你那双眼皮还合得上吗？

看来这"平常心"实质可并不那么平常。有点像我们的某些理想呀道德呀什么的，说来容易做来难。更有点像医生对我们说的话：只要你保持平静乐观，只要你不吸烟不喝酒，养精蓄锐节房事，保你能活到九十九。可话可叫我如何不扯蛋：
姜琍敏散文选

以这么说，医生他自己也未必真打算能这么做呀。不信你告诉他老人家，他太太刚丢了钱，不要多，就说50块，你看他是否还心平气和地坐那里，劝你乐观！

话也得说回来，世上许多道理就是这样，难归难，矛盾归矛盾，却不等于不是个好道理。相反，正因为是个好道理，才会难，才会有矛盾。要不然我们的禅师们还用得着抛弃红尘，冥思面壁吗？至于我们老百姓，晓得点好道理也总不是坏事，能"平常"一分是一分，也就是了不起的"平常心"喽！

世像漫弹

活气

　　乔迁有如人生，转换的不仅是方位，还有一派崭新的视野。所谓"树挪死，人挪活"呀。而我对新居原本是有一点遗憾的，就是新区亟待绿化，附近又净是开发中的工地。四下一望，满眼塔吊，满耳喧声；连绵好几里，晴天烟尘滚滚，雨天泥浆翻飞。中间还日夜穿梭着灰扑扑的运料卡车。这光景前景无疑令人鼓舞，眼下却总觉少了些许"活"气。

　　不意一日儿子发现新大陆般告诉我，西面的废墟后边，有一片田野，还有他极为罕见的菜地！我抽暇遛去"考察"，果不其然。但这片"田野"我早已来过，只不过外围那泥泞的土路、乱糟糟的棚屋及几为建筑垃圾填满的污水河，阻回了我的脚步。这回深入，才发现其后果然别有天地。只是称这几亩废墟中垦出的菜地为"田野"，令我有些发噱。然即便如此，它仍让我流连不舍。且相对于周遭的环境，这儿岂止"田野"得可以，简直还有点"桃源"呢！正是早春，阴雨初霁。向晚的夕阳涂染得这片高低不平、沟渠紊乱的土地橙红鲜亮。空气鲜润，混漫着久违的粪土气息，令我恍然回到下放的年月。而那小块小块杂驳的空间没一寸闲着，娇黄的菜花、青翠的麦苗和幽绿的豆棵，在我视野中幻化成大片的金黄，翻滚的麦浪。最诱人遐想的是那不起眼的春草，哪怕有一星泥土处，它都会顽强地蔓出勃勃生机。而那几个穿红衣的割菜妇人使我意识到，他们才是这派绿色中的"绿色"。她们脚畔那几个小狗大的孩子，如履平地般在沟坎间嬉戏着，更令我羡叹生命之强大适应力，岂逊于野草。我近前去，孩子们却追着条真正的黄狗，隐入那一片低矮而拥挤不堪的"村落"中去了。

我怀着一丝莫明的疑惧走进"村落"，竟发现这儿还喧活着一个与我谙熟的环境乍看似无甚差别的世界。菜摊、杂货铺、小吃店，一应俱全，甚至还有张台球桌。迥异的是层次，那些"房屋"，几乎都是铁皮、石棉瓦和废纸箱搭就的棚户。所有的棚前户后都乱陈着酸腐的垃圾，还有大量待售的鸡鸭毛、泡沫板和废铜烂铁。小饭铺搭住根高压电杆，老鼠在灶前大摇大摆巡逻。食客则多为附近工地的民工，在污气和油烟中呼喝哄嚷地，灌得满面通红。几条脏狗则在他们腿肚间撕抢着偶尔落下的骨屑。另有十来个人正挤作一团，伸长脑袋盯着杂货铺那巴掌大的旧电视机；而在他们脚边，两头肥猪正吧唧大嚼着他们吐下的蔗滓……

踱回"田野"时，天已灰暝，一片悄寂。只有菜地尽头几口柴灶，幽幽地吐着鲜红的火苗。棚户区也飘来缕缕炊烟，和菜地袅起的淡雾混合成另一种奇特的气息。令我越发感到一种诱人的神秘，却又辨不清是何意味。最后一个挑着沉沉菜担的女人，经过时停了一下，向我投来深长而疑惑的一瞥。也许是为我这陌生者的存在感到好奇吧？殊不知，我也为他们的存在感到好奇呢。是什么使这些明显来自外乡的人们，"挪"到这非城非乡、迟早也将被开发的角落来呢？就因为这儿有"活气"吗？而他们野草般顽韧的存在，岂不也为我、为这生机盎然的"田野"，乃至我们日新月异的都市，带来了几分"活气"？

不求奇迹

生活是越发红火了，刺激和诱惑花样百出。突出的标志是，社会似乎已进入博彩时代。买东西有奖，看电视也有奖；这儿在广播打工者抽走了桑塔纳，那儿在报道拨电话中了数万元。至于如火如荼的体彩、福彩，更是连续不绝地炮制着一出又一出浪漫而迷人的暴发梦……

"我用青春赌明天"，而明天已成了今天，天上掉元宝也成了现实，谁的手能不痒痒的，不想去买几张彩票博它一博？不为此砰然怒放的心，不是枯井怕也是朽木了吧？遗憾的是，我就是这么个从不曾问津彩票的家伙！说实在的，我也曾暗自担心是不是有那么点儿不正常。然反复审视，似乎自己不傻也不呆。或许是因为还没有邻居或同事中过大奖，远处的幸运不那么令人妒嫉？说是没那个拨电话或买彩票的功夫未免矫情，说是不舍那十块八块或三百二百的小钱也未必公正，抗洪救灾、援助苏北什么的，我可是三百二百地捐过来着，拿它来赌彩，保不准桑塔纳就在我楼下停着了——那么何不去试试自己的手气呢？一是我总有一种偏见，概率太低的事不值得在意，几千几万分之一的希望犯不着劳神；二是纯物质的"奖"，终觉缺了点荣誉的刺激；三就是可能我凡事都好看得太透，以至大大冲淡了事情本身的意趣。看到那么些明星大腕儿在电视上撒娇、作秀、出洋相，心里挺为他们抱屈的（或许他们的出场费不菲？），想想不过是与电视串通好了来诱取收视和广告，我再来累断手指拨那个电话瞎起哄，未免有点儿乏味。

我也曾打算说服自己来着，博彩，博彩，首要的就是那博时的趣，中不中则是另一码事。可这一来，我又担心起万一中了怎么办来了。轻的也罢了，一辆桑塔纳了不得让我晕过去，可真要中了几十、几百万哪？会不会成了个中举的范进？乍寒暴暖的大反差，会不会整个搅毁了我的后半生？即便一切太平，那羡慕的、嫉妒的、打秋风的甚至可能还有磨刀霍霍的各色人等，我能够应付得下来吗？这一切和安逸有序的现状比，究竟是不是更值得呢？这么一说，明摆着就露出自己的保守来，或许还有那么点酸葡萄心理？酸葡萄似不至于，这大奖毕竟不比诺贝尔。保守倒像是真的。蒙田说："不含奇迹的人生是最合宜的人生"，一向深获我心。咱们的国粹禅宗也反复强调"平常心是道"，这也是我总乐意平平常常而不求奇迹地活着的一大内因吧？罢，既已无可救药，也就别为不爱博彩之类犯愁吧。所幸不求奇迹不等于不求进取，我还是有颗如同农人巴丰收、演员盼掌声般的心在的。但愿年年收成好，小日子过得平安而实在，也便知足了。比如写文章，能得个诺贝尔再妙不过，得不着的话，就盼着多听到几声赞许吧；那滋味，未必比诺贝尔或桑塔纳来得差哩。其实，便一个老农，能用一年汗，换得个五谷丰登的话，那桑榆树下，一壶浊酒的滋润，怕也绝不比博得大彩逊色哪去呢；而醉翁之意不在酒，就在于那踏实的付出，扎实的收获中呀！

吃什么好?

　　西方人是怎样养生的，我不甚了了。但我对某些西方人的养生哲学，尤其是吃什么不吃什么，还是比较了解的，因为我与他们有过些直接或间接的接触。比较有代表性的是其中一位外企的总经理先生。此公高大魁伟，腰杆笔挺，白而粉红的胸膛上胳膊上四肢上甚至颈项上无不毛发浓密——这还不是他最惹人注目之处，他给人印象特别深的是年逾 65 却仍有着一般东方人难以比拟的旺盛精力，一天里只要是睁着眼和有人在侧的时候，谁也不可能让他的嘴巴闭上一分钟，那张雄辩滔滔而嗓门还特别洪亮的嘴巴动个不停，活脱脱就像在缸里不停呼吸的金鱼。许多与他打过交道尤其是有过商务谈判的人，都哀叹过吃不消他那马拉松般在会议桌旁口若悬河的能耐；而暴怒的时候，他能够狠命敲打着桌子冲着电话一口气吼上两个小时！

　　许多人（当然是我们这些特别看重补养的中国人）都万分羡慕他那似乎是不会枯竭的精力，明里暗里地打听他吃了什么补品。可他总不屑地耸耸肩，一脸庄严地声称自己从不啃任何草根马料（他管咱们奉若神明的某些中草药或人参之类补品叫草根马料）。许多中国人不相信而我相信他的话。因为据我的了解和观察，西方人的确不像我们这般重视饮食之外的所谓补品，他们似乎没有吃什么神秘的植物或打鸡血、做气功之类的嗜好。理由之一就是我所见识过的他或他的同胞同事们，个个都没什么特别的养生绝招或习惯。

使他们维持体力甚至还常造成精力过剩的燃料，主要就是畜禽类、乳制品，再加上一些咖啡和酒精饮料。喜好运动和冒险似乎也是西方人身体强壮、精力充沛的一个原因，但考虑到他的饮食习惯，我宁愿相信这只是他们之饮食习惯的一种果而非因。也就是说，是高蛋白、高热量、高脂肪的食物及饮食方式导致了他们性格的冲动、相对外向和喜好冒险。蹦极、攀岩、登山、极地探险、深海潜泳这些危险运动大多发源于西方，并不是一种偶然，完全应视为是他们那种饮食和民族个性及文化特性的共同产物。

以这位外国老板为例吧，他每天差不多也是三餐，但这三餐的时间和我们的差异是很大的，早餐通常要在9点钟之后，除一杯必不可少的果汁和咖啡外（当然不是袋泡的速溶咖啡，而是现煮且煮法还特别讲究的那种咖啡），就是牛奶和一小点麦片加两个煎鸡蛋或香肠。午餐几乎是不存在的，咖啡、一杯朗姆酒或自调的鸡尾酒，外加一两个苹果或几片点心便是了。晚餐一般是在晚间的八九点钟后，这是他一天里最正规的一餐了。这位老板年纪不小了，心脏也有毛病，所以他的食量是较小的。即使这样，色拉、浓汤、一两大块血淋淋的牛排或一只鲜嫩的仔鸡或一大份三文鱼、大虾之类海产品，还是必不可少的。而这就是我们所谓的主食了，谷物在他们实际上是不算主食的，量也不多，米饭极少吃，面包、面条或水饺是基本内容。水果、西红柿和生兮兮而无味的生菜之类则是他最基本的"菜"了。餐后的咖啡、酒和冰淇淋，则构成这一天食物运动的尾声，只不过这最后一幕的时间，有时候会随着老板的谈兴而绵延达数小时之久。其他几位老外的饮食内容和方式也和他大同小异，所不同的是数量更多些。而这位老板消耗他体内的高卡路里和蛋白质的方式是无休无止地漫谈，别人则多喜好火烧火燎似的赶往户外去散步，或一头拱进游泳池和健身房去嗨哟一番……

对了，奶制品在西方人的能量中也扮演着重要而关键的角色。所有的甜品中差不多都有奶，所有的食品，素的如邑拉、浓汤，荤的如烧鱼烹肉中都放奶调味，另外还喝下大量的鲜奶，尤其是夹面包就火腿时还吃下许多奶酪。我见过他们每个老外都当宝贝般从本国带来的各式奶酪，其色有红有黄有白，其形有方有圆还有棍子似的；如同寻常小吃般，他们会随时从冰箱中取出一段来，拿小刀嚓嚓削上几片款待贵客或扔进嘴里嚼上几片。这高蛋白高热量而营养丰富的东西，无疑也是他们那旺盛的精力的主要来源吧。

那么，说了这么一大通，到底什么是这位老外老板的养生哲学呢？他的养生哲学其实很简单，就是他们极端偏爱的，自己的饮食习惯和内容；用他自己常爱对手下的中国员工们发表的观点来说，就是（挥舞着自己粗壮的胳膊）："为什么你们这么都这么瘦小，这么有气无力，呵欠连天，连我这么个老人的工作节奏都跟不上？肉！充足的肉类，新鲜而带血的牛排！这就是秘密！这就是任何草根马料、和那些洁白无骨，只会滑口粘牙的米粒所不可比拟的精力之源泉！"

因为这种观点，每次与中国员工共餐时，这位可爱而多少有些武断的老板，总不由分说地给每人点上一大块内里血淋淋、在他看来仍不够正宗、仍嫌过老的牛排，一脸凶相地逼视着他们，直到他们苦着脸全咽下去才展颜一笑！

无论如何，你不能不承认，西方人的饮食习惯的确是他们体格相对强健的根本原因，甚至，也是他们性格特征的带根本性的原因之一。我说"之一"，当然是因为任何民族或个人的性格成因是十分复杂的，其基本内容包含着遗传，特别是文化、宗教和民族特点等诸多因素，单纯的食物或饮食的方式习惯，是不足以决定一个人的性格之形成的。但是，毫无疑问的是，食物及饮食习惯，对一个人尤其是一个种族的某种共同性格特征的影响力，还是比较明显的。

谁也不会否认，东方人和西方人的民族性格是有明显差异的。相对而言，食物偏素的东方人的性格较内敛、较平和、坚忍、保守而中庸；我们相信吃亏是福，糊涂是聪明，尤其流行圆通和情面精神，一切对立和矛盾都无不可以通过协调来化解，乃至法律也大有通融之余地。而西方人则相对外向、好斗好动而富于革新冒险精神，中庸哲学几乎是不存在的，他们看世界的方式较为极端，或黑或白，钉是钉，铆是铆，法律就是法律，神圣而不可更易。通融与妥协几乎只是外交家才有的权利，而钻法律空子则是律师与商人的职业习惯。这些差异的成因无疑是十分复杂的，但我相信与各自的食物构成及养生哲学是不无关系的。

鲁迅先生说过：西方人的人性中掺杂着一点兽性，而东方人的人性中掺杂着一点家畜性。先生指的自然是文化哲学意义上的差异，却也多少可启发我们从别的方面来寻求一点原因。兽与家畜本是同类，何故使他们会有一野一温这么大的差异呢？"文化"和生活方式的不同是主因，食物构成之不同也有很大关系。林中的野兽吃的都是带野性或泥土气的活物或植物，人养的家畜可就没这个口福了，它们的肠胃中塞满的是人为配制的所谓饲料，其主要成份还是植物性的，那么，其血液中流动的，岂复还有多少野性可言呢？

需要说明的是，我这么说，并没有因此而褒扬西方式饮食习惯或贬抑咱们东方式养生哲学的意思。如同性格从总体上而言只有差异而无好坏之分一样，我相信饮食文化或养生哲学也没有本质上的优劣之分。一方水土养一方人，这是一个浅显的事实，而每一方水土和每种生活习惯也各有其优劣，各有其利弊，如此而已。相对而言，如果一定要我评定东西方饮食文化的优劣的话，我还更偏爱些咱们东方人的饮食习惯，不仅因为我个人习惯成自然，因而先天厌恶乳制品，更啃不得血牛排和那些沾糊糊见了就泛胃的色拉；更因为以现代医学营养观点来看，东方人偏素、低热量、低脂肪的食物构成虽然未必给人以健壮的体格和充沛的精力，却在基本保证了咱们健康的前提下，减少了肥胖、高血压、高血脂之类"富贵病"的麻烦。难怪报纸上曾说，联合国卫生组织向世界推荐咱们中国人的饮食方式。我相信这不是"东方人的月亮比西方人圆"心理作怪，而是一种有科学依据的合理的认识。

不妨再以我熟识的那位外国老板来说吧，他就可谓是个成亦他们那种饮食、败亦他们那种饮食的典型。就在去年吧，他在一次宴会上刚挽着袖子向人夸耀自己老而不衰的体力和强大如昔的性能力之后没几天，就火速飞回国去，作了个让一切闻者色变的"冠状动脉搭桥术"。几个月后，他重返中国，谈欲仍那么旺，声气却虚弱多了，腰围也小下去一大圈，并且似乎忘了自己的饮食和体格之好而绝口不谈了，唯一可夸耀的似乎就是向熟人撩开衬衫，展示自己那长达70多公分的刀疤。更绝的是，他竟然如梦方醒般宣称还是中国人的饮食好，不需要为自己的心脏担忧。甚而之至，他也终于入乡随俗，破天荒地听从中国员工的建议，看起了"巫术"（中医），吃起了用"草根马料"制成的"御苁蓉"之类口服液来！

如此看来，虽然我声称不谈优劣，不作褒贬，但东西方饮食文化的优劣利弊，不是已然可以从中看出个七七八八了吗？但是我仍然想强调一点，我个人的看法并不因此而有所改变，东西方饮食文化在我眼中或在事实上仍然是优劣互见的，人为地褒贬或就吃什么好而争个高低是非，都没有什么实际意义。还是到什么山砍什么柴，吃什么东西唱什么歌来得实在一些。但有一点是肯定的，倘能造就或曰逐渐养成一种将东西方饮食文化中各自的优势结合起来的饮食习惯，必将对华夏民族的体格乃至心理、性格产生诸多有益的影响。这在我这样已属冥顽不化者来说，显然是困难的。而就我们的后人来说，则是完全现实而可操作的。事实上，随着改革开放进程的加快，东西方文化的交流和渗透已成必然趋势，可口可乐、肯德基早已俘虏了我们的孩子们的胃口，需要担忧的倒是，倘因此而使我们的后人们完全忘了青菜米饭的香气与益处，而都成为大腹便便的冒险家的话，则显得矫枉过正了。

幸好这只是一种假设，中国文化的一大优势就在于它那强大的生命力和同化力，保不准最终的结果是，肯德基和可口可乐成为咱们饮食文化的一个常规成份，血牛排和膻奶酪之类成为八大菜系之外变了种的又一大系——果如此，说不定我也会啃上几口了，那结局，岂非不亦快哉？

揣摸幸福

　　午间我路过处工地，前路忽为一群横穿马路的民工阻碍。他们多半泥迹斑斑，有的还戴着安全帽。年轻些的使劲敲着饭盆或追逐着，轻快地翻越栏杆；年长些的虽显得克制，但也步履匆促，疲惫的眼神饿吼吼地直射对面的饭棚——我的心隐隐一动，恍然生出种说不清是羡慕还是伤感的情愫。此后我虽然看不见他们用餐的情景，却完全透视得出，他们那绷得紧紧的心弦，很快便将被（哪怕是粗劣的）食物拨弹出一曲曲幸福的旋律。

　　我把得准这个，因为我有过相似的体验。多年前下放矿山时，在生活枯燥、工作机械等境遇下，那屈指可数的些许幸福感里，每日三餐，尤其是大强度劳作后疾奔食堂时那份憧憬与期盼，就餐时那份狼吞虎咽的满足与快乐，无疑是其中最深刻而美好的了。当然，关于幸福的定义很多，感受也因人而异。我这种感觉算不算幸福是可以存疑的。确切无疑的是这样一份满足并不与食物的质或量成正比，相反，似乎常是成反比的。如食尽人间膏粱的王公贵戚们，饮食之于他们，岂复有福字可言？即便现在的我，一日三餐较当年无论质与量都不可同日而语，且时而也可得着些饕餮珍馐的机会，当年那份随食物而来的美感，却早已"不复梦周公"了。这么看来，如果幸福真像某些定义说的，是一种快乐的满足感的话，那么所谓幸福，尽管是一种主观感受，却又是一种客观色彩极其鲜明且几乎是可遇不可求的感受了。

引发我这番玄想的当然还有别的实例。例如某日我听到电台谈及一个边关战士的故事，他"最大"的幸福就是收到一封来信的时候。电台播出他的来信后，他在一天里竟收到两百多封慰勉信，以至于使他"幸福得无法承受"了。收信也是种幸福？幸福居然还有无法承受的时候？这是否意味着，他实际上可能已失去了原先那"最大"的幸福？如果他持续收到大堆的信件，这份幸福怕还会异化为烦怨吧？这就是我乍闻此事时冒出的想法。我不知那位战士会不会同意我的揣测，但此事本身像空气一样真实而耐人寻味，是无可置疑的。环境等客观因素，又在此扮演了一回"幸福"的媒婆。之所以我会觉突兀，不过是因为我所置身的"信息时代"，使我已淡忘了下放时那份与战士毫无二致的盼信情结而已。这么看，幸福不仅深受客观制约，而且还与一个人所处的地位、生活类型有关，并表现为不尽相同的层次与形态，其实质却仍是相对"平等"的。我的意思是说，上苍在此似乎表露出某种合理性。每一种生活层面都各有其幸福，且互难兼有。当我们终于介入某种期望的新生活时，无疑是幸福的，却也有什么东西，永远地远去了。如那份对食物的美感，如那种盼得来信的狂喜……当然，会有人相信此幸福与彼幸福存在着高下或雅俗之别，但就我个人的体验却未必支持这种看法；至少，我现有的种种幸福，阻止不了我对某种失落的幸福的由衷怀恋……

信笔至此，我又有点儿茫然，不知道为何会产生这种感慨。更不知道这种对幸福的揣摸有多大意义。唯一能肯定的是，这非作秀或无病呻吟的怀旧，更不是为了鼓励大家放弃追求或创造新生活的努力。而这，无疑是无可争议的"幸福"的根本源泉。

斗人

关于斗牛，过去我知道得也许不能算少，但却并无直观的印象。不过是从书本的介绍或新闻的片断，及海明威的著作里，尤其是后者那对斗牛士近乎崇拜式的一唱三叹的描述中，了解到那是一种人与凶顽的动物之间展开的足以证明人的力量与尊严的殊死决斗，我也因此而对斗牛者打心眼里充满了敬仰之情。

以至于一听到《西班牙斗牛舞曲》那铿锵激越的旋律，便禁不住手之舞之，足之蹈之，浑身充满了作为人的自豪与激奋。也许正因为如此，所以当我有一天终于身临其境般、从体育频道上完整地看到了一场被称之为生死之战的斗牛比赛后，我的感觉竟发生了一个自己也始料不及的裂变。确切地说，我有一种过去纯粹是受骗上当的感觉。过去的一切关于斗牛的既有印象都变得虚伪而令人厌恶，感情的天平情不自禁在刹那间倾覆，不是倾向于披红挂彩的所谓斗牛士一方，而是那可怜而孤立无助，却始终高贵尊严而至死不屈的牛的一方。

这不是斗牛，而是牛被逼无奈地为捍卫生命而进行的与人的殊死搏斗！这不是比赛，而是人凭借武力与欺诈打着堂皇的旗号对异类的公开屠杀！我们凭什么能将之称为斗牛呢？那可怜的公牛从不明白这是所谓的比赛，更不知道"比赛"的结果总是必然地要以它的牺牲为句号。它身无寸铁地被逼迫、诱哄着孤零零地抗击着骑马佩剑的斗牛士、捆牛士乃至数十名助手、挡板和成千上万鼓掌欢呼的看客，甚至还有那纯粹是人类欺诈、作伪精神象征的红布，这样的阵势也叫比赛？这样的场面也值得观赏？这样的结局还值得讴歌？

这种"比赛"，除了能令人沮丧地证明人类的不公与凶残外，还能证明什么？这样的比赛据说已有上千年历史，奇怪的是为什么从没有人客观而公正地指出，这不是一场势均力敌甚至也不是符合起码游戏规则的角力，它从根本上就是人类对异类生命的蔑视与充满血腥、残暴和欺诈的恃强凌弱，其结果压根儿显示不出人作为人应有的基本品格；如果说它真有什么价值，那就是满足和暴露人的天性中最可耻的嗜血、屠戮和肆虐欲！更令我悲愤的是场上那充塞于耳的欢呼、鼓噪，以及电视解说员那令人厌恶的"精彩！""漂亮！""多么优雅的一击"——的确够优雅的，两把、四把乃至五把六把镖枪刺进一个活生生的生灵的背心时，那喷溅的血流的确够让"人"满足而兴奋的！

最让我不解的是，这种比赛居然产生并继续兴盛于动物保护协会多如牛毛的西方。而西方人来到中国，几乎是无一例外地要对食用宠物的现象表示深恶痛绝的。人哪，你究竟是怎样一种"动物"，实在是让我困惑了。不错，现成的答案早已有了。孔子说：人者，仁也。苏格拉底道：思维着的人是万物的尺度。莎士比亚也说：人是宇宙的精华，万物之灵长。而人，真能毫无愧色地当得起这一顶顶自封的桂冠吗？但不管怎样，我还是要坦率地告诉我的同类们：我对此类毫无人性的"斗人"及一切视生命为草芥的行为，将永远充满厌恶。别了，海明威，别了，"斗牛士"！实在说吧，我甚至至始至终地在为那些背心中晃荡着好几把镖枪的公牛暗暗鼓劲——撞死他！撞死那手持红布的屠夫，而不是那无耻的红布！

也许只有经常出现这样的结局，才有可能终结这种令人发指的屠杀！虽然我很清楚这种可能是多么的渺茫，因为它压根儿就不是像它所标榜的所谓

"比赛"或"体育"!

但无论如何，在我眼中，处于这种悲剧中的牛，虽败犹荣，而人，虽胜犹耻！

瓜市实录

老话道：世上三件苦，撑船打铁磨豆腐。其实世上的苦事何止这三件？比如那酷暑下往城里贩西瓜的活儿，你去试试看？报上天天在发布中暑指数，可这跟瓜农们似乎压根儿不相干。汗珠砸地上滋滋冒烟，成吨的西瓜搬上卸下，还不是最苦的，最苦的是那心头的焦灼。开着车到处转，就是找不到个卸瓜的地方，好容易卸下来，没开张就先来了收费的。这费那款交上了，你就在烈日下苦捱吧，上好的瓜，五毛一斤也诱不来几个问价的。运瓜的车却早走了，只好一晚接一晚地，睡在烤箱般燠热的路沿上喂蚊子……

而对于我见到的这对农民小夫妻，那还都不是最苦的。他们的一车瓜还没卖出一个，路对面那遮阳伞下的瓜摊上，就猛地传来臭骂声：哪个让你们在这块卖的？没等他们省过神来，三个光膀子的本地瓜贩就冲了过来，一人抱起个大瓜，朝瓜堆上狠狠砸去，那瓜立马就碎了一摊：马上给老子搬走，要不开花的就是你们的脑袋！闹畅了扬长而去。

围观者面面相觑，个个心头如汤煮，可一见那伙人手上的长刀，又个个噤若寒蝉。有人悄声说，该让有关部门来管管这事。而那对黑瘦干枯的瓜农夫妻完全呆了。妻子汗污的脸上淌满了泪水，拿脏黑的短衫不住擦眼。丈夫尖削的下巴痉挛地抽搐，抱头蹲地出不了声。强龙压不过地头蛇呀，一个推辆三轮车的老者将车借给了他们：躲吧，后面有条夹弄，背就背点，好歹能太平点。

挪吧，挪吧，挪过去我们买你的瓜。另几个围观者也小声地发了话。于是，一幕完全出乎瓜农意料的短剧上演了。在那条决非"市口"的夹弄里，一伙儿路人你三个我五个的，不一会竟买走了一大堆瓜。先前寻衅的那伙人也跟过来一个，见了这场面，目瞪口呆地溜走了。

我也是买瓜的一个。只是我颇觉矛盾，想多买，却搬不动。结果七个瓜，把那送瓜的丈夫压得直哼哼。看着他结满盐花的后背，我给了他支雪糕以表歉疚，他推了半天收下了。后来在阳台上，我却见汉子将一口没碰的雪糕递给了妻子。于是那妻子泪痕未干的脸上，无声地绽开朵生动的笑。

想必你也相信，催开那笑的，决不仅仅是那枝雪糕……

不！

燃放烟花爆竹，是否应该弛禁？我的看法是毫不迟疑的一声喊：不！而理由毋庸赘述，禁放的法规得以颁行，五年的实践昭昭在目，足以说明一切。

令我困惑的是，烟花的魅力何以如此之大，以至于解禁的呼声始终与实践相伴，甚而甚嚣尘上，令我们又得来争论这烟花般老旧的话题？是因为离了它难耐寂寞吗？如今这车辚辚，马啸啸，一夜笙歌到天明的好光景，难道还不够热闹？是靠它真能够招财进宝吗？老祖宗砰砰啪啪了千百年，哪一年的小日子，能比这禁放以来更红火？是恋它传统难舍？那刀耕火种，男耕女织，日出而作，日落而息，恐怕是最悠久的老传统，可如今它们又在哪？或许，我们的空气还不足让我们窒息，满耳的噪声还不至使我们悚惕？火患的狞笑，绿树的战栗，老病者的呻唤，同样亦不足令我们警省？我们以安宁、清新与祥和换取的，真的是一个无可替代的好乐子？

当然不仅是乐子。那砰啪声声里，毕竟也焕发着我们这民族特有的热情，那火树银花间，毕竟还洋溢着种种不无美感的向往。而一个源远流长的习俗，必有其值得回眸的价值。革除它所须的代价，不仅是物质的，更是时间和心理的，甚至是铁一般的意志的。而我们面临的问题是，历史已步入全新的世纪，文明正寻求相应的标帜。而禁放之呼声，便是改革与进步的一缕新美曙光，且已因合理而固化为神圣法律，付之于成功的实践。岂可又翻云覆雨，轻言解禁？一旦那砰啪声又起，排山倒海中，崩溃的不仅是我们的神经，更是改革进取的意志；污染的岂止是空气，更是移风易俗的锐气——君不见，我们的三令五申里，真正能令行禁止而相对干净漂亮的，"禁放"可说是首屈一指之大成果。如其亦不保，那么，与其说，我将股栗于卷土重来的喧嚣中，不如说，我将为改革之多艰而长戚戚！

关于一瓶美酒的推理

这事很微渺，本已一笑了之。但现在念及，却有几分隐隐的汗颜。索性记下来。也许你也相信，它的意味不止于博您一哂。

元宵夜我回家时，车篓里装了瓶"干红"。但直到迷迷朦朦快入睡时，脑子里才倏地迸出颗火星——那瓶酒忘拿回家了。

我自认自己不是个贪吝物质的人。但辗展再三，我还是穿衣下楼去碰碰运气。楼道里冷风一吹，我就开始后悔。那是瓶不错的酒，又间隔了几小时，岂复还有寻回之理？果不出所料，车篓里空空如也。我安慰了自己几句，企图重新入梦。但懊悔和某种怨恚却无情地腰斩了我的睡意。我抱怨自己的糊涂，丢三拉四在我身上似已成正常现象。既如此，还傻里巴叽去找什么，又悔什么？继而我又为世风日下而悲哀，痛感路不拾遗古风之难能可贵。更愤愤地琢磨起，是什么不文明的家伙牵了我的"羊"？

最大的"嫌犯"首推楼上那两户搞装修的民工。他们出入最频，囊中羞涩。这种酒他们可能还是头一回品尝。保不准这会儿正打着甜美的酒嗝，悠悠地魂游故里呢！

但我回家时已过了 8 点半，这时候劳苦一天的他们多半已入睡了。那么，会是哪个贪小的住户不顾起码的邻里道德，顺了这一下手呢？然这楼上住的都是干部和知识分子，可能性似乎不大。但也难说，现在台上疾呼廉政，台下男盗女娼的大官且不鲜见，何况我们这班塞了一肚子各种失落的普通"文明人"呢？

也可能是巡夜的保安吧？寒风嗖嗖，百无聊赖的；凭空撞着瓶美酒，既非偷又非抢的，岂不正好驱寒解乏？夜黑风高，四顾无人的，便是我，保不准也会怦然心动吧？

或许，竟是哪个游方贼或串门者之"副业"也未可知！小区新建，设施虽先进得了得，防盗门、铁栅栏一道又一道，可没几天却已有人失窃了自行车，可见毛贼之猖獗。也许今夜人来人往比较热闹，游贼虽无从下手，却唾手而得瓶美酒，不也可聊解不利之恨吗？

如此推来理去的，似乎都有道理，逻辑也无懈可击。只是究属胡思乱想，丝毫改变不了酒已不复存在的事实。但这么想想多少有些好处，早晨上班时，失眠导致的迟到虽有些令人不快，但我几乎已忘了昨夜的烦恼。然而，且慢——

那悠然倚在车篓里的，不正是我那瓶"失落"的美酒吗？

这么说，昨夜我又犯了另一种糊涂，查看马虎，甚或根本就认错了车！

这个推理无疑是错不了的。阳光下，那殷红的酒液在我手上灿烂地晃荡着，宛如俏皮而可人的微笑：早上好，我的主人。看来你昨晚睡得可不太好呀。我更惨啦，冻得够呛，还担惊受怕。幸好，这世界并不尽如想象得那样恼人呢……

孩子的权利在哪里?

有天看到电视上在讨论：该不该让孩子看电视？那气氛可谓火爆，台上台下的家长们唇枪舌剑，大致分为不可看和有限度地让孩子们看两大派。他们各执一词，各有千秋，谁也说服不了谁。具体理由无须我复述，是个有孩子的，都早有自己的见解，保不准还比电视里的更全面，更充分，甚或更武断，更绝对。而无论哪一派，都不曾有半点怀疑，他们的话题是否从根本上就出了啥毛病？而这，正是坐在电视机前插不上嘴的我，获得的最大教益。

我注意到，两派无论有多大分歧，有一点却高度一致：他们都不否认，作为现代生活方式的主要标志，电视已经与现代人的生活息息相关。无论谈它的娱乐性还是实用性，对于成人们都几乎不可一日或缺。劳作之余，节假日时，我们尽可以泡一壶香茶，磕一点瓜子，翘起那二郎腿，笃笃而悠悠地泡在那迷人的声光色前，哈哈开怀或唏嘘挥泪，破口大骂或拍断大腿。总之我们爱看什么就看什么，爱怎么看就怎么看。享用电视原是我们天经地义的权利嘛，何来什么该不该的问题！至于孩子……嘀！这可是个严重的问题，需要我们来严肃认真地研讨一番，然后决定给不给他们看电视，看多少时间合适，如何让他们寓教于乐——这便是我们的逻辑！这便是我们开展这场意义深远的讨论的基本前提！

对此，我先得郑重地肯定：大人们的苦心我是理解的，所言也大有其道理在。毫无节制地任由孩子们看电视，如同任由我们违法乱纪一样荒唐。然而我也不得不坦率地说出我的怀疑：难道这就意味着，孩子们从根本上就没有决定自己是否看电视的权利吗？或者说，我们真是孩子们的上帝吗？孩子们和我们不是一样的有血有肉有生理也有精神需求的人吗？他们看电视的权利真的应该由我们来讨论、决定吗？谁赋予我们这个权利的？未成年人保护法规定了孩子们不得看电视了吗？民法还是哪一条法规赋予我们这种权利了吗？答案无疑是肯定的，没有，绝对没有！那么，我们来讨论该不该让孩子看电视这个话题，是不是一开始就不那么合乎逻辑？是不是有那么点形似民主而实质大大的不民主呢？

我注意到不该让孩子们看电视的理论中，最根本的杀手锏便是，孩子们学习太紧张，时间不够用，因此不该让他们看电视。那么，我们为什么不来讨论一下，我们的教育怎么了？它已严酷到孩子们看会电视的时间都没了吗？如果真这样，我们不站在孩子角度上想一想，他们的某些基本权利是不是受到了侵犯，是不是该给他们绷得过紧的神经提供些松绑的办法，却理所当然地认同这种不正常的现实，变本加厉地剥夺他们可能有的某种有限的娱乐机会！即使主张让孩子们适当看一会电视的人，也还要强调一个寓教于乐，我们看电视的目的是为了寻求教育吗？孩子们在校所受的呵斥和在家所听的唠叨还不够吗？他们成天在肩上背一只远超出他们年龄所应负荷的沉重书包，心头还要压上副寄托着父母成龙之心的心理重担，读不完的书，做不完的作业，居然连课余放松一下，看一眼电视也需要我们来大张旗鼓地讨论一番！这和一有空就泡在电视前的我们比起来，难道你不觉得他们太可怜了吗？难道你不觉得我们太自私也太残忍，对他们也未免太不人道吗？

实际上，现实生活中，孩子们被成人们以为你好、为你的前途着想为由（似乎成人们就不必为自己好，为自己的前途着想）剥夺的权利，何止看电视这一点？造成这现象的原因错综复杂，但有一点是十分清楚的，在我们的传统思想中，普通人的权利一向是不值一提的。如果要有，那便是三纲五常、君要臣死，臣不得不死之类。顶多再有个"30 亩地一头牛，老婆孩子热炕头"，便是人间天堂了。至于心理健康、精神需求之类，想那个，不是奢求便简直是吃饱了撑的。所幸的是我们终于进入了现代社会，终于开始谈论法制，谈论民主，谈论我们的种种权利，谈论我们的娱乐、休闲、心理保健问题了。然而，无论我们怎么谈，孩子们的权利问题却天经地义地提不上筷子！小孩子家家，也有个啥子心理问题，也有个啥子娱乐问题，居然还有个啥子精神需求问题？这不是奢谈，也是胡搅蛮缠。在家听父母，出门听老师，这就是你的权利；白天上课，晚上作业，这就是你的需求！饭来张口，可以，衣来伸手，应当；想放松，想娱乐，没门！除非你门门来个一百分，这还要看你的钢琴弹得怎么样、美术学得好不好再说。说到底，考重点中学，上名牌大学，给祖宗贴点金，这才是你们唯一的权利！这才是为你的前途着想之根本目的！

说到这，忽然又想起一个似乎与本话题不太相干的话题来——因为这话题的矛头是指向"我们"，即自以为把守着孩子们之教育要冲的家长们的。据一份不久前看到的权威调查称，目前中小学生的"品德缺乏"已达令人忧虑的地步。而其根源，据称就在于家长！"他们只重文化教育，轻视甚至排斥品德教育。许多家长教育子女要学会乖巧，讨好老师；要凶一些，别太老实；别人打你，你也打他……"

的确，这幅真实而生动的当代家庭教育图欣赏起来实在难以令人愉快。如果我们不加以反对或纠正，"祖国的花朵"们未来将结成个什么果实，无疑堪忧。但如何纠正？如何反对这种不良倾向？当代家长们为何突然"众口一词"地只重文化、不重品德，甚至到了连孩子们看会电视也诚惶诚恐的地步？须知，作为社会的产物，家长们的大多数未必希望看到全社会都是些只具文化、缺乏品德的接班人，但为什么作为一个家庭的人，就会如此狭隘自私起来？

其实，品德缺乏症决不是当今时代的暴发症。尽管我们的家长们在他们的青少年时代受到过良好的品德教育，尽管我们这个儒学渊源深厚而精良的文化古国世世代代都不乏品德教育大师，但实际结果如何呢？只要看一看现在这些"只重文化，不重品德"的家长们就可想而知了——不久前他们还是青年，还是孩子，他们那时受到的教育不可谓品德不崇高吧？那么，是什么令他们非但自己且欲令子女也"不重品德只重文化"的呢？

问题的症结似乎清楚起来："品德缺乏"的岂止是现在的孩子？又岂止是现在的家长？而这种令人尴尬的循环又是怎么形成的呢？换句话说，我们真正缺乏的，仅仅是品德或品德之"教育"吗？如果真如那份权威调查所说的，我们将猛药下在改善家庭教育上，或继续在电视或一切娱乐方式上对孩子们强化"寓教于乐"，或干脆剥夺或限制孩子们看电视的权利以强化品德教育等等，他们的品德就会稳定持久地丰富优良起来了吗？

行文至此，我的真正意思谅你已明白：看电视，家庭教育之方法、成败等等话题，似乎和孩子们的权利问题不那么相干，实际上它们可能在本质上存在着千丝万缕的隐秘关联。最大限度地尊重孩子的权益，恐怕是使他们的"文化""品德"及至整个人格得以比较全面发育的基石与钥匙。因而我的看法就是：当今盛世，任何话题都尽可讨论。但问题是，似乎还有更值得关注的话题在等着我们——那么，下一个话题，就讨论讨论孩子们的权利问题，如何？

马大哈

"马大哈"的确切涵义我不甚了了，但少不了会有形容某人丢三拉四好健忘的意思在吧。从这点说，我也算得马大哈。上班到半道，想起要发的文稿没带；回家睡了半夜，想起钥匙还在门上插着；去购物忘了炉上炖着肉；上医院忘了带病历，洗澡忘关热水器……这都是家常便饭了，自己也觉不可理喻的是，曾应约要参加个会，竟把日期搞错了；有回匆匆赶到火车站，却发现车票不见了；还有回代同事领工资，送去时路见电影海报，于是下车买了张票，总觉得心头梗着个什么事，电影快散才脑袋一嗡：那装钱的皮包还在车篓里呢——待冲出来，哪还有包的影子？

好在这号马大哈，远非我辈专利。生活、工作节奏都太快，难免顾此失彼。故不敢说全部，至少80％的人是吾"同志"！证明这并不难，任一辆出租车都是透镜。哪个司机没拉过马大哈？小到雨伞大到万来块的手提电脑，无所不忘。这不，今早电台还播两条寻物启事。一说手机和昂贵的网球拍丢车上了，另一个竟忘了苦苦凑钱买来的19瓶救命药！心不在焉者，多半是心有旁骛的结果。这丢药人的心竟也不在药上？怕是他太看重那药而反让药把他丢了。说到底还是他把自己给丢了！

你别说，真有人会把自己给丢了，且这号人还不少！如爱迪生准备煮蛋却把手表放锅里，手持着蛋看时间！牛顿更引人发噱，别人开玩笑，把他的饭吃了。待他饿时只看见空盘，恍然笑话自己已吃过了！故说这两位大师短时间内把自己给丢了，并不过分。而比起另一种人来，他们还是幸运的。那种人由于得了健忘症，出门会忘了回家的路，以至要打电话给亲友问自家地址。这还罢，痴呆症患者才叫惨。他们始则丢三拉四，继则物我两忘，终于"荡荡然不觉天地之有无"。如名震环宇之里根总统吧，起先还好歹认得个一两个亲友，后来则只会慈眉笑眼地缠着南希：请问南希在哪里？

白居易吟曰："老来多健忘，唯不忘相思。"这么看，里根的境遇非但不算太糟，还颇有些凄美。毕竟他还记得南希的名字。而别种人，如那些作奸犯科或贪官污吏者流，表面看似乎不属马大哈一族，至少不可能忘记自己姓甚名谁。但实质上他们是最可怕的健忘者。就是说，他们忘记的是自己应有的身份及道德、法纪等一切做人之根本。其结局往往就较一般健忘者糟得多。不是他认得认不得什么人的问题，而是社会、正义认清他而要鄙弃他的问题。如贵为全国人大副委员长却最终挨枪子的成克杰之流，不是某种完全可以及早控制的"健忘"，何至落得这下场。

民以食为天

去年某日下午，我的生活遭遇了两个小插曲。事虽小，却如石块般在我心底溅起不小的水花。巧的是，两件事都与我们中国人视比天高的"食"有关。

这天有朋友作客，我到超市买点东西。朋友的孩子跟着我下了楼。买米时，11岁的孩子忽然问我："是不是你们小时候，买米要用票？卖米的要给抓起来？"我感到突兀，便反问他信不信。他说："正因为不信才问你哪。好多同学也不信，恐怕又是大人编出来唬人的'大灰狼'。想要小孩珍惜粮食或多吃点饭吧？"我听他这么说，倒认真起来。我解释了过去为什么要凭票供应粮食；卖米的不见得都给抓起来，但那年代私人不允许贩运粮食，那叫投机倒把；而一般人也不可能有多余粮食卖；饥饿、营养不良是家常便饭，极端时期还有过饿死人甚至人相食的事。我在他这年纪就曾过过吃糠饼菜叶当饭，拿豆渣当营养品，饭后把碗里的残渣舔得一干二净的生活……然而我说了半天，他还是神情迷糊、似信非信地瞪着我，就差没说出晋惠帝式的"那你们为什么不吃肉糜"的蠢话了。

是呀，谁能靠三言两语对一个从小喝可乐、啃比萨饼都嫌一般的小学生，说得清我们所经历的那个年代呢？而过来人虽说不可能忘记，却也多半在改革开放以来的丰衣足食中淡忘了当初那份鲜活而恐怖的感觉了。偶尔我们会在酒席上说起那些片断，年轻人无一不当天方夜谭听，过来人则都当笑话开胃了。多么幸运呀，饥饿早已远远地离开了中国人，"民以食为天"也快成为过时的成语了。那么，我还有什么必要对一个幸福时代的孩子，说那些令他困惑的事呢？于是我闭了嘴。然而紧接着发生的一件事，却又使我悚然觉得，有时对孩子甚至对自己嚼些"陈芝麻"，尤其能嚼出些味儿来，未必是件多余的事情。

我在报摊上买了份报，一眼看见这样一幅照片：三个如朋友孩子般大的孩子奄奄蜷缩于街角，衣衫褴褛，眼神混浊而惊恐地瞪着镜头——是则关于某国饥民外逃的新闻。我愀然。我将报纸递给孩子："你不是无法想象吗？看看这组新闻吧。我们经历过的，就是和这些孩子一模一样的境况！"孩子呆呆看了半晌，说："你们那时真可怜。"我却摇头："不，我感到我很幸运，你尤其幸运。因为再可怜再可怕的年代，毕竟是过去了。而他们……"我不知怎样准确表达我的心情。千言万语涌上心来，却都似乎不是我最想说的。末了，我只说了一句便陷入了沉默："民以食为天哪……"使我感慨最深的是新闻的最后一段文字：该国的困境缘于其农业连续两年遭受洪灾、海啸而大幅减产。我相信这是事实。但它却无法抹去我的疑虑：仅仅是自然灾害，能使一个国家沦落到如此地步吗？这样似难解释，任何国家，任何时期都频繁发生着各种严重自然灾害；但却只有少数国家才发生大面积饥荒、民不聊生的惨状。天灾是可怕的，但毕竟只是外因。一种社会现象的产生必有其深刻的与人相关的内因在。何况当今中国经历的各种灾害比那"三年"，有过之而无不及。1991年的特大洪涝，这两年的雪灾、地震等等，如果发生在改革前，结果会怎样？然而它现在又造成了怎样的影响呢？粮食连年丰收，国际粮价腾贵而中国粮价相当稳定……当我们为此庆幸时，是不可能不思考这其中的究竟的。

回家时，电视里正巧在纪念邓小平逝世十周年，孩子捅捅我："知道邓小平逝世十周年的准确时间吗？"我一下没答上来。他得意地告诉我："是2007年2月19日9点零6分！"我不禁夸奖他好记性。他红着脸承认，是老师要他们记住的。我点点头："这很好。但更要紧的是，记住'邓小平'这个名字对我们、对中国的意义。""是和'民以食为天'有关吗?"他似懂非懂，想起了我说的话。

我笑了："是，又决不仅仅是。但终有一天你会真正明白，这个名字对于你，对于我以及全体中国人民，乃至中国的未来，实在是太重要、太有意义了!"

名说

少时性顽，放学时常与友伴猫于拱桥上，冲进城割草的农船漫喊：金土! 水根! 十有八九，一船人中总有几个抬头呼应的。取名先算命，命里缺啥就补啥，是旧时中国文化的特点。乡村尤甚，名字再变，多半转不出"金木水火土"去。这不奇怪，怪的是后来时风轮转，迷信淡化，取名仍绕不出个雷同去。随便上哪个县查查电脑，这淑珍、那淑英的总不下千百个。何止乡村，雷同向来是现代国人姓名的大特色。打乒乓、踢足球的，都有大名鼎鼎的"王涛"。这也罢，可公安局说，光北京，一笔不差的"王涛"就还有好几万!

时潮驱使是一个方面，从众心理和文化制约更是取名雷同的根源。如五十年代满街建国、爱华，这是没办法的事。而现代中国人口突飞猛进，连名带姓不出三字的习俗却依旧。再加时尚喜单、好吉利又爱趋时，不雷同才叫个怪。倘如现今又兴古风，效李白：姓李，名白，字太白，号青莲居士，这重名的问题不就迎刃而解了？据说真有不少文化人开了风气之先，如报上介绍的"袁梦·去病""张伟·明清"之类。只是这风气能否推得开，我是怀疑的。中国人恋旧、保守，轻易是不肯违拗习惯的。除非再多发动些明星腕儿形成个气候，勾出他从众心理才成。但那样的话，又是满街的"张三·去病""王二麻子·明清"也不太妙吧？

其实名字说到底就是个区别人物的符号，顺其自然得了。毕竟把名字视若图腾，避这讳那，甚至还不许阿Q姓赵的年代早已成历史。故雷同些算不了啥子事。怕点名时同时跳出来几个，咱也早有了聪明的招法：大王涛、小王涛，胖杨杨、瘦杨杨，就很管事。而若存心要解决这问题的话，互联网上的起名术倒大有参考价值。因为是虚拟世界吧，网上没任何文化或心理上的禁忌，也摆脱了姓氏的束缚。人们竭力体现个性，彰显自我，把才情发挥到极致。什么"想发财、涨停王、玲珑心、红酥手"，还有啥"天问、慧眼、东篱下"，可谓雅俗并陈，五花八门，就是鲜有重名的。遗憾的是，凡事也怕极端，自由没了边，事物也就走向了反面。起名太随意，新的雷同实际上又产生了。那就是胡诌乱扯，恶形恶状成风。这么看，取名也同一切人、事一样，终究是文化点好。而真正要解决重名乃至其他更紧要的问题，在中国还有一个根本的大前提，就是少生点人。做到了这一点，啥子事不好办？

耐得重复

《摩登时代》中，卓别林手拿大扳手，终日重复拧螺丝的机械动作，以至见了女士胸口的纽扣也要拧几下的镜头，看过者谅必都会留下难以磨灭的印象。我后来每见类似情景，比如流水线上的装配工作，便下意识地咧一咧嘴巴。与其说是发噱，不如说是有种复杂的滋味袭上心头。卓别林的表演，意在抨击原始资本主义对人的摧残和机器奴役下人格的异化，虽夸张，却因其荒谬而益显真实而典型。这是另一个话题，不论。我想说的是，若非夸张地看的话，现实人生中，我们谁个又不是终日手拿扳手，重复不已地"拧"着什么呢？

换言之，尽管我们的人生形态各异，但程度不等地重复和机械化，乃是一切生活形态的基本特征。流水线上的工人终日拧着同一个螺丝，卖烧饼的成天揉面贴饼子；屠夫一年到头杀不完的猪，小贩春夏秋冬守着同一个摊子……我呢，每日到同一个地点去上班，或面对键盘绞尽脑汁。即便是那些工作场所变动较频的人们，如导游吧，看起来他们忽东忽西，时而飞机时而火车地花样百出，实质却也万变不离其手拿小旗、召唤游客这一宗。哪怕是当大官的，他们日理万机，面临的问题五花八门，实际也不出开会、报告、批文件这一大俗套。

如此看来，重复某种状态，实乃生而为人之不可逃避的宿命。而凡事一旦不断重复，就难免令人生厌、伤感或生出惰性来；故而，当你听某豪客哀叹山珍海味吃怕了，别忙断定他是在作秀。甚至，某种很不得已的重复至极端的话，还不免会如卓别林演的那个可怜小工人一般，令人发狂！那么，理想的人生自不必说，最好是有可能兴趣化地生活，今天干导游，明天当司机，后天呢，跳上台作它番颐指气使的大报告，沉醉于狂热的喝彩声中。遗憾的是这种现实因社会和个人的种种局限而只能是一枕黄粱。所以很多人尽管不断跳槽或寻求新的生活、休闲方式，却仍觉得累得慌，烦得慌。其实他是心累，是因不耐重复而慌。何况即便如此，你仍免不了重复的命运。一日三餐，日出而作，日落而息；一年四季，春花秋月，朝花夕拾——这岂非也是种重复？再往大处看，有人以来，父生子，子生孙，孙而又为父——这绵延不息的循环往复，谁逃避得了，又有谁企图逃避呢？

其实换个角度看的话，重复未必是可悲的——如果我们与必然合作，习惯或作好承受它的准备，并细心品味其中的些微差异、点滴意趣的话，也不难发现，太阳真是每天都是新的呢！实际上，真正让人生厌的只是那机械而又令人心死、看不出一点希望的生活，如"卓别林"那样。一般的生活形态，哪怕你终年重复着卖肉、捡破烂的营生，只要是你自由地抉择并心甘情愿地接受它，且怀有某种理想或信心在，都是不难耐受的。那些离乡背井来城市寄人篱下、凭炉卖饼或出卖苦力者，他们死心塌地甚至常满怀喜悦地重复着旁人看来难以忍受的活计，就因为有故乡那温馨的炊烟、亲人的期盼和梦想中的新房在支撑着他们呀！

实质上，人生的重复毕竟只是一种表象、一种外在形态而已。世间哪有不变的人事呢？在不断重复的量变中，我们谁不在必然地走向质变？成效的丰或歉、结局的成熟或毁灭，都在这不断的重复中悄然奠定。决定结局优劣的因素自然很多，但是否耐得重复、是否怨天尤人，怕也是其中根本性的因素之一。所以，耐得寂寞，耐得重复，也是我们做人的一大基本能耐；而"一箪食，一瓢饮，在陋巷，回也不改其衷"，谅必回也自有乐在其中呢！

恼人的"奥老人"

素来不通外语，好在不影响写作，也没谁逼我出国，故而过得还自在。唯一缺憾的是，通不过外语考试，就拿不到正高职称。按理这也不算太大的遗憾，别说职称，钱钟书连个作协会员都不是，我怎就缺它不得呢？然而人就有这点怪，不想还好，一想到"只差一步到罗马"，便有些不舒坦。再想想其他条件似不比有些正高同志差哪去，私心里更不免不平衡。又听说考试可以蒙，选择题 ABCD 四种答案，你来个一 B 到底，凭概率总可捞上点分，有了这贵在参与的"态度"，兴许还有望戴上桂冠。终于咬牙走向考场……

这段话，是我在两年前写下的。其结果嘛……不说也罢，还是劳您先回答几个小问题吧。你知道"奥老人"是啥意思吗？"上大门"呢？"八万八万""传上人上"呢？哈！别猜了，这世上除了我，谁也甭想答得出。这是我发明的学日语之妙法。这些个日语单词分别表示的是"夫人、太太""哪儿""各种各样"和"几乎"的意思！

现在你该明白了吧？两年前名落孙山后，我改考日语啦。都说日语里有不少中国字，好蒙。学来才知又是想当然。那些中国字发音不同，意思也多不同。如"手纸"的意思是信，而非擦屁股纸！这都难缠，更别说那些曲曲弯弯蚯蚓般蠕动的假名了。有心下苦功啃吧，离考期才两三个月，厚厚两大本教材，谈何容易！好在考试不管发音，能懂点意思就行。于是我灵机一动，看着那假名像什么，就给它注上个中文词。瞧，"奥老人"就这般"上大门"啦！

这办法管用吗？老实说，起先我还真有点信心。可离考期越近，信心也像那日子般一天少一天。"奥老人"越积越多前记后忘不说，它们一躲进句子还千变万化，看着仍一头雾水。始信这所谓发明，仍是蒙之变种。于是心里又打开了架：明明没金刚钻，何苦揽瓷器活？可万一能蒙出个名堂来呢？这世上蒙这蒙那的，何止我一个？然再想想，人生诸多苦和恼，不少就是这般自找的吧？你追这个、逐那个，换来的根本上无非是点儿心理满足；而若非取之有道，得到的能否真给你带来期盼的滋润？何况，你得为此付出多少意外甚至是宝贵的东西。你的本性在异化，你的本真在不安，你的感觉真比不得或割舍更舒坦吗？可现在苦也吃了，"奥老人"也"奥"开了，就此撒手便舒坦吗？唉，人生有时真无奈呵，干嘛要评啥职称？干嘛又非得考外语？考一百分我还得用母语写作，哪怕能考古汉语，也还有那么点实用价值呀！

不禁想起上回交卷时，监考者将我试卷一翻，嘴角那神秘的一咧。这一笑真是意味深长哪！像会心，又似鄙薄，亦可能有点同情。总之，这一笑在他很明白，在我则再也捉摸不透，然到头来真让我蒙着些啥的话，没准儿我也会咧咧嘴，让你们猜猜，那是个啥意味！

你说怪不怪

是个人都会自爱。自爱太甚了却可能成了自怜或竟是自卑，于是就不免会来那么点儿就常情而言纯属没道理的心理障碍。有的人见个小猫一跳老远，尖声失态；有的人见人交头接耳就怒发冲冠，寻思着是在戳他脊梁；还有人整洁成癖，你在他面前掸一掸烟灰，他起码将桌子抹上三遍……坦率说，我也不能幸免，且毛病还不少。最常犯的是许多人的通病，如怕坐飞机，怕上大场面讲话，怕和大领导一桌吃饭，一做医疗检查就怦怦心跳……这倒罢了，怪的是我还有一个可能仅属自己的"专利"——怕理发。

怕理发对孩子而言其实是很正常的共性。一是懒，二是还没有觉出讲究仪容之必要，三是老那么耷拉着脑袋任人宰割，不自由不舒服不说，心底里难免有一种被侵犯的本能抵触。我则不然，恐怕恰恰因为孩提时没那个上理发店的福分，总是由父亲在家用推子推个"马桶盖"，大起来就难以适应那环境的缘故（这或许也是我厌恶理发的一个内因，每理一次发总不免为同学嘲笑几天，而头发刚长好些则又要重受这份羞辱），总之我年已半百了，每进一次理发店不比上刑场，起码也仿佛去受审，浑身毛刺刺。从那块总是粘着碎发茬、总是散发着某种不愉快气息、总是勒得过紧的大白布勒上颈子时起，我的呼吸就开始不畅，隔不了 3 分钟就得来一次深呼吸，无数次地产生扯下那块臭布逃之夭夭的冲动。偏偏在实践中我还几乎没碰上一个手脚不重的理发师。勒紧的围裙使你只能抻直脑袋，闪着寒光的剃刀往往刮得你腮帮上火烧火燎。幸运的是脸上拉出口子的几率并不很高。不过反过来说，碰上我这号主顾，理发师也够纳闷的，屁股下坐着个刺猬般老在那动来动去不说，问他要什么发型，总是说随便，快点就行；要不要洗头，不要；要不要吹风，不要；要不要焗焗油，不要！——我简直忘了自己还在那老兄的刀口下，一个劲晃脑袋。就这样还嫌活受罪呢，再让你弄把刷子在头上抹来抹去，还烤上老半天，我不得背过气去啊？

这么说当然夸张了些。但实在说，我这头跟了我也够委屈的，这辈子从没尝过一次吹风打蜡的滋味，更别说什么焗油染发了。说起这染发，也难怪人家理发师个个要打我主意。白发苍苍多少年，40来岁时就有人在公交车上给我让座了。所以认识我的包括家人都不知劝多少回了，我总以染发剂有害之类理由一笑应之。其实我未尝不想让自己看起来还有那么点儿青春气息，只是一想起脑袋要被人多摆弄老半天，心里就发怵。当然，也还有另外一层原因，总觉得这对我没太大必要。还是等日后有福分当个厅长、局长什么的，需要显得年轻而光鲜点时，再硬硬头皮去染发吧。说到这我不禁自个儿也暗暗纳起闷来，你说这人的心理有时候是不是真够怪的？有道是爱美之心人皆有之，可我呢，不怕老，不怕丑，不怕白发苍苍不够美，独怕多数人趋之若鹜的"美容"和"美发"！说真的，这也是我写下这点看上去没什么意思的文字的根本用意。我相信现在多数人都懂得人心时常怪异莫测，却未必知道它为什么会千奇百怪。说真的我也不甚清楚。但是我愿意坦陈我的一些（当然还远够不上隐秘级的）怪心理、及由此而致的怪癖性，诚如我开头所说的，心理障碍甚至心理疾患虽然表现得千奇百怪、各有特色，其最深层的源由却应是大致相同的。改变它或许是困难的，有时可能也是不那么必要的。但仅仅了解它是一种极富共性的普通现象这一点，据说也有助于缓解它的负面影响。所以，我愿意让你知道我的体验。或许会使你得着些许安慰。而有机会的话，何妨也听听你的体验和感受？要知道，能如我这般"倾诉"一番，据说也有利于调适我们的"状态"呢。

乔迁之虑

乔迁之喜，自不待言。然乔迁之过程，却也如生活本身一样，充满艰辛。新居装修中的殚精竭虑，东奔西走，足以让人脱一层皮。便是乔迁这末一道关，虽赖有搬家公司，仍够你喝一壶的。至于文弱如我般书生，仅前后收拾些书籍杂物，兀自便腰酸背疼，夜不安卧。到得空来敲这小文时，臂肘犹微微酸颤呢！

说到搬家公司，它的兴盛，真是都市人生活进步之一大标志、一大福音。中年如我者，大约都有过帮同事搬家的经历。一天下来，个个灰头土面，作三日喘。现在可好了，一个电话，两三百钱，四个小伙子呼啦呼啦两小时，你那千里万里都魂牵梦萦的"家"，亦乔亦迁了！不由我不仰望着这帮"扛大橱"的，发一声浩叹，好了得的后生！好伟大的人！

我这一叹是由衷的。尤其是仰望一个后生，竟独负一人高的双门冰箱，屈曲如弓，步步滴汗，倒退着艰难地挪下 6 楼，我顿觉自己矮了三尺。眼前倏地闪出英雄王成的英姿！现在想来，这联想有些不类。然视作万人敬仰的泰山挑夫，则毫不夸张。而就体能与贡献而言，称他们一声伟大，亦决不过分。我约的是上午 9 点，他们到时却已是汗流浃背了。原来，凌晨 4 点他们就开始了劳作。而在我下面还有 4 家要搬！看官！即以一天平均搬 5 家，每家下 4 层上 4 层爬 8 层楼，每层 18 个阶梯，每家上下（其实何止）10 次计，这一天就得爬上万台阶，怕不止泰山之高吧？何况还经年累月，天天救火般连轴转，是机器怕也得散架，他们如何竟这般透支体能？若劳您大驾去徒手爬爬，给二三十元您干吗？而他们的月收入竟不过七八百元！相对于劳力过剩之现实及种地的收入甚微，固然可以。但相对于他们的体能付出，则未免太令人咂舌！再想想十年后几乎无可避免的劳疾缠身，不禁为他们捏一把冷汗。

据悉，在"下岗"两字充斥媒体的都市中，干搬家的，几乎清一色安徽、苏北的乡村汉（我在此并无半点贬抑下岗者之意）。尺有所长，寸有所短。长期的都市生活方式，使我们难以承受这样残酷的消耗。而操作、设计、投机、炒股则无疑为搬家工们所不逮。我因而有感的是个或许书生气的话题。即在日益"知识经济"的都市，仍须臾离不开"扛大橱"的；"扛大橱"者，也早已成为都市不可分割之一翼的时候（那灯红酒绿林立而起的大厦，哪座不掩映着他们黑瘦疲惫的身影?），都市是否能还报他们相对更公平或合理些的境遇？"存在"固有某种合理性，但以今而论，且不说劳心为上、劳力为下的观念仍根深蒂固；即以"扛大橱"者的起码地位、报酬及劳保食宿等条件言，是否过得去，明人有目共睹。对此我爱莫能助。却愿向他们的老板们深情一呼：善待您的卡车般善待这些血肉之躯吧。赚钱无可厚非，给卡车足量的油，亦属应有之义呵！至于其他方面，乃至我自己，"爱你的邻人"也许是种苛求，但予寡言少语而驱驰不歇的"老马"些温悯的目光，何以也常常成了种奢侈？而我们抛向某些油光水滑的"赛马"之媚眼与呵护，却又为何总那般慷慨而豪爽呢？

"赛马"当然会带给我们刺激和幸福，但艰辛重荷的"老马"，不也在更切实地造福与激励我们么？回眸一下臧克家先生的《老马》吧，那份心灵之战栗，怕也得更深、更长罢？

——总得叫大车装个够＼它横竖不说一句话＼背上的压力往肉里扣＼它把头沉重地低下……

桥下

留意到这几个人，是因为每日散步我总会遇见他们。我外出通常在晚间
九十点钟，这时桥洞下那条街上已人迹杳落，他们却还在那儿瑟缩地守着。
天一天天冷起来，不免令我为"谋生"两字的沉重，和他们那份我自叹弗如
的韧劲而唏嘘。

也许像他这般大时，我正在下放的阴影中挣扎吧，我常隐于暗处对那卖烤
肉串的小伙子多看几眼。他顶多18岁，头发乱蓬蓬，瘦伶伶的身上总是件敞着
的黑茄克。又几乎总是孤零零地待在烤肉架前，两手窝嘴前呵着。没日没夜，没
人交流，没有一切意义上的娱乐可言。桥洞里头有几张桌球台，偶然会有些和他
一般大的小子来让他烤几串肉。不同的是他们多半叼着烟，染着黄毛，相互推搡
喧哗着，一副玩世不恭的乐天相。每见他们我就会敬而远之，同时对烤肉小子多
几分困惑——他从事的似非值得敬业的活计，是什么使他不像他们般游戏人生？
要知道社会上无论何时，总有人以混混的方式活着，也不知他们哪来的钱，看来
还总是混得不错。至少不会像他那样孤零无聊地守着个脏兮兮的烤肉摊。但我永
远无法认同他们。对这惨淡经营的沉默小子，却有种本能的敬重。

另一个是那卖水果老头。只要我出来，总见他和那摊水果蹲在桥洞外的
路灯下。烟头火一闪一闪，风雨无阻。那些桔子苹果在昏黄的灯光下，也如
他脸皮般皱巴而毫无光泽。天地良心，除了见两个民工买过根甘蔗，我没见

他做成一笔生意。真不知他从早到晚这么泡着有何价值或乐趣。或许块把两块的赚头已足令他安慰，或许这么泡着本身，在他就是价值或乐趣吧？我不得而知。但替他想想，不这么泡着又能以何方式"泡"着呢？

那挎个包卖报的稍有不同，如果我迟于9点半外出就可能碰不到他。这说明他这天生意较顺，有时我也会为他松口气。否则，只要我打那过，虽然他可能早认得我了，而我因已看过而从不买他的报，他仍会固执地拿份报向我递来，也不说话，心平气和地盯着我。这在他也许是习惯，也许是有万分之一的希望也想努力一把吧。反正这劲头不令我烦，反觉欣赏。有时甚至想买他份报，但又觉有些矫情，且反可能不够尊重他而作罢。

写到此，我仍不清楚录下这些凡俗之至的见闻有何意义。虽然心上常隐约感到似有似无的触抚。这大桥上风驰电掣着滚滚车流，桥两岸林立的大厦和迷离的灯彩里，也时刻起伏跌宕着诱人得多的活剧。有时你甚至能听到某辆名车中飘落的莺声浪语。但若你下桥来，站近看，这儿尽管比桥上暗且矮得多，毕竟仍是浑然的一体。就是说，尽管形态不同，这也是生活。是生活就有意义，就有值得你我或各方偶尔关注一下的理由，是吗？

且逛且唠

超市与商场并无本质差别。从商家角度说，都是为您供货，满足需求。从消费者角度看，则同属"温柔的陷阱"；为我服务是标，诱我钞票是本。而从"逛"，即没啥目的地闲遢的角度，不知别人如何看，反正我是偏爱超市的。商场在我眼中压根不是逛的地方。想要什么，直奔相关柜台，稍事挑选，买下便走。所以许多人尤其是女性有"逛"商场一说，常令我迷惑不解。也许我不适应商场那货多人杂、空气混浊的氛围？但有些超市人也不算少呀，恐怕还与商场的买卖关系太明显有关吧。早年的营业员一个个横眉冷对的印痕，潜意识中仍让我不寒而栗。现在却又矫枉过正了些。你刚对某一商品斜下眼睛，她那边立马粘了上来。微笑虽比横眉受用些，语言却又甜得我头皮发麻。你买吧，本无此意或不甚喜欢。不买吧，尤其是禁不住劝诱挑选一番后，更欠她什么似的，老大的不过意。这也罢了，有时你掉脸开溜，身后还追来句"瞧他那穷样"之类道别词。超市较得人欢心的原因，恐怕就在于它"自选"的方式，最大程度淡化了实质也薄如白纸的买卖味上了。以至它真正"温柔"起来，使得你至少在某些瞬间忘了它也是个"陷阱"。职业化的笑脸，化而为花花绿绿的货物之纯真的"微笑"。人与货的沟通是如此坦然而便当。缤纷的包装如媚眼，撩得你心旌摇荡；繁复的香气似纤手，挠得你心眼儿痒痒。情不自禁便这个拿来瞅瞅，那个揽来嗅嗅。尽管腰包不安地呻唤，你也暂时把它们抛在了脑后。在如此自由而热诚的环境中，有时你简直还大有一种元首在昂然巡阅的自得呢！普店之下，莫非吾物。予取予弃，一任己断。超市竟在无形中（尽管那么短暂而虚幻地）满足了我们某种深层而隐秘的欲望。恐怕它的发明者也始料不及吧？

也许你不尽首肯我的感受。但不管怎么说，你多少得承认，超市的发明者是聪明的。他以勇气和睿智创造了一种新的"钓鱼"形式。不仅又一次有力地启示，本应受制于内容的形式，有时会多么神秘而有力的反作用于内容，还给人以全新的感受和仿佛是无限的信任感。而信任感，在这个有人称为"信任危机"的年头，又是多么地难得而可爱！

我给信任感冠以"仿佛"，亦非毫无根据。有回我在超市无意中脱下帽子塞进口袋，不料就此被货架后一双警惕的眼睛粘住，直到我离开，后脑勺还隐隐发烫。说起来，这也是超市最遭人诟病的地方。你勇冒失窃的风险，以最坦诚的方式示人以最大的自由与信任，却又矛盾地让一切购物者都成为你的假想敌。甚而至之，有时还弄出些大打出手的"诬良"丑闻来。但话虽这么说，若让我当法官，仍可能将他们和抽象的消费者各打五十大板。因为我相信他们开超市的初衷，决非作消费者名誉的扒手。可恨的是少数真正的扒手，不仅扒窃了超市的信任，还扒掉了一切消费者的名誉。超市因而将我们都视为假想敌固为不妥，却也不是没一点可理解之处。如同在没法根除害群之马的前提下，在家里横一道铁栅竖一道防盗门，还要在猫眼里鬼鬼祟祟窥上半晌一样，我们岂非都不得不将门外的一切人，视作假想敌么？

其实若论超市弊端的话，至少从我的角度看，还有个最易为人忽视的地方，就是它太和我们的腰包过不去。明明只想逛逛，出来时几乎没有空着手的。而许多东西并非我真需要的，甚至还常造成积压与浪费。比如有一阵我不知为何迷上了工具，大大小小的起子、验电笔陆续拎回一大堆。真出了啥故障，有那个金刚钻，却仍揽不了那瓷器活，常常还得找技工来帮忙。好在这并不太使我懊丧，买它们毕竟给了我某种乐趣甚至还有几分帝王感。这就值了。好比你买门票逛公园，图的不就是个"精神"吗？逛公园除了衣襟上那点儿花香，你啥也带不回来。而那堆工具可都在我床下躺着呢。这么看，我不还赚了点实在吗？

杂感集

做脸皮更苦

不做女人，不知道女人之苦。不是皮肤，不知道做女人脸皮更苦！竟日里，水洗、脂抹、油涂、粉搽，一遍又一遍；谓之为化妆。隔离霜、防晒露、紧肤液、去皱水，一道又一道；名之为护肤。更还有10指按、面膜贴、中药熏，热气蒸，一浪胜一浪，曰之为美容！

爱美之心，人皆有之。然过犹不及，何异自虐？如此美法，纵一张牛皮，又哪堪这般折腾？若肤有言，层层脂粉之下，会不会对主人叹上一声：这究竟因了什么？

或许主人也早已暗自叹息，不知该问自己还是问大家：这究竟因了什么？

无秀不作

作秀一词，其生也晚；然作秀之人，历来不乏。政客好作"父母"秀，款爷爱作"儒商"秀，腕儿喜作"慈善"秀——这倒也罢，平头百姓无秀可作，作个实实在在的自己原也不差。不意平地一声雷，舞台上扭来一堆瘪嘴瞎眼"赵本山"，屏幕上闪亮几个小脚豁牙"宋丹丹"，主持人眉飞色舞疾呼"像！像！太像了"——您这秀作得也太肉麻了！且不说他是否真有两分像，便是像了又如何？像什么比得上像自己？

作秀本已令人作呕，如今又来个"模仿秀"！这世界还剩下多少真玩艺？

近邻不如远亲

远亲不如近邻，说的是。却仅是事实的一面。另一面（而且似乎越来越）是，近邻不如远亲。现代楼舍使我们的近邻越来越近，越来越多，却鸡犬之声相闻，老死不相往来。何如多年不见的远亲，偶一走动，倒是亲得不行。岂止不如远亲。远邻的朋友间，隔三差五串回门，嘻哩哈啦喝一顿。反倒是一个单位的同事们，一旦住进一座楼，白天都抬头不见低头见，晚来却顶多在楼道里说声今天天气哈哈哈，似乎全无串门的欲望。也许不仅是没欲望，"朋友"之概念，天生就难以包容"同事"吧？过分的熟悉，反使人疏离；一定的隐私，反令人亲密。这就是生活的辩证法吗？或许，这也是一切关系的润滑剂吧？

我亦"书架"

我也曾嘲讽过那些热衷于买书、藏书却很少读书的人为"书架"。可是随着自己购书兴趣渐浓，书架上来不及读或读了几页便为新书取代的书越来越多时，我的看法也悄悄地发生了变化。起初是不愿意承认自己也成了"书架"，而后是觉得做个"书架"也没什么不好。到现在，我已经为过于介意自己是否是"书架"而觉可笑了。买书为读，读而为用。这观念无疑是正确的。但有时也失之功利了。其实书也未尝不是一种具有多重性的商品。除了可读可用外，为何就不可以起到一定装饰生活、美化心灵的作用呢？何况，如同女人迷恋于添置新衣，其目的表面在穿，深层在愉悦自己；而外观华美、内容独到的新书，仅仅购买它那份愉悦，便足以抵得不读的缺失了。我们有什么理由不嘲讽前者而贬抑后者呢？

拥有本身便可以是一种目的。拥有后如何，实际上可说是另一个问题了。

添之一分则谬

女乒小将张莹莹，初出茅庐，一举夺得世乒赛混双冠军。对此怎么称颂都不过分，过分的是某些传媒那份令人肉麻的虚捧。女主持人声情并茂地叹曰："……就在她在球场上为国拼搏的时候，她的父亲去世了。她父亲去世前，说先不要告诉张莹莹，不要影响她的比赛。这是多么好的父亲！这是……的父亲！我们……！"

我们无疑也会为这么位深明大义的父亲道一声好。但却未必要在这么个庆功的场合作这么番"升华"。原因很简单。张是英雄，张的父亲却未必算得上英雄。如果是我，在早已知道我沉疴不起而女儿面临决赛关头，也决不乐意让她为己分心。这是人之常情，虽美丽凄婉却理所当然。将女儿唤回于我无补，反可能断送其大好前程。任何一个父亲都不会作这种不智的选择。故对此大肆渲染的结果只会是过犹不及。毕竟女儿面对的是乒乓对手而非敌人枪口，对其生命无丝毫危险可言。何妨再换个角度看看，如果莹莹最终未获冠军，那可爱的主持人还会将她请去，说那番"动情"的颂词么？如果不会，请问，事情的性质并未改变，何以其父就不再"多么好"了呢？

你更喜欢谁

日日揽镜，天天与自我面面相觑。你可曾察觉时光在额际溜达的蹄痕？若非有心者，恐怕更多的是在为自己的"永葆青春"沾沾自喜吧？遗憾的是，我们人人钟爱的影集，实际上扮演的却是这青春梦之摧残者的角色。那一帧帧定格的历史，除了让我们重温不再的旧梦以外，更多的竟是让我们清楚地面对镜子没有告诉我们的事实——我们每天都在老去，一直都在老去！不要说今年与去年，就是此月与彼月，同一个我，有时竟判若两人！

镜子和相片，谁更可信？

前者与我们息息相伴，却没有记录或比较；后者与我们若即若离，却因定格而记录、比较了某种真实。它们无疑都是可信的，却未必都是可喜的。

那么，你更喜欢谁？

"生命"亦有讨嫌时

梁实秋："最令人怵目惊心的一件事，是看着钟表上的秒针在一下一下地移动"。此言不谬，尤其是当你意识到即使你能将这一下一下固执的移动扳停，也丝毫改变不了它昭示的趋势之时。可是，此乃事情的一面，另一面而言，梁公或许也有盼着钟上的秒针甚至时针一格一格加速掠去的时候，比如等车，比如在车上巴着目的地，再比如，情人掐算着约会的日子——此时岂止是巴时针移动，恨不得眼前的日历也秒针般嚓嚓如飞才快慰呢！

时间即生命，而生命居然也有一钱不值甚至令人生厌的时候！目的，或曰动机、感情，无疑在此扮演了一个戏弄我们理智的角色。而我们却常常毫不自觉，甚至自觉了也延颈就戮、甘为其戏！这真是人生中一种奇特而荒谬的悖象。但有何办法呢，没有目的的时间（即生命）再长，又有何趣？而无趣的生命又谈何长短呢？

到底谁获奖

打开传媒，隔三差五总听得到这个那个地方在隆重颁奖的消息。如今是太平盛世，经济发达，生活沸腾，这奖那奖地兴风作浪自然也不足为怪。有些奇怪的是怎么评得出那么些奖来，如某个电影什么奖，竟能弄它个近 300 块奖牌，闹得这玩艺戴在胸前和没戴的区别都看它不出。这倒也罢，更怪的是关于颁奖的新闻报道，似乎连谁是主体都摸不着北了。你看那镜头前晃动的油头粉面，竟全是张官李长王老总，好不容易作完指示，该得奖者露一脸了，见到的竟又是他们的屁股和背影，正面的特写仍然是那些笑容可掬的授奖者们！至于报纸，消息倒也是发了黑压压一大块，可一多半还是授奖者们的大名和官职。好容易在尾巴上找到获奖者，却三言两语，寥寥数行再加个"等"字，一切便万事大吉了。

到底谁获奖？

传媒想告诉我们的，到底是受奖还是授奖？

不一样就是不一样

某市别出心裁大出彩，玩出个所谓"明星大聚会"。所炫摆的不过还是那些看厌了的老面孔，却因阵容大，票价也飚升。2000 元一票倒吓不死我，不能不咋舌的是居然还购者如云。称值的缘由虽然多半是花着公款不心疼，据说也还因为能够见着多少多少顶级明星。且不说何谓"顶级"令人糊涂，就是再顶级者，我们能不曾在屏幕上见识过吗？就是没见过，难道还想象不出，他或她作为一个人到底是咋回事吗？难不成他或她竟长了第三只胳膊或第二个脑袋？若如此，我倒兴许想买它张票，毕竟这机会太稀罕，花钱看怪胎总比花钱看怪人来得值。否则呢，甭说要掏我两千块，就冲那人山人海的污浊劲，你贴我两千都不敢去——

这么说一点也不是冒酸气，顶多能证明我有那么点傻。稍带着兴许还证明了另一点：这世界真是精彩又无奈，只要有造热闹的，就必有凑热闹的。无论是人跟人还是事跟事，无论是谈脾味还是论趣味，不一样就是不一样。

顺其自然？

搬家翻出盘旧录像带。上机一看，惊喜交加：相去不过六七年哪，竟几乎认不得谁跟谁了！自己真的曾如此清瘦？妻子真的曾那般苗条？而那小狗般满地乱跑、活泼天真而嬉闹不已的，真是那个头一米六零、已念初一的儿子吗？

早知道岁月魔幻，沧桑弄人，但浑浑噩噩、明日复明日的蹉跎之中，我们未必察觉得出这种变化。那天天向我们谄笑的明镜，按说是我们最忠实的伙伴，却因其印象连贯而蒙蔽了我们的真实感觉。以致这冷漠无情的录像会倍显真实，突兀得令我们目瞪口呆，不知所措！

这也罢了，无论你清晰还是麻木，岁月的驰速或戏剧性决不会因此而受到丝毫影响。那就让我们顺其自然，做一个老老实实的乘客罢。真正值得遗憾的是，岁月的魔力更多地作用于我们的额头，促使心灵老去的或许还是我们自己——我是说，我们的某种社会形态或文化，几乎是我们活泼天性的一大杀手！这一发现同样来自那偶然复活的录像带中，如果不是它，我几乎已忘了，儿子还有过这般无忧无虑的笑容！从何时开始，他成了如今这个早熟而沉默寡言，几乎不再会畅笑的"小伙子"呢？抹杀其活泼天性与欢乐本能的，除了岁月，难道没有那越背越沉的书包和越压越紧的分数吗？

当然，肯定还有我那越盯越紧的目光！

但愿这只是我的错觉。或者，但愿这只是个别现象。那么，需要某种调整的就只是我而非社会——否则，至少我的感觉是绝望的。那么，唯一的出路似乎也只能是：顺其自然？

似怪非怪的逻辑

你若是个会写几笔的女子，那么，恭喜您了，"美女作家"的滋味真够酷吧？你若是个常擦黑板的，那么，悠悠地擦下去吧，"教授"的帽子早晚得戴在你头上；你若是个开工厂的款儿，那么同时也少不了得是个"高级经济师"吧？你若是个这长那长，那么，没有高级经济师，起码也得有个高级政工师吧？至于其他，那就更不必说了，是这行该有的，你都会有；不是这行能有的，你也很容易拥有。比如"美女作家"——哪怕你长得歪瓜裂枣，哪怕它从没有这种说法，该着你就是你，说你美，你就美！

这就是某种有趣的现实，某种似怪非怪的逻辑。海阔凭鱼跃，天高任鸟飞，就看你怎么跃，就看你怎么飞……

其实并不玄

球场有如人生，人生实乃竞技——踢了多少脚无关紧要，紧要时那一脚，却可以改天换地。你一举成名，他一梦呜呼。两支球队，不，还有两大帮球迷，两个国家，命运瞬间互换。你从天堂猛坠地狱，他从九泉骤升天宫。真乃生死两茫然。恰如上届欧锦杯足球决赛，法国队维尔托德，终场前数秒那一脚怒射，使此前一切进攻都失去份量，使此后的一切努力都难以同日而语。长期领先的意大利，眼看着已入私囊的冠军，倏然间飞入敌营，其苦其痛，纵黄泉又哪堪比！

人生哪，未免太玄乎！

其实并不玄。这一脚看似偶然，实际仍属必然。若非实力作底，坚忍为基，法国队焉有如此"运气"一脚！若非意队提前狂喜，以至松懈，维尔托德何来这般神机！说到底还是那句老话最真：性格即人。而命运是性格的历史。十年磨一剑固然重要，坚持到最后几秒亦重于泰山。反之亦然，最后几秒不可轻忽，十年磨一剑终是根本！

叫我如何不忧青：姜琍敏散文选

不归河

生命无疑是一条不归河。这种宿命性不仅体现在归宿上，便是那蜿蜒曲折的流程中，那扑面而来、为我们满怀期盼眺望着的良辰美景，岂不也转瞬便成了船尾那飘逝的碎浪？

哲人说，太阳每天都是新的。这没错，但太阳也因此而每天都成了旧的。

每个人都清醒地意识到这一点。我们因此而渴望着更多新的，因此而麻木于更多的旧的。因此而时不时地为之怅惘、焦虑，甚至恐惧。

好在我们不是机械的存在，我们有记忆，有情感，它如银针，象丝线，将散逝的一切都穿缀在一起。寻常看不见，偶尔露峥嵘。在某种相类的生活，某些隐秘的暗示之电击下，它那温馨或酸涩的一闪，竟会令我们宛如重新航行了一回般，陡然充实抑或是空虚起来。生存因此而又显现出一种回旋往复甚至无穷的意味。尽管时间和理智总会适时地告诉我们，某些东西毕竟是永远地远去了。

远去就远去罢。让我们像每一个昼夜的轮回一样，轻轻地，潇洒地，道一声再见。实际上，更潇洒地说，应是"世界因我而存在"。亦就是说，我在哪，世界就在哪，何来"再见"？

"火汇"之虑

上坟烧纸，谓之"火汇"。实际和绕尸三周、向遗体三鞠躬、道几声"千古、安息"之类差不多，原都是寄托哀思、安抚活人的一种象征、一幕上演了千百年的风俗剧。故可悯可恤，无可厚非。怪的是随着文明之进步、物质的丰富，这幕戏也越演越热闹，越演越"现代"，以至阴阳一体，生死无异，演者越演越入戏，观者越看越当真，结果是观者演者都越来越糊涂：

难不成也跟世界经济一体化似的，阴间阳间也通上了英特网？不然对那边的情况，咋了如指掌？

看起来，阴魂之所需也真跟咱想的没两样。所不同的是，"火汇"的除了以亿计的巨额冥币，还有那多数活人决难享受的高档电器、豪门华厦、甚至三陪小姐、绝代佳人——这快活！真令人眼红心跳，立马就想死。只是且慢，我这里还有点小小的疑惑：就算这世上真有个繁华的阴间，而那儿也真缺咱这些劳什子，那说明那世界和咱们差不离。既如此，缘何又不发行自己的货币？而如果有货币，怎知他们买不到东西？如果那儿本没有电视汽车、洋房、小姐可选购，那阴魂要钱有何用？如果有那些玩艺卖，那咱汇的千亿百亿上万亿冥钞还不够阴魂花的？还要烧什么电视和洋房？再说了，烧几样纸房纸物还好说，这绝色佳人美小姐，竟也可这边烧讫，那边领讫？

——风俗、风俗，只管跟了风去俗，管它是真是假！这事儿的本质，不过就是如此吧？

某些明星之共性

世间最会作秀的当数这星那星。这不奇怪，他们"捞世界"，靠的就是会作秀。这是要有大本事的，比如说笑，一仰脸就哈哈嘻嘻，再比如说哭，一抹眼就热泪哗哗。真是说来说来，瞬息万变，凡人哪得这个功夫。追星族理所当然要趋之若鹜。

此可谓明星之共性。然某些明星之别一共性，则有些让人费解。即他们撒起娇来，竟也是如出一辙，比如最爱说的、当然也是娱记们最爱报道的是（因对着镜头，有时就不得不抹几下眼角以增强效果）：那个热呀，衣裳跟水湿过似的……或者，为消除嘴里的哈气，三九天也得吃冰棍……再或者，老晚了，才顾上吃几口盒饭；经常是几个星期不着家，孩子都快要认不出我啦……总之，三句话不离本行，三句话不离其苦。而且是天下无双之苦，一般人无法体会之苦。让听惯的忍不住啧啧两声，让没听惯的不禁也跟着抹两下眼角。

顺便说一句，人之共性是很多的，比如他们的别一个共性就是：从不提自己当年是如何削尖脑袋来挤入这个苦海的，也决不提走穴赶场得了多少出场费的，自然也更不会提什么辞职转行以脱苦海之类让自己听着也不那么来劲的晦气话——在这点上，你尽可相信，他们一点也没有作秀欲。

谁该挨板子？

骄阳似火。然更烤人的却是高考。那些热锅上的"蚂蚁"不必说，热锅边的家长分明比考生更焦躁。瞧他们堵在门外引颈翘首团团转的样吧！这还是大将风度，正常现象。不寻常的是他们的种种要求，让记者连呼离奇，让考场大叫怪异：有的要让孩子带进氧气瓶，有的要带进微风扇。有的说孩子只习惯看钟不习惯看表，故而要带进个小闹钟。有的说孩子平时常吃巧克力，高考自然也少不了。还有的家长抗议考场没空调，甚至要求附近的空军机场暂停起降，考试时火车暂时停开。至于树上的知了也让人忧烦，一大伙半老徐娘、腆腹汉，找竹竿的找竹竿，扔石子的扔石子……

这样的家长何止离奇，简直是神经兮兮打抽风！我若是考场，我也要嫌烦。但若是记者，请不要轻易抢你的板子——要抢也得先想想，这板子该落谁身上。是这伙神经兮兮的家长，还是那逼他们神经兮兮的高考？至少别站着说话不腰疼，说什么我们高考时，连电扇都没有，现在的学生给弄得太娇。可我们那时连饭还吃不饱哪，您现在也不准人家吃饱饭？说什么无论考生还是家长，对高考都应有一颗平常心。您身临此境能"平常"吗？而假若这一回"平常"了，兴许这一辈子都平常了！就冲这，您不想找只知了泄泄愁，冲着火车发发火？

骗亦有道

逢人便叹辛苦，抱怨睡眠不足却从不言及兜里揣进的钞票和心里装满的虚荣，且无一人因此而改行，原是所谓影星歌星之特长。不意这也成了当下某些记者之时尚。含冤受屈苦不得伸之衷，时而溢于言表。

一般而言，这并不夸张。记者这行岂止辛苦，更有演员们远不可比拟的危险性。即使和平年代，涉险采访、壮烈捐躯者也不在少数。但这毕竟比例不高。故比起无冕之王所带来的物质尤其是精神满足而言，仍然足以使一切道中人恋栈敬业，使一切"城"外者削尖脑袋往里拱。

我这么说自然不是无稽之谈。正面例证比比皆是，反证也信手可拈。比如，昨日电台就又一次提醒我们说：已多次发现有衣冠楚楚之男子，施施然奔走于各种新闻发布会，以假记者身份骗取礼品和红包。所获不菲且事败后大言不惭曰：之所以冒充记者是这身份好混钱。电台因此愤然谴责云：这骗子只看到记者的一个方面，却不看到记者辛苦艰难的另一面。

其实何止这两方面，骗子和我们似乎都还该看到如今的这会那会为什么越来越多，这礼那包为什么越送越凶等无数方面。至于电台所言之记者们的"另一面"，坦率说，别说这几个骗子，就是我也不太容易看到。或许是某些记者们的"这一面"太抢眼了些吧？我们的眼前总是"闪亮登场"着太多的这会那会，太多的这记者那记者；这儿拿红包、那儿收礼品，见天忙着赶场子，发通稿，吃豪宴，捎带着办上点儿小私事——他们的"另一面"，肉眼凡胎者，还真不容易看出来！

当然，这一面的记者恐怕也成不了主流。否则，也太对不住那些出生入死，为事业捐躯的记者们了。至于那两个骗子，抓得当然该。只不过私下也得承认他们是有头脑、识门道的，比起街头那些专骗老头老太养老钱的劣等骗子，不知高明也"正义"了多少！

叫我如何不知道：姜琍敏散文选

旗袍与虱子

张爱玲有不少名言流布甚广，如"出名要趁早"，几乎路人皆知。只是对于我这样早已不再年轻的人来说已失却意义。但是像"人生是一袭华美的旗袍，只是上面落满了虱子"，却让人不得不为其对人生形象、深刻而典型的概括而长久折服。没错，人生之所以是珍贵的，之所以让每一个弥留之人依恋不舍，皆因其确乎是一袭华美的"旗袍"。无论之于亿万富翁还是卑微小民，就其生命的本质价值而言，都是华美而值得留恋的。当然，张爱玲此言强调的显然并非旗袍之美，而是虱子之烦，多少流露了一点消极性。这恐怕与其个人生命大起大落的遭际有关。但在我看来，尽管落满虱子，尽管不如意事常八九，生命本身的美及其在这点上体现出的相对公平性还是很客观的（无论贫富贵贱，谁的旗袍上都免不了虱子的寄生）。既如此，大家好歹都有一袭旗袍穿着，谁也不比谁幸运到哪去，那么，痒就痒点，烦就烦点吧——仅仅考量这一点，对于我们这个事实上永远无法平等的人生，就多少是一种安慰了。

不过话也要说回来，虽然人人都免不了与虱子为伍一生，却并不是人人都看得到这一点的。我的意思是说，不知足的天性会使人盲目。我们普遍容易只觉得自己身上的虱子在痒、烦恼在扰，却往往看不到或漠视自己生命中的那袭旗袍之美。更可悲的是，在许多人眼里，常常只看到别人身上都穿着旗袍，而看自己，却总觉得只有一袭破衣烂衫，甚至赤条条一丝不挂。这样的人，常常就成了忧郁症的俘虏，或者便是"虱子"的牺牲品，怨天尤人也就无可避免地成了其基本人格！不幸的是，这样的人在现实中还并不在少数。我身边就有许多亲朋总在抱怨，不是觉得邻居比自己富裕，就是羡慕同事比自己快乐，甚至痛恨命运为何偏是对自己不公……

命运的不公无疑是客观的，但命运在本质上的相对公平却也是分明的。只不过我们似乎天生只有一只眼睛，只会看到别人笑，永远看不到他们哭；只会看到别人过五关斩六将的风光，永远看不到他们败走麦城的狼狈。事实上，谁身上没有虱子？谁又没有自己的一份欢乐与笑靥？甚至，从某种意义上看，王公贵胄的旗袍虽然看起来更美，实际上，他们身上的虱子咬起他们来，可能也更不留情——看看历史上那些皇帝老儿吧，他们常常就死于窥伺其权位的兄弟、儿子之手！即以张爱玲本身而论，她出名是够早的，她那一袭旗袍也是出尽风头的，但她的晚景却又是足够凄凉的。可想而知，她身上的虱子也一点儿没让她省心呵！

正所谓，"家家有本难念的经"哪！

也别忘了，人人有袭华美的旗袍！

人性一趣

　　社区餐厅供应 10 元一份午餐，两荤两素一汤，量也足够，却乏人问津。原因是许多人觉得 10 元钱吃顿午餐贵了点。不意餐厅改做自助餐，价钱涨到 18 元一位，反而一下子人气大涨，座位都找不到。而考其菜式，略增几种，辨其口味，一如既往。却再也没人喊贵了。显然，点化奇迹的，是微妙的人性——虽然多掏了银子，换得的却不再是一顿简单的午餐，而是一个饕餮的权利，一份可能"赚了"的满足。稍稍留意，你还可以看到，活跃在餐厅的相当多是许多过去从不光顾此地的老头老太。他们努力加餐，或许不仅是为了吃回本钱，还有一份隐秘的挽回某种东西的代偿心理吧？

　　只是，看着那些白发苍苍的老者，我总不免为他们的胃肠和血糖之类的捏一把汗。也为他们的钱包叫一声苦，若非自助，也许一顿午餐本来耗不了他们几块钱吧？

　　一物一事，值与不值，真是相对的呀！只是，多得真的就值？有时候，恐怕某种失，也在踊跃的人影中暗笑吧？

肃然起敬

虽然有许多感情，但这篇小文真正属于我的将只有四个字：那就是"肃然起敬"。它源于以下这段文字——

"我是南化公司离休职工魏良，现年近古稀，但身体尚称健康，头脑清楚。回忆半个多世纪来受党的教育培养，坚信马列主义毛泽东思想，共产党员以'只有解放全人类才能解放自己''先天下之忧而忧，后天下之乐而乐'来鞭策自己，现对后事拜托如下：

生来安贫知足，两袖清风。死后不发讣告，不开追悼会，不向组织提任何要求。

尸体可送给医学院作教具或病理解剖。对身上健康部件（如角膜、心肝肾等）可给别人用时尽可取用。

若不能作教具不堪使用身上零件，火化后也不保留骨灰。可撒入江河喂鱼或肥田有利作物生长。

我没积蓄故谈不到什么遗产。家具和书可交公，文具留给后辈作纪念。最宝贵的遗产是'艰苦奋斗'的精神财富……'"

魏良先生的这份遗嘱立于 1991 年 7 月 5 日。而我读到它是在多年以后了，即魏老去世数日后。是日豪雨初歇，天清气爽。生前小屋，几篮鲜花，此外别无任何礼仪，唯有魏老在相片上欣然相望。其遗体已如约被医学院接走。类似他那种遗嘱也许不算稀罕，然完全实践者却不多见。尤其是如他这样曾在延安抗大亲耳聆听过毛泽东讲课的老干部。而令我肃然起敬的还在其老伴及魏戈、魏宁等子女们；他们也都是共产党员，子女亦皆是亲友共知的孝子。一丝不苟地奉行这样一份嘱托，别的不说，仅仅考虑到某种浓重的传统背景，我便很容易想象他们心头和肩上所扛着的重荷。所以尽管我很想对他们说上些什么，最终却什么也没说。现在我仍然觉得，除了能表示我的敬意，所有能说的，都为雪崖般高洁的事实所覆盖了。想强调的是，除了在小学的作文里，我难得在现实中使用"肃然起敬"这个成语。并且，我相信，获悉此事或此小文的人中，与我同感者必不在少数。

外企女性剪影

　　女性是人间不可或缺的半壁江山。外企（这里指欧美独资驻华公司的）女性，则是这如画江山中，一道风韵别具而又有点儿浪漫的神秘绮霞。

　　说她们神秘，是因为相对于多数人来说，她们的工作、生活乃至精神世界，不那么为人熟悉。由于她们大多有点儿"离群索居"，人们通常只通过少数报道或几部不那么出色的影视剧，获知她们是一群生活在一个小圈圈里，拿着高薪，仪容典雅，满口洋文、成天躲在豪华宾馆或高级写字楼里，围着几个高鼻子蓝眼睛的洋老板打转转的女白领。而她们具体都打些什么转转，拿多少钱，吃什么，穿什么，想什么，爱什么，则远远不比女歌星或女蓝领更易于想象。即使我这般对她们多少有些了解的人，从中得到的印象，即便不那么神秘，新鲜或独特之色彩仍相当鲜明。事实上，她们的确是一群相对特殊的人群，这无疑由她们那相对特殊的工作性质和社会地位所决定。

在我看来，外企女性的存在和不断壮大，是东西方隔阂日渐缩小、两极态势日趋明显之社会的一个鲜明标志。而她们自身，则又是一群工作、生活、行为和思想方式都相当"两极化"的女性。虽然矛盾和对立乃是世间万事万物万人之基本特征，但其对立的鲜明性和突出性，却不能不说是外企女性的一大特征。

经济地位是左右人思想行为的有力杠杆，不妨就先从收支情况来看看这特征吧。外企白领的收入无疑相当可观，相对于蓝领女性简直算得上天文数字。她们的高收入，保证了她们厕身于那些特殊工作环境所必需之高雅而不艳俗的衣着、精美而不雕凿的妆饰及比一般国人相对现代化的生活质量。而也许这意味着一笔不菲的支出，也许她们毕竟仍是灵魂深处打上了传统烙印的东方女性吧，在她们身上就明显存在着开支上的两极倾向。你可能看见她们在豪华商场一掷千金，为的是购一件名牌内衣或一瓶法国香水。你可能听说她们已成为最早的买房、旅游、考驾照者，却又往往在某些地方发现她们那表现得似乎很不合逻辑的抠门儿。比如同事间的偶然聚餐吧，那得实行"AA"制；进商场讨价还价千挑百选的能耐，她们可一点不比我们差劲，而某些方面比起低收入女性来，竟常是有过之而无不及。至于吃午饭，尽管每月的午餐补助就远比普通蓝领的月薪还高，但她们常常就连3元左右的盒饭也反复掂量，有时甚至啃一个苹果就对付了。也许这并不奇怪，作为中国人中一批最早最彻底地"市场化"和"与国际接轨"者，她们终日在洋老板们的思想行为和经济理念的潜移默化下，经济头脑、思维方式处处显露出"西化"的痕迹。而以最小的"投资"牟取最大的收益，以最合宜的方式支配自己的经济和生活运作，应该是很自然的结果。

至于生活和环境的两极化表现，在她们身上就显得尤为突出了。作为洋行白领，她们的工作环境在国内可能无与伦比。五星宾馆，高档写字楼，服务和办公设施均属一流。室内典雅气派，壁上名画纷呈；桌上架着电脑，周围音乐环绕；环境四季恒温，工作秩序井然；谈笑皆鸿儒，往来无白丁……然而这只是她们的一个方面，一旦下班、休假，融入的就是本乡本土的风情和人文环境，与普通老百姓差别不到哪去。亲友还是中国老乡，家居再好也免不了洗涮汰烧这一套。且往往因思想和生活情趣之微妙差异，与亲朋好友多了许多明的暗的摩擦与冲撞。比如丈夫在客人面前翘着腿抽烟；直着嗓子吼什么山歌；孩子把书报扔得满处都是，总不免让她们皱几回眉头或起几粒鸡皮疙瘩。看不惯多说几句吧，旁人还以为她那是作秀，摆得是哪门子洋行小姐臭脾气。哪像些洋行里的老外们，上班和下班，生活和工作，环境和内容几乎没什么差别。旁的不多说，再说温差吧，用句小说里的形容是：旱起来就旱死了，涝起来就涝死了。简直是天天在南北两极间升上落下。比如冬天吧，上班处暖得衬衫裙子还嫌热，一下班立即就冻得浑身打哆嗦，夏天则正好反过来。你当然也可以开足自家的空调，但那又如何和酒店里相比呢？更别说家里要四季恒温得花多少电费钱。她们的收入再丰厚，毕竟也还是高级些的"打工者"，谁舍得如此挥霍呢？

不过这些个"两极性"，比起她们精神上另一种带根本性的压力来，简直就提不上筷子了。这就是地位或社会角色的两极特征，给她们带来的矛盾心理和尴尬状态。

是的，在一般国人眼中，外企女性们无疑是有着令人羡慕而优越的社会地位的。如上所述，她们工作理想、薪俸优渥、外语纯熟，作风严谨；言谈优雅得体，举止富有修养。工作能力也因洋老板的高要求而锻锤得无可挑剔。她们之受到大众的尊重是自然而然而当之无愧的。然而这又不过是其一。其二是，她们在为之效命的洋老板前，无论心理感受还是实际地位，其尴尬，其压抑，其委屈，其翻覆，亦非一般国人可想象。这一反差，首先自然是来自于东西方文化理念及经济差异等先天矛盾。

比如地位上之不平等，几乎就无可救药。洋老板们，无论他是开明的还是苛刻的，温厚的还是阴冷的，几乎都有着对中国人或明或暗根深蒂固的优越感和歧视性。区别的只是程度而非实质。如薪金，即便你比同工种的洋同事卖力十倍或百倍，得到的永远只有他们的几分之一甚至是几十分之一。仅此一点，就足以让人气闷，更何况洋老板不高兴起来那充满鄙薄的眼光呢？这还是好的，碰上脾性暴烈的，狂喊滥吼半小时，还敲着桌子威胁着和你"说再见"！因而我所认识的女白领们，失眠、厌惧、敢怒而不敢言、为一件小过而惶惶而不可终日者，真可谓家常便饭。而尽管如此，尽管她们也不断地在私下里嚷嚷着"再也不受这窝囊气""明天就炒老板鱿鱼"云云，毕竟只是种平衡心理的无奈发泄。一想到得这个饭碗的不容易，那每月的薪俸袋，毕竟比大多数国人要厚实得多；再想到曾经沧海难为水，炒了洋老板，到哪去再觅比现在理想的"高就"呢？于是就擦干泪水，强颜欢笑，继续兢兢业业，努力去"习惯成自然"了。

而话也要说回来，洋老板自有洋老板的好处在。吼归吼，骂归骂，苛归苛，严归严，多半是对事不对人。钉是钉，铆是铆，合同上写明的条杠杠，对他们真正意味着是法律。借故扣薪、任意炒人、无端使坏、言而无信或其他死乞白赖小家子气，在他们身上还是鲜有的。且他们多半是"性情中人"，骂过了常常来点儿小抚慰，让你到餐厅去签一次单，或借个由头塞给你块巧克力。做得他满意的，也多半现翘拇指现开销，很少空头支票。到底他们的经营理念和法制观，还是比我们某些老板要进化得多。

毕竟在外企，总有许多神秘或不神秘、有形或无形的微妙东西，使她们感到值得流连，使我们感到耐人寻味；也使得这些外企女性们，能以她们那瘦削的肩，撑起女性世界里这一道令人瞩目的风景线。而从某种程度看，这一抹淡淡的景致，不仅是今日中国不同经济、文化状态的一小块冲积平原，甚至还是未来中国多数人工作生活情状的一种隐隐的预兆。

叫我如何不想着：姜洌敏散文选

玩具

　　表面看起来，这话题离我已过于遥远了。但也许清贫的幼年，我之玩具情结太难以满足吧，至今对层出不穷的新玩具仍有相当兴致。进商场，除了食品柜，最爱流连的也就是玩具了。少小时我妒羡邻居的卡车玩具，却直到工作后才有可能给自己买回一辆。现在的各类玩具可不要太多啊。虽然自己不再玩，我却仍常为孩子摆弄玩具时那份专注感动。小一点的脑袋歪着，口水滴拉着，不厌其烦地重复某个动作；大一点的呲牙咧嘴、手舞足蹈、呜哇有声且鼻涕吸溜着，统像是在进行与改天换地的成人决无二致的庄严工作，实际他不过在搭一堆积木或捏个变形金刚。很难弄清这到底是怎样一种心理，但可以肯定玩具的意义对于玩着的人是极为重要的。他们的满足与投入是成正比的。而且他们不会意识到，或即便意识到也不见得会认同自己仅是在"玩"。而对于欣赏这份玩心的我，他们又无异于我手中的玩具——这么看，即便我这般已近不惑的人，玩具之心亦不曾死呐！

　　其实人生在世，还真没几个会因年龄之递增而真正告别玩具的。只不过我们总是将弹弓、积木、变形金刚和芭比娃娃之类小儿科的东西称作玩具，而将自己的"玩具"称作电视、棋牌、VCD之类，至于迷恋的程度，无论多深，顶多自豪地称之为某某迷，决不会将之与玩具产生联想。成人就是成人，孩子就是孩子。其区别就在于，成人的事情总是具有意义或某种合理性，而孩子的事情嘛，玩具两字就足以概括了。

事情兴许不会这么简单。因为真这样的话，孩子和成人各玩各的，互不干涉倒也未尝不是孩子们的福音。可是，现实似乎永远是：孩子一快乐，成人就担忧！这不，近来就颇有些人对玩具的怪异不经倾向表示忧虑。诚然，那些一拍巴掌就会从屋顶掉在你怀里的黑蜘蛛；抽一片口香糖，里面会突然弹出一只活灵活现的黑蟑螂；一个包装精美的礼品盒，一打开却弹出个长毛怪兽，打在你下巴上；甚至还有一摊摊乍看黑不溜秋，细看顿令人反胃的"粪便"；此类玩具对于习惯于循规蹈矩的我们而言，接受它无疑是有心理障碍的。但这是否可以成为我们忧心忡忡的理由？甚至，有人疾呼这类"整人"玩具，是将自己的欢乐建立在别人的痛苦上，对孩子健康人格的培养十分不利——此言未免重矣！虽形式不同，我们这些批评者，哪一个不是"健康"或"整人"玩具并陈之时代的过来人？相较而言，可发石子的弹弓，沙地上铺设装满真人粪便的陷阱，一推门便落在头上的畚箕或水盆给别人的痛苦恐怕更甚一些——我们的人格因此而不健康了吗？

没有人能夸口自己心灵纯净。潜意识的暗角里无不游荡着丑恶、荒诞或卑劣的欲望，尽管它们是理智的囚徒，但也渴望某种形式的满足。而一定程度的审丑心理早已不能再视作不经。既如此，孩子们通过某种玩具，让某种心理获得短暂平衡，难道不合乎人道？玩具毕竟是玩具，它们决不会较分数至上的现实更有碍人格健康。它们对于如今这些名义上的"皇帝"，实质上不过是分数深宫之囚的孩子们，所起的抚慰作用原就有限，让他们短暂地笑一笑吧！你真信他们头上的天，会被那一堆假粪或几个长毛兽吓塌？

我爱龙虾

20 年前我初来南京，立马就爱上了此前从未谋面的龙虾。虽然这种"爱"，更多的是对它那肥满的黄、鲜美的肉之贪嗜，故而对龙虾来说未必是福音。但我确也挺喜欢此公那貌似凶猛其实挺敦厚的尊容的。一身红袍，大头长须，还有两只怎么看怎么吓人却也怎么看怎么逗人的大螯。其实它从不主动攻击谁，你若犯它，它才钳你，钳了也疼不到哪去，一甩了之。

有意思的是，那时除了南京（或许还有安徽），别处都无嗜龙虾之癖。故乡苏州偶可在花鸟市场见到，是供人买回观赏的。南京人虽嗜龙虾，却又视为贱菜而不上席。至于如今以盛产龙虾而名扬四海的盱眙，据县领导说，以前捞龙虾是因它爬得满河满沟都是，为消灭而用碾压碎肥田！现在谁还肯干这傻事？餐馆里一盆盱眙十三香龙虾卖 70 块钱哪！正所谓风水轮流转吧。如今除了贵客豪宴，南京人几乎已逢席必上龙虾。而苏锡常乃至更远的地方，张牙舞爪向龙虾，满嘴流油满屋香的场景，比比皆是。龙虾可爱之另一原因也在于它如大排档这形式一样，为平头百姓提供了大快朵颐而又大嚼得起的美味大餐。

别以为龙虾的肥美为自己惹来了没顶之灾，这家伙繁殖力特强。而它做梦也没想到的是，自己的地位也逐年攀升，且贵为主角，有声有色地唱了出"中国龙年盱眙龙虾节"。龙虾节有歌有舞，更有趣。趣就趣在压台的一幕是

"千人广场天岛啤酒宴"。千多号人，十来圈长桌，一人面前一脸盆龙虾，从夕阳西斜直啃到月上柳梢。劲歌高唱《龙虾之歌》，陈述大讲"情报故事"；都盖不过那一派春蚕噬桑、斜雨敲窗般的剥吮之声。晚会还兴起计时吃龙虾比赛。一人8只，须臾成壳。据说这还远不算快的，快者一分钟可吞下30只去，令我望洋兴叹。好在此夜我别有一获，使我油然生出此文的题目《我爱龙虾》。

此事妙不在物，而在其奇：龙虾节定制十块足金箔匾，临场抽出十人，奖以为念。我忝为嘉宾代表上台抽奖。许多人让我抽他，我独称要抽就抽自己，实在都是打趣。那千多张票根，暗箱里厚厚一层，说抽谁就抽谁了？偏我一捞一翻再一抽，天！真就把自己给抽中了！霎时间，台上台下一片哗然。许多人拍着我大叫这样的运气闻所未闻，不要太好哦，还不赶紧买彩票去！不瞒您说，我还真买了。无奈一文不中。不中就不中吧。我本非信命之人。但这奇趣的插曲，却让我对盱眙更亲了几分。当然，说到底还得感念龙虾，感念这太平盛世，否则何来现今的一切？而小小龙虾，大大的牺牲。不仅为盱眙之旅游、经济打开条独特的上升通道，而且还大大丰富了我国的食文化。功莫大焉！

我会记得你

　　人一生会结识多少新朋旧友？多少朋友是经得住时间筛淘的？每当辞旧迎新、大量贺卡之类又在茫茫人海间飞来飞去之际，常勾起我类似的念头。我也照例会收到天南海北飞来的许多贺卡，这些贺卡一份比一份漂亮，但坦率说，我很少会因此感到温暖。什么事情一泛滥成时尚，就难以让人珍视，友情亦然。而且我明白，这很大程度上是我职业性质和礼节的结果，而并非真有这么多人在由衷念叨我。同样，当我手忙脚乱地四面发出那些言辞一份比一份华丽的贺卡时，大多也不过是虚应故事或礼尚往来罢了。许多美好祝辞甚至根本没从"心"里出来。这无可厚非，有个意思总比没的好。但每当此时，我总会有一种遗憾，就是有一些我真心念起他们、想寄份贺卡的旧友，却久已失去了联系。更有许多还算不上朋友却有惠于我的人，也不知现在怎样了。想向他们简单地道一声新年好亦无从说起。但他们在心中的印象，其实比一些经常见面或书信频繁的朋友更难以磨灭。比如下放时曾为我切除阑尾的耿医生，在食堂听人说我在床上滚了一夜，扔下饭碗奔来宿舍，一摸一按，即让人尽快把我送进手术室，20分钟解除了我反复多年的隐患。再如，那年元旦回山东老家探亲，被村前那虽浅却宽的沙河挡住了脚步。一个素昧平生的老汉说了声俺背你，鞋一脱就硬背上我，粗重地喘息着，趟过刺骨的冰河，连枝烟也不接又趟回去赶路。同样是年关，却漫天飞雪。我从苏北乡间返城，面对着一大堆东西我一筹莫展。房东劝我宽心，并让他们15岁的女儿挑着我几十斤的行包去送我。原以为没多远，谁知小车站竟有十多里地。我一步一滑，自顾不暇，叫小女孩歇歇，她却怕我误车，咬牙疾行，怎么也不肯稍停。到站时担上落满积雪，她却满面潮红，喘作一团，敞开的袄襟上汗化了大片雪花……

类似的人和事举不胜举。许多时候我淡忘了他们，但终究仍会念起他们。此时却无从向他们道一声问候。可慰的是他们实际上已收到了我的"贺卡"。因为我会长久地记得并感念他们，而这是永远的"贺卡"，任何奢词华藻不可比拟。愿我也经常能有惠于人，愿更多的人会时不时记起世界上还有我这么一个朋友，并在心底里由衷地问一声：你好吗？……

仙女的秘诀

那两个列车员过来推销纪念品的时候，她正在打盹，朦胧听得她们在和邻座的小战士讨价还价。"这个贺卡便宜点卖吧？""才15块还要便宜？邮票是镀金的！你要便宜就买这个6块的好啦。""我就想要这张，让个三块两块不行吗？""我们又不是个体户！你们当兵的，也计较这几块钱？""我一月津贴才45块！刚探家回来，身上只剩20块钱了，一会还要转汽车。""那你买这张6块的吧。""我是寄给我娘的。她病得不轻，过年我不能回去了。她这辈子还没见识过金子哪，这不是镀金的吗？所以我就想买这张。"……

这句话让她心头一颤，于是睁开了眼睛。小战士看上去还很稚气，顶多不到 20 岁，黑苍苍的脸色因有些窘迫而发红，鼻尖上渗出细密的汗珠，低头瞅着那张中意的贺卡不舍得放。她眼前飘现出细雨溟蒙的乡村，一位满面皱纹的老大娘躺在床上，对着儿子寄来的贺卡喜泪涟涟……她的手不由自主地滑进了小包："这张卡我要了。"她付了钱，顺手将贺卡塞在小战士手中。

"这怎么行？"小战士面红耳赤地跳起来，怎么也不肯受她的情。见拗她不过，又坚持要付给她钱，闹得她也红了脸。惊讶不已的列车员回过神来后，都帮着她劝小战士收下这份心意。小战士终于不再拒绝，只是像做错了什么事似的，头埋得更低了。幸好不多会，他就到站了。他向她鞠了一躬，嗫嚅地吐出声"谢谢大姐"，逃也似地到了车门口。

列车重新启动的时候，一位列车员满面是笑地提着水壶过来为她续水，又说："小当兵的下车前塞给我 5 块钱，给你点了支歌哩。"正说着，广播响起来："一位解放军战士为 9 号车厢 47 座一位助人为乐的女士，送上一首《好人一生平安》，表示他衷心的感谢……"

深情的歌声宛如汨汨溪流，在她心底暖暖地流。耳边又传来啧啧的赞叹，歌放完时身后还响起几声巴掌；她觉出自己在哆嗦，好久不敢抬头，心里却感到了无比的幸福。

下车时，她正想把大包挎上肩，一个列车员将包抢了过去："终点下车人多，你跟我从员工出口走，包你头一个打上车。""可你……""我也要出站。今天不是我当班，刚才卖东西是帮同事忙的。"她其实并不急着出站，却觉得不好拒绝人家的好意，便跟着她走了。长长的地道里没几个人，列车员的话音扯出嗡嗡的回声："其实我也觉得那小当兵的心思挺那个的，只是自己在做生意，我们也确实没权打折的……""那算什么呀，我也不过是……""别这么说，你让我们看到了，现在还是好人多。真心话，我们俩都挺感动的……"

夜深了，广场上飘着毛毛细雨。可是她一点不觉得暗，也不冷。四面八方的灯火，神秘而迷蒙，宛如满天星辰在心中闪烁。上了的士，她轻松地吁了口气，下意识地哼起《好人一生平安》来。

怪不得我这么快乐呢，儿时看过的那则外国童话中，那个因救了蝴蝶而得到仙女快乐秘诀的小女孩，在幸福地度过一生后，不就是这样回答邻人的吗——"仙女给我的秘诀只有一句话，那就是：记住，你周围的每个人，都需要你的关怀！"

烟祭

不吸烟的人见了我这题目可能会烦：就你们无聊！那么多事不写，今儿谈酒，明儿论茶，这会又来说烟。

这话有理，可多少透着点偏激。俗话说，烟酒茶不分家。嗜哪一项的都易偏爱另两项。爱了就不免情意绵绵，忍不住说三道四，像热恋中的情人，天气、时装、足球、宠物，乃至流行歌星，碰一块就唧唧个没完。旁人听着多半是废话，在他们可句句甘之若饴！而这烟酒茶三项，哪一项都号称文化，何况和那么些人的痛痒息息相关。说说何妨？只是既称文化，就要"化"出点子丑寅卯来。老生常谈，无病呻吟就难免不惹人烦。所以我虽已"烟酒茶"了30年，从没敢发表半点评论。这回耐不住扯上几句，非敢附庸风雅，实因众所周知的原因，不得不与朝夕相伴30年的香烟依依惜别。那滋味，非烟鬼同志和离过婚者恐难体会——明知是好事，却百感交集，百无聊赖，简直壮士断腕般，老大的失落。说上点什么，多少能有所抚慰，兼而给自己打打气吧。

其实有些烟龄的，没几个不想或不曾戒过烟的。原因简单，心理压力随只增不减的年龄和只减不增的健康及禁烟呼声而日增。只是爽爽快快戒成烟的总不成比例。原因也简单，人常患不见棺材不掉泪的毛病。所以除了那些确诊为绝症者，多半都成了马克吐温的信徒，所谓"戒烟是顶容易的事，我已经戒过几十回了。"

这点上我倒有些可自夸的，即我吸了30年烟，只戒过一回，长达4个多月。复吸的理由是某一天读到这样一句话："不为无益之事何以遣有涯之生？"是呵，吸烟无益，可比吸烟无益的事，人生里还少吗？金钱美色，鸡鸣狗盗，坑蒙拐骗，作奸犯科。哪一桩不富有诱惑力，哪一件不得小心戒备着？这吞云吐雾之好，纵有害，也更多地害了自己的肺。连这也沾不得，这辈子还剩下多少趣呢？说到这，难免不想起"做人难"的老话。可做人岂止是难，恐怕更"怪"——吸烟、酗酒、吸毒、赌博、贪污、淫乱、偷盗、受贿；件件都是人所共知的恶习，却特易讨人喜欢，且一染便易成瘾。而学习、工作、修身、养性、理想、追求等等，谁不知是人之正道、社会大义，却有几人发自深心地向而往之呢？

促使我重下戒烟决心的，是梁实秋。他说："如果在公共场合遇到有人口里冒烟，甚或直向我的面前喷射毒雾，我便退避三舍，心里暗自咒诅：我过去就是这副讨人嫌恶的样子！"这么说，我现在仍是个讨人嫌恶的家伙，这何苦来？没几天我躺到了胃镜检查床上，翻心倒胃中，终于痛下了最后的决心。只是梁先生戒烟是一次成功，用的是"冷火鸡"法。拿他的话说是"一时间手足无措，六神无主"。于是我心生畏意，采用递减法。今天一把，明天一把，总比一下将火鸡毛拔个精光要好受些吧？岂料那滋味同样不堪回顾。最要命的是递减到后来，那每日一两枝的"计划"，吸来竟风卷残云般，倍觉香美！而事实上戒烟与戒任何习惯一样，对尼古丁的依赖并非主因，精神上的依恋才是功亏一篑的根本原因。如孩子的断奶，他哇哇哭要的，岂止母亲的乳头？正式戒烟那天晚上，我在衣柜翻找洗澡的内衣，看着那么些早已不穿却没舍得扔的旧衣，竟怔怔地呆了半晌：我真要戒烟了？它可不是几件旧衣，而是陪伴我 30 年的老伙计哪！心里想着，手又在衣袋里摸索开了——直到个把月后的今天，我的"手"每天还至少要摸索上二三十回！我们的习惯、感情，几多强蛮！我们的喜怒哀乐，哪样不为它拨弄？在它面前，理智的面目何其苍白。

幸喜，苍白归苍白，只要理智横刀立马，它究难胡作非为。故情感再炽，也终将阑珊。实际上，生命从受精即诞生那一刻起，就自觉不自觉、情愿不情愿地开始了既是前进又是抉别的"戒断"之旅行——温暖的子宫，香甜的乳头；同学少年，青春友伴；爱情与梦想，成就与挫败——直至生命本身！既如此，区区一枝香烟，又有何割舍不了？

安息兮，烟兄。伏惟尚飨！

站着

嘭，嘭……声音清晰而有点沉闷，像球场上远远传来执拗的运球声。每天清晨五六点钟，它准将我唤醒，起初我闹不清怎么回事，后来弄清是楼下那打烧饼汉子揉面的声音，气便消了。这家人过得挺不易的，一天里任何时候，只要我下楼，总见这敦实而沉默的汉子，在饼香和煤气熏腾的烤炉前不停忙碌着，揉、做、贴、卖，全是他一个。他的妻子，那胖而有点乍呼的农妇，负责将烧饼送给附近大学宿舍前的小贩，然后便成天围着炉后那不足 5

平米的小披棚打转转；或洗或晾，或大声吆喝着，照应那像小狗一样总在大人脚边转个不停的双胞胎儿子。小披棚没有门，里面的全部内容只是那木板拼搭的一张铺，所有衣服杂物则被几道铁丝吊在头顶，搞得里面越发昏暗，看不见也无法想象这一家四口是怎么睡的。

但从早到晚除了两个孩子，我从没见这夫妇俩躺下过。尤其是汉子，印象中他总是站着。即便中午闲时，他也总站在炉前切菜、烧饭乃至吃饭。站着，机械单调而几乎一刻不停地忙碌，是他生活的主要方式甚至全部内容，连和人说话也极罕见。偶尔见他歇气喝水、和妻子或等买烧饼的顾客聊上几句，也是在炉边站着。大早和傍晚生意多时不必说，晚上快 10 点时他仍在嘟嘟揉面，因为大学还有生意。这样他每天躺下的时间不超过六七小时，而节假日、病休之类压根不在他生活辞典之中。三两天罢了，经年累月的，一个人怎能承受这样的生活？他活着的乐趣何在？动力是什么？仅是本能吗？如果我和他对换，能这么过下去吗？答案是否定的。但若非现在而是从一开始就互换角色，我想我也是可能适应的。人对生活的耐受力有多大，汉子提供了生动的典范。细想，还有更多耐人寻味的东西，远比我或汉子自己意识得到的要丰富。"站"着而非"想"着活，是他能活下去的重要原因；而一个人尽管总站着，但只要"站"得堂堂正正，亦是他能尊严并令人尊重地活下去的一大理由吧。

无论如何，总还有什么在心中支撑着他那两条坚忍地站着的腿。或许是那两个一岁多点的双胞胎吧，他这般苦苦地站着，正是为了想让他们日后少站或不站吧？但这只是我们的逻辑，从汉子木然的表情上你是很难看出什么来的。实际上他也很少顾及那两个孩子，即使妻子去送货时，他也还是站在自己的炉前，顶多隔一阵盲目吆喝一下，让两个在他看不到的地方抓土、玩树枝甚至铁片之类的孩子别跑远。有回我见那两个中的一个被另一个推倒在地哇哇大哭，另一个跟跟跄跄地推着破童车跑远了。不问青红皂白的汉子从屋角冲来，大约觉得不该躺地上吧，反将那受欺侮的孩子屁股上叭叭两个巴掌！舐犊之情毕竟是有的，偶尔他会往脚前的两个娃娃嘴里扔几粒芝麻，或一手一个将两个小圆球揪起来，高高举过头顶。这时候，娃娃和妻子的惊叫，会让汉子的脸绽开灿烂生动而难得一见的畅笑来。

有天夜里 10 点过了，我在大学门口碰见送完货往回走的汉子。他腋下夹着空箩，兴冲冲地晃着肩膀，那老站着似乎都不会迈步的双腿，在黑糊糊的夹弄里船员般劈踢啪沓着，嘴里竟还哼着串乡音浓浓的安徽小调；词儿很含糊，依稀有油菜花开了的意思——我想这是不会听错的。虽然眼下还很冷，但"冬天到了，春天还会远吗"？待家乡的油菜花又兴的时候，背井离乡的汉子怕是看不到的了，但他心中，谅必时时荡漾着那一派醉人的金黄呢！

证明自己

不知你是否还记得，有年冬奥会上，以一曲抒情而富张力的冰上"梁祝"，打破自己长期的低迷、徘徊而勇夺铜牌的陈露，曾面对世人，喜极而泣："我终于证明了自己！"

此言令我动容的，首先在她的坦诚，如一眼由衷而恣肆的喷泉，冲破了许多运动员每当此时必定要念的"为祖国为某某，感谢教练，感谢某某"，却就是不言自己的教条。而那些个"为"其实原是不言自喻的，你致力于证明自己，同时也必然证明了祖国的荣誉证明了你所要证明的一切，反之则什么也证明不了。为什么我们要对这个"自己"讳莫如深呢？

令我动容的还在于，透过陈露肩头，我看见了那些掩面低首或仰天长叹的"失败者"痛惜的内心，他们来到赛场，乃至任何人来到人间，谁个不想"为某某"，哪个不欲"证明我自己"呢？而证明自己的道路是多么地曲折而崎岖，甚至多么地激烈而残酷，赛场可说是一个最形象最直观的教材。然放眼人世，何处不是赛场，何人不在竭力证明着自己呢？农家以金黄的谷粒和满掌的厚茧证明自己，将军以肩上的军阶和累累的伤痕证明自己，作家以等身的著作和早生的华发证明自己，商人以丰厚的利润和"轻别离"证明自己——即便那些通宵狂赌、虚掷生命的赌徒，那些追腥逐臭或动辄挥拳脚以逞强的无赖，又何尝不可视作一种证明自己的变态企求呢？

为什么我们如此顽强而执着地企图证明自己？换言之，为什么我们如此热衷于竞争，热衷于表现自己的强大或才智？譬如商人，与其说"商人重利轻别离"，不如说商人更重的是证明自己的价值和意义，否则，那些千万、亿万富翁们，其利早已是十八辈子也挥霍不了了，为什么还要如此痴迷地追逐更大的利润？这难道不是证明了，追逐利润不过是表象，证明自己才是他们根本的欲望吗？

这个问题真是意味深长，远非三言两语说得清楚。但我相信这必与人性的本质乃至种族强大的需要、人类追求生存的意义等艰深的哲学相关。但我可以肯定的是，以合乎人性和社会正义的方式来证明自己，终究是一种合理而无须讳言的欲望。当一个人可以如陈露那样充满自豪地向世人宣称"我证明了自己"，无论如何也是一种最值得别人羡慕和效仿的至境！但愿你我都能在某一天，也这般大喊一声：我证明了自己！

追星之谜

　　追星迷们，向为主流社会所不齿。某些极端现象，尤为多数"有教养"者嗤之以鼻。所以当媒体传出有球迷被某球星抽了个耳光的消息，有人就著文表示咎由自取。而我，坦率地说，彼时也痛快地大叫了声"活该"!

　　不过，往后的我，对此类事的看法可能会变得宽容得多了。

　　改变我心理的是一帧名叫"警察与追星族"的新闻照片。警察那过于紧张而强悍的拦截，无疑引起我些许的反感，但更主要的是，照片上那一群清一色十五六岁的少男少女，脸上的衷情融化了我的厌烦。呵，世上还有比这更纯真更质朴更生动更沉醉的神情吗？他们拼命冲抵着警察有力的双臂，或噙着泪花，或咬着手指，或引颈高呼，或怒张双臂，或顿足，或掩面；那份宗教式的神往，那份全身心的满足，你还能在什么地方看得到？在充斥着无穷无尽的考试和收费氛围的学校？在胡萝卜和大棒交替挥舞的家庭？在他们肩上日益沉重的书包里，在他们除了分数还是分数的梦里？

　　追星既然能给他们带来如此巨大的快慰，他们何乐而不追？而比起古董迷们对陈朽发霉的物事之拼命搜刮，比起商人们对利润那永无餍足的渴欲，比起我辈对赵公元帅乃至各种各样的"交椅"那如痴如醉的膜拜，那些珠光宝气莺声娇语的"星"儿们，如何便追不得，如何便要让我们痛心疾首了呢？

　　值得思考一下的似乎倒是：为什么我们这些为人父母者越来越引不起他们的亲近，为什么那些堂而皇之的"蜡烛""人类灵魂工程师"得不到他们的尊崇？为什么报纸上课堂上疾言倡导的英雄壮举，煽不起他们的狂热？为什么偏是些唱歌的、打球的、成天在屏幕上装哭弄笑的演员们，会让他们如此痴迷？

　　不过话也要说回来，无论哪一种"星"们，如果你真为拥有这么些狂热的崇拜者而沾沾自喜的话，那就大错而特错了。与其说形形色色的追星族们追逐的是你们的星光，不如说是在追逐那现实中失落的梦幻，和自己那颗稚嫩而残缺、飘泊而孤寂的心灵……

雪泥鸿爪

巴黎如厕记

　　人有一时之急，此可谓中外一体，概莫能外。没料到甫抵巴黎，我就为这不雅之急而出了回"洋相"。凡尔赛宫无疑是令人着迷的地方，某种角度看，却也是令人着急的地方。那天游人之多，简直人山人海。光排队进门就费了个把小时。里面那绘画、珍宝之精奇、浩瀚，更令人瞠目结舌。路易王族之奢侈、炫富，非亲历决无法想象。两小时下来才逛了小小一角，以至挤在门窗紧闭而水泄不通的人潮中，我忽生一种"精神厌食感"，简直想逃到外面透口长气。此真乃过犹不及，不知路易王族成天生活在这样一个艺术宝库中，如何消受得起？当然，之所以想逃离的另一大原因是：我忽然内急难忍。时间长是个因素，精神紧张才是主因。这么大个地方，仅在入口处才见到一个排着百米长龙的方便之处。我期望出了宫殿就好了。不料宫外是一个白沙漫地、其广无比的御花园。景致美不胜收，独独少个公厕。更要命的是喷泉处处，飞珠溅玉，令我之压抑陡升顶点。我不顾同伴照相的招呼，埋头狂蹿，可直到花园外仍是绝望——幸而法国处处绿树成林，于是抛却体面，看准棵无人的大树直奔而去……

　　才松口气，头皮忽又一紧。脑后敲来阵急促的脚步。刚叫得声苦，暗忖受罚事小，我泱泱中华子民，要给国人丢回脸了。却见个大胡子老法，比我还猴急地拱入树后，哗哗狂泻……

　　我得承认我这回洋相出得太不得当，却也不得不失望地指出：在如此一个热闹的景点，法国人为游人考虑得未免还欠周到些，以至那小树林成了远不止我一个人的救急之处。

在家千日好，出门一时难。而内急时的不便确实成了言语不通者一大烦难。欧洲各国公厕之卫生、设备之完善确无可挑剔。但其不便外人及布点太少的问题同样突出。如厕所多半投币收费，而在巴黎街头一简易公厕，我亲眼见人出来后，连投两个法郎，又请路边一园艺工帮忙再投两枚，那老兄还冲其猛踹两脚，其门就是横眉冷对，岿然不开，且拒不吐还硬币。

后来在德国又碰上另一种情形。有些公厕大小解分开收费，进去了发觉不对，只得退出来另投一次币才成。有回我进门才意识到身上没马克，情急中摸出一美元纸钞请管理员放行。他老兄满脸是笑，客气地按钮放行。一美元值近两马克，而该公厕原本只收半马克硬币。这也正常，有钱能使鬼推磨，自然也能使"德国鬼子"高抬贵手。顺便提一句，德国是我到过的几个欧盟国家中唯一在货币上特傲气的国家。商店一律只收马克，不要美元。不象有些国家商人，见美元就笑眯眯的。可见德国货币及经济之牛气，真不可小觑也。

巴黎与"流行"

看巴黎最好的角度或许是埃菲尔铁塔，登顶极目，真乃一览众山小，古朴而典雅的巴黎尽收眼底。但这毕竟是远眺，你不可能感触到活生生的巴黎之呼吸。而卢浮宫、凡尔赛、凯旋门美则美矣，却已属于历史。故以我个人感觉来论，看巴黎最富诗情的是塞纳河畔的漫步，最具画意的是香榭丽榭大街的闲逛；可惜因为时间少及口袋里法郎不多等原因，我们难得这样的悠情。好在还有个在我看来反而更理想的角度，那就是超市里看到的巴黎。

巴黎有那么多脍炙人口的博物馆，但哪个博物馆能象其超市这样，荟萃如此众多的人种呢？进进出出的各式人等中，男女老幼，黑白黄棕，还有混血的，五大洲似乎都派来了自己的代表，简直就是个道地的人种博览会呢！仅从此角度论，说巴黎是个极开放的都市，是一点不为过的。你完全可从这形形色色的人们之呼吸、神情、仪态上，感受到一个更真实的巴黎。即她典雅、绅士的形象之外，那份出乎想象的率性、浑放的洒脱天性。

我留心观察了一下。十来分钟里，出没眼前的人群中，有牵狗的，有坐轮椅的；有用个提篮提着个把月大婴儿的，有噙着奶嘴四下乱蹿的；有蹬着滑轮穿梭如飞的，有捏着酒瓶不时来一口的；有穿撒哈拉长袍的老妇，有穿露脐装的少女；有穿五彩衬衣的绅士，有几乎全裸上身的淑女；更多的是穿五花八门T恤的，而那下摆有的塞在裤腰里，有的几乎拖到小腿上——但就是没一个打领带的，没一个浓妆艳抹或香气熏人的！天气较热自然是原因，但作为一个非正式场合，人们选择并认可了一种宽容而更宜乎人之天性的生活姿态，无疑是根本原因。而谁都知道，巴黎在世人心目中是个公认的时装和化妆品之都，那么，何以这儿就看不出所谓潮流或时尚的踪影来呢？也许在巴黎人心目中，大音若稀，大雅若俗，越随意的越见个性，而越见个性的才越见"流行"、越显"时尚"吧？正所谓越是民族的，越是世界的呀！

说到"流行"，我不禁又想起了举世驰名的黄山。而令黄山著名的，如今又多了个"连心锁"，成千上万把式样都似从一个模子铸出的小铜锁，把一个个美丽心愿锁定在万仞青峰。其情可悯，其景却不知怎的，反令我有点触目惊心。"流行"若此，其中究竟有多少是情感的成分，多少是从众游戏的成分呢？这或许就是我不想往铁链上再套把铜锁的一个原因吧。而若真想表达某种寄托，我也是宁愿拴上条有点儿特色的铜链，甚至根有个性的黄丝带。虽然它可能飘不了多久，但那淹没在"流行"里的小铜锁，实际上又能表明些什么呢？

杜赛尔多夫之夜

　　无论在哪个城市，就白天和夜晚而言，我总是偏爱那里的夜色。不仅因为扑朔迷离的夜色如魔法师般幻化着市容，给人以特殊的美感。更因为，任何地方的昼与夜总是两个区别很大的时段和氛围。夜色不仅淹没白天的喧嚣、污浊和纷乱，易使人想入非非，甚至也改变了人们的心情和节奏。稍稍留心，你也很容易看出，即便是同一些人在街头，夜来的衣饰、神态乃至步幅都会与白天有所不同。所以，游历某地而不尽量领略一下此地的夜色，在我看来简直和没来一样遗憾。这也是我访欧时每到一城总要溜出来逛逛夜市的原因。

　　只是我这题目也许不太恰切。我描述的其实并不限于杜赛尔多夫的夜感。巴黎、罗马乃至荷兰小城哈尔莱姆的缤纷夜色，也争先恐后地闪烁于眼前，让我难以取舍。这部分原因是，作为匆匆过客，你不可能把某地体味得很深。因而欧洲这些个城市的夜色从表象上看，建筑、人文景观及氛围都有许多相似之处。最突出的是，就我的活动范围而言，她们都显得温馨而清宁，全无想象中那份紫焰烛天的光怪陆离。无论巴黎还是罗马，你似乎看不到多少霓虹或喷红吐绿的巨型广告。中世纪汽灯般的铸铁街灯，将橙色的光芒静静地染向同样古老的尖顶教堂或挺立着许多青铜骑士的喷泉广场。广告牌大多小而羞涩，且多为灯箱。色彩也和店招牌一样，多半是柔和的乳白或金黄。有点暧昧的是小街的舞厅，灯箱虽小却变幻着刺目的色彩，出没者也多为白天少见的"朋克"族类。比起我们来，街头更少的是行人和喧声。也许他们都躲在一点不少于白天的汽车里去了。而汽车虽多却极少鸣笛。反是大马力的摩托狂飙而过的尖嚣大煞风景。但违章建筑或摊点基本是绝迹的。人行道除了零星报摊、水果摊外，看得到的只有整洁有序而气氛欢快的街头酒吧。

随处都有的街头酒吧，无疑是最具温情的都市夜景了。棕榈树下，明亮的灯光，闪闪发亮的刀叉，芳香四溢的大号啤酒杯和酒客们红扑扑的脸膛交相辉映。但人们大多似在窃语，因而仍不觉喧闹。时而有几声笑语划破深蓝而云团攒动的夜空，便引来路人好奇的注目。偶尔也会有一对青年离席起舞，为他们拉手风琴的是个圆滚滚的黑人老头，深受鼓舞的他摇头晃脑，快活的琴声又引来几个吮冰淇淋的女孩，她们的花短裙在多彩的夜风中飞舞……

这种时候，作为游子，你的思绪不可能不频频飞越时空。尤其在杜赛尔多夫郊外那月华如水、几为绿林淹没的宾馆庭院独步时，我一面叹羡，一面竟奇怪地生出返乡的渴望。这无疑也是我固执地要以杜塞尔多夫之夜为题的原因吧。而那夜之我确也真切地体悟到，何以在游子心目中，终觉"月是故乡明"；只因那儿还留着他的灵魂、他的影。而无论何处，只要是和平而友爱的，都不乏诱人的特色与美感。而那份特能撩拨游子之情的神秘氤氲，原是种共通的人性之美。如那远浓于灯彩的人情味儿，那不求相类、只求拥有更多美好"夜色"的期盼。

国际列车外的月亮

此番访欧，共有三次坐火车机会：科隆至慕尼黑，慕尼黑至罗马，罗马至巴黎。后两次均为国际列车，将我的气息在西南欧划了个不小的三角。说实在的，起初我对在欧洲坐火车是着实兴奋过一阵的。想象中发达的欧洲，火车本身定是种高级而舒适的享受，何况沿途还有那么多观光景点看不到的自然风光呢？孰料一番体验的结果竟大相径庭，简直可用大失所望来概括。当然，这仅是就火车论火车，沿途那景致殊异、美丽如画的自然景观，仍值得大书特书。尤其是那阿尔卑斯山脉大片迷人的森林，那夕阳下似乎总在向你微笑的莱茵河流域，那晨雾中广阔鲜润的草场上悠闲漫游的花斑奶牛，那连绵山丘下群群红黄蓝白的别墅和无处不在的尖顶教堂……如此神韵，这般浪漫，凭窗远眺，真可以令人心醉神迷、忘却一切忧烦呢！

　　然忘却毕竟是忘却，忧烦本身并不会因此而稍减。这忧烦首先与我们乘坐的是普通车厢有关。某些烦恼在高档车厢可能是不存在的，且我们的车厢也有些颇值称道的长处。如车窗均是下拉式，那风不伤坐者；卧铺、坐厢均为厢房式，相对就较安逸；站上有随意使用的推车，方便了行李多者。但无论如何，欧洲的火车就我个人经验而言，较之中国的火车是并不优越到哪去的。某些地方甚至还大有向我们借鉴之必要呢！比如档次再不同吧，你坐过十几小时不报一次站名的火车吗？你能想象 35 度高温中在逼窄的房厢中熬一夜而无饮水供应，且车上及沿途站点均见不到一个卖水或小食者的事吗？我至今困惑的是，都说西方人善抓商机，何以这个钱会没人赚呢？还有，或许也是西方人率性自然特性的反映吧，你听说过，科隆、慕尼黑、罗马这样著名的火车站，竟无所谓候车室，甚至无一张歇脚的坐椅。也看不到几个工作人员，更没什么检票口，旅客尽可长驱直入，没头苍蝇般挤在乱而庞杂的大厅里，仅凭电子显示牌那唯一的指示，到迷宫般错综的站台上火烧屁股般寻自己的车——在科隆我们幸逢同性恋大会，大批奇妆异饰的同性恋者相搂出站时，那份怪异感及拥挤污浊，令大汗淋漓之我不寒而栗。同样在科隆，我们仅差两秒就误了车，原因是那车晚到了，却毫不客套地正点发车！将到罗马时我们的团长和顾问双双面如土色，他们的贴身小包遭窃了，却遍寻不着列车员影子……

　　但不管如何意外，在欧洲坐火车仍是种难得的体验，且让我看到了欧洲的侧影。另一个意外收获是，返回巴黎的夜车上，我无意中一仰头，竟发现窗外飞掠的山影上，幽幽地卧着轮月亮！月亮本是寻常物，东西方顶戴的原是同一个她。人有悲欢离合，月有阴晴圆缺，亦是全球皆准的共识。但因曾有过东西方的月亮究竟哪个"圆"之争，来欧后我一直好奇地想看上它一眼。却不知怎的，好几回晴夜有心举头，却因视角关系，总也觅不着它的芳踪。不意快回国了，却在火车上一睹其"西方"风采——那模样自不必细绘，你见过啥样它就是啥样。但于此时的我，却仿佛那清冽的晖晕里别有番韵味，不由得默凝着她，好一阵出神……

"默契"

从科隆到慕尼黑，平生头回见识了欧洲的火车。因为这原因：天气暴热到 35 度，因为普通车厢没空调没饮水而不得不大开车窗，那份热，那份奇快速度带来的轮嚣，那份欧洲竟还有这种列车的失望感。都使这 6 个小时，成了我访欧中印象最深的经历之一。

当然还因为与中途上车的德国老头那个把小时的"交流"。

说他老其实是不公平的。细看他不过 50 开外，典型的日耳曼脸型上架着副黑框眼镜，加上头已半秃，看上去才觉老相。却也给我以和善感，及一种和隔间那群狂饮啤酒、啸唱不已的德国小伙明显反差的老派绅士感。他一手拎个公文箱，一手持把很大的烟斗，大热若此仍西服革履地出现在我的厢门外，向我微笑，征询能否进来时，我不禁有些惶惑。因为这 6 人座空厢本非属我，见它空着才溜来睡了一觉。而尽管再无旁人，他仍一丝不苟对着票号，在我对面坐下。尽管这车不禁烟，但点烟斗时，他仍向我作了个能否抽烟的手势，我会意地也掏出烟来点上一枝。他立刻朗声而笑。我们的"交谈"就此开始了。

空帮哇？他连说三遍我才明白他把我当日本人了。赶紧用仅会的几个英语单词答：chinese、china。哦！培（北）京！向（上）海！也斯！我说：江苏，南京！无奈他并没听懂我的意思，比比划划又用德语咕噜了一通，见我一概回以 no，他失望地直耸肩。默了会，却又突然迸出个"马马虎虎"来。我猜他大概去过中国，想问他却又开不成口。正困窘间，眼前一黑，列车又过隧道了。刺耳的器声被隧道放大得几乎要锥穿耳膜。我不禁捂住耳朵。这使那老头很开心，几分钟后列车钻出隧道，他大笑着伸出左臂，右手切菜般从上到下剁了十几下。我更迷茫。好在紧接着列车不停地在一长溜隧道中钻进钻出，使我明白了他的意思，于是也在胳膊上剁几下，表示隧道真够多的。同时索性用中文说出我的种种感受。老头一头雾水地听着，却也手舞足蹈神采飞扬地用德语"回答"着我。就这样，我们似乎找到了沟通的办法，就是连猜带估，各说各的，管你懂也不懂。不知情者，还以为我们谈得挺投机呢。而我们也确很兴奋，一把个小时一晃而过。以至列车在一个车站停下好一会，老头才猛省地抓起皮箱，招呼也没打就冲下车去。我追到车门口送他。他因此而大为激动，一把握紧我的手，使劲摇了几下，差点把我拽下车去。望着他远去的背影，抚着生疼的胳膊，我心头隐隐有些怅然。人生有种种困境，没想到语言的障碍却也如此令人无奈。"交谈"了这半天，我们连彼此的名姓都没弄清！

然事后想来，其实我们的邂逅还真够投机甚至是默契的。虽然所谈很可能南辕北辙，但我们都从对方的眼神和手势中，清楚地读懂了那人类间任何种族或语言的隔膜所无法消解的两个字：友情。而一个人无论有多窘困，获此二字者，不亦足乎！便浪迹天涯，又何惧焉？

热心的"洋鬼子"

　　将西方视作人间天堂，无异于痴人说梦。说西人都很文明，也不够实事求是。虽凤毛麟角，我就亲眼见过厉鬼似的酒鬼和往臂上扎海洛因的。许多街道也远不如传闻的那么整洁。但若说西人之主流文明程度颇高，还是较中肯的。这与他们特有的历史、人文、宗教等熏陶分不开。也与法制环境健全有关。换句话说，某些文明是逼出来的，是制约的产物。如过横道，尽管没车，多数人还是耐心等绿灯亮起再过。而对绿灯，不时也有汽车主动停下，让行人先过。这首先是文明习惯起作用，其次，谁都明白违章的后果是难以消受的。

　　西人给我的好印象中，还有颇深的一点，即我所接触过的，绝大多数都很热诚。譬如问路。西方的街区无异于迷宫，公路也错综复杂，当地人开车也免不了查地图或问路。而我们所问的人中，无一不热心指点。有人还不厌其烦地在地上画出详图。有人把我们带出好远。有个顺道的，干脆跳上车来，一路指点。

　　还有个有趣的断面，颇让我感受到西人某种讨喜的个性及文明性。在罗马，我偷得浮生半日闲，挎着相机独自逛了半天街。见到喜欢的背景，便请路人帮忙揿一张。我第一个请的是个舶在站旁候客的的士司机。我请他就在车内随便揿一下，他却非出来不可，还一丝不苟地将相机横来竖去反复取景，以至一个本该属他的客人上了别人的车，倒让我老大不过意。在一个街头酒吧，我想以一伙快活地喝啤酒的老人为背景，那帮忙照相的顺手拉我在他位子上坐下，有人塞给我杯酒作样子，拉手风琴助兴的酒保则特意绕到我肩后……有个瘦高个明白我的意思后，脸竟涨得通红，横看竖对照完后，连连比划着不停示歉，大约是拍不好请多包涵吧。另一个大肚汉拍完后则直拍肚子，向自己大竖拇指，显然是自夸技术高超。

多少让我有些哭笑不得的，是个高大而满面青胡茬、活像某二战影片中鬼子兵的熟食店老板。此公热心过头，居然还会不少用起来牛头不对马嘴的中文。我正在颇见特色的集市上东张西望对角度，打老远传来一串洋腔洋调的你好、再见、谢谢！扭头一看，他主动向我作着按快门动作：莫名其妙，有没有，不贵……我将相机递去，他却双手往柜上一撑，作明星状，让我先给他来一张。来罢了，一头拱出来，我想要的景他不取，却将我拽出老远。拐角确有些不错的古堡遗迹，虽和我相中的背景不是一回事，但来一张也不错。哪知这老兄"欢迎、高兴"着，不由分说将我扯向这、拽向那地一连来了四张！我的胶片已所剩无几，而欧洲的胶卷又很贵，未免有些心疼。幸好，回来看看，那些照片上倒没露出这痕迹来。相反还难得地笑得一脸灿烂——也正常，面对如此热心爽朗的"洋鬼子"，你焉得不乐？至于他那张相片，也许是作秀功夫还不到家吧，反不如帮我照相时，那一脸天真烂漫的笑来得可喜了。

很"周庄"的周庄

世有人生如浮萍一说，意指人无力把握自己命运，或某种居无定所、浪迹天涯的生活状态。我倒并不认为自己不能把握自己命运，但就生存形态而言，我却觉得自己这40多载生涯，真有那么点儿浮萍的味道。我生于常州，长于苏州，不满 17 岁又下放西山 10 年。回苏不久，旋即迁往南京。这一迁似乎就此定格，从此再没挪过窝儿，然因工作的缘故，我却又东奔西走，几乎每年都天南海北地"飘零"不已。这，岂非又与浮萍没什么两样了吗？

然而人毕竟又很不同于浮萍。浮萍之飘零是因其无根无底，而人无论飘零到哪，总有缕时隐时现的根，拴他于一个神秘的点上。这个点是他生命的萌芽和立足处，也是他心灵的最终归宿。说白了，这个点就是他的家、他的国、他的安身立命之本、他的故乡情结。从此意义上说，人真像帕斯卡尔所说的，是一棵"会思想的芦苇"。芦苇也很脆弱，也有身不由己随风飘摇的无奈，却有根，即便身骨断了也紧抓泥土的根！而人的根，就是他的思想、感情、血缘，他那浪迹天涯也魂牵梦萦的乡愁！没错，"人生处处埋忠骨，何必马革裹尸还"。然这不等于我们的魂魄就不在九泉之下引颈东向，渴盼"将儿的坟墓向东方，儿要看家乡的洪湖水"……

说来也有意思，引发我这感慨的，是个分明与我生命轨迹并不重合的地方——周庄。

是夜我踏月归来，身虽倦怠，心却无意上楼。是那宾馆前的蚬湖吸引了我。"飘零"西山的 10 年里，我付出了人生最可贵的青春。拭亮我孤寂的日子的，就有那风情万种的太湖水呀。蚬湖让我恍然回到了久违的岁月，抚平了胸中怀旧的涟漪。流连在宾馆的九曲长廊，听蚬湖与缠绵水上的圆月窃窃私语，心中闪回多少远逝的温情呵！眼前又浮现梦境般的双桥，还有那夕阳下脉脉的小河。古朴的拱桥，弯曲的小河，童年中比比皆是的画面呵，如今都躲哪去了呢？我们出则香车宝马，入则高堂广厦，生活中何以竟越益稀见小桥流水了呢？有道是仁者爱山，智者乐水。其实世人谁不本能地亲近孕育一切生命的水呢？尤其那流淌着我们的童年和青春的故乡水！周庄非我故乡，但那浓郁的水乡风情，却多么轻易地激活了我心中躁动的乡情！

这，或许就是周庄年年引来数以百万计游人的谜底之一吧？不禁想起餐桌上争论的一个话题，即周庄之魅力究竟何在。大家都不否认陈逸飞关于双桥的油画给周庄带来的宣传效应。我也由衷羡叹陈逸飞那善于发现美的眼睛。然而谁又能否认，亦是双桥这独特的存在，刺激了陈逸飞的艺术创造力呢？象征美好传统、蕴含着童年与故乡神秘信息的双桥，和那恰到好处命名为《故乡的回忆》的主题，至少是这画能引起轰动、诱发我们寻根情结的原因之一呀！

周庄的美不是单一的，周庄的成名也不是偶然的。它是一系列主观客观因缘际会的自然产物。我们和周庄在空间上虽有距离，心理上实乃互动的一体。我们是人，是"会思想的芦苇"；因而我们无法割弃传统、舍却故乡，无法不怀恋逝去的每分每秒。而周庄，正是富蕴并激活这一切的载体、象征、一个活生生的标本。某种程度上说，我们喜欢周庄，恰是因为我们需要"周庄"。而周庄之所以能有深切的魅力，恰恰也因为它是如此地"周庄"呵！

蒹葭苍苍

沙家浜，如雷贯耳的地名；《沙家浜》，如梦似幻的记忆——40 岁以上者，谁个忘得了"沙家浜就是你们的家……"谁又不会哼几句"芦花放，稻谷香，岸柳成行……"这就是我和多数人一到沙家浜就急急打听"芦苇荡在哪里，春来茶馆在哪里，阿庆嫂是真的吗"的首要原因吧？

答案当然无须说，戏剧就是戏剧，现实就是现实。然一出多年前的戏剧影响竟如此深远，其因肯定已不仅与艺术相关。但无论如何，沙家浜这块土地是真实的，抗日军民鱼水情深的历史是真实的。真实，是《沙家浜》乃至一切有生命的文艺创作的源头活水。

那么迷宫般的芦苇荡呢？"南方的甘蔗林呵，北方的青纱帐……"如果郭小川来到常熟，谅必也会深情吟咏沙家浜的芦苇荡吧？我想是的。当侵略者铁蹄践踏神州之时，任何一株植物，都会成为战士的屏障和杀敌的刀枪。这是侵略者必败的根源之一。而当斯时，高深而遍布沙家浜的芦苇，确也曾如蔗林和青纱帐一样，挺身而出，成为新四军战士养伤和坚持敌后游击战的天然屏障。

有些遗憾的是我来得不太是时候，没领略到画册上诗一般浪漫神秘、潮一般绵密起伏的芦荡丰采。眼下正是仲春，四野触目皆是一方方浓郁而娇黄的菜花；蜜蜂吃力地嗡嗡着沾满花粉的翅膀，出没于粉嘟嘟的花蕊间；风也像喝醉了，懒洋洋地晃悠。而密如蛛网的沟渠河荡，橹声欸乃；渔人网中蹦蹦的群鱼，在艳阳下噼啪闪亮。水边正迅猛拔节的苇茎，麦苗般青绿在风中。古人谓初生芦苇为蒹葭。而"蒹葭苍苍，在水一方"，不仅别具风情，还是春天与诗情的象征。远眺近抚，漫步其中，我不亦乐乎！此正所谓"水光潋滟晴方好，山色空蒙雨亦奇"。沙家浜不仅真如剧中所唱，是道地的"锦绣江南鱼米乡"，且自然而富于原生态，无论春花秋月，都各具风姿，"淡妆浓抹总相宜"呢！

而漫步芦苇荡，你所感受到的还远不止它的妩媚。那些看起来总是在风中东倒西伏的芦苇，其生命力之强悍是远出人想象的。那割过的残苇，尖茬锐如利剑。而每一株幼弱的蒹葭下面，都牵缠着深不可测的顽根。你可以将主茎砍去或折断，却休想轻易扯断它的根系。况且你砍得越干净，越彻底，甚至放一把野火烧成灰烬，只要来年春风一吹，它反而蹿得越欢、越猛！至于在风中飘摇无定，则恰是芦苇的慧黠之处。它简直像个哲学家一样，明白以柔克刚、以智性与群体的力量来图存的辩证法。所以当狂风大作之时，孤傲的大树或轰然倒塌，柔弱的芦苇却依旧盎然。

我愿是大树，但许多时候，却不妨试着做一株芦苇。何况我们本就是"会思想的芦苇"。

诗意

古云："仁者爱山，智者乐水。"那么非仁非智如我者，又将爱何呢？

我爱树，我乐草，我钟情于一切自然的形态。尤其是在楼宇挤迫、空气污浊的现代都市之间，哪怕是一星绿草、几枝红梅，在我看来，都要比摩天大厦或群鱼般参梭的豪华轿车来得赏心悦目。其理由十分简单，因为我是人。一个人，如圣经所言："来自泥土，终将回归泥土。"而一切有情亦无不诞自"泥土"，一切诞自"泥土"的生态无不令我们有本能的亲近。至于一座城，我们或生于斯，或客于斯，最值得我们回眸流连的是什么呢？难道不是整洁的环境、清新的空气、优雅的生态么？

无疑，灯红酒绿、摩天大厦和车水马龙亦是我们的向往。它给我们喧腾和鼓舞、令我们舒适而满足，甚至还是一座城是否发达或现代的具体象征。可是当这一切归于现实，当许多古风悄然流逝，当一座城和另一座城几乎分不出伯仲，当尘烟充塞我们的呼吸，当心灵数点我们的所得时，你是否也会如我一样，或浓或淡地有些怅然，似乎悄然缺失了些什么呢？也许你也会如我一样安慰自己，有所得便有所失，这是必须付出的代价。然当我有机会徜徉巴黎时，我的看法动摇了。巴黎无疑是最发达的都会之一，却也是最宜室宜家的都市。若以繁华或现代的眼光度量，她的楼不高，她的路不宽，甚至她的灯彩亦未必及我们煊赫。令人驻足叹羡的却正是我们以高楼大厦飞速蚕食着的绿树、红花和不能买卖的新鲜空气！

或许正因这样的背景吧，当我又一次作客昆山时，令我动容的不是那越发现代的丰姿，而是那整洁的市容和春芳般星星点点的花木、绿茵。说得偏激些，若非随处可见的小小花圃，若非在市府大楼和中心广场看到那一大片美丽的绿地，我是不太会觉得昆山有何较从前更值称道之处的。因为不断新生的大厦和街道，几已是当下中国任一座城的寻常景观，而充满生态气息的红花绿地，才真算得是一座城的"诗眼"所在呀！尤值激赏的是，听说市中心广场是在价值数千万元的地皮上培育起来的。对这点我毫不怀疑，但实际上，这数千万元和眼下这美丽可人之景观的真实价值是不成比例的。原因很简单，我们发展之根本目的乃是要如海德格尔所言："诗意地栖居在大地上"。而若缺少了绿色，诗意云乎哉！

顺便提一句，当我离开昆山时，正是薄暮。晚霞之余晖与车站月台对面那小村树梢上萦绕的炊烟，融合成一幅静寂的水墨，徐来的清风里有新割稻秸之清香。这原是极普通的一幕，然不仅是我，所有候车者几乎都情不自禁地引颈长吁：好美呀！

这就是诗意。而诗意乃生活之盐，其形固千变万化，其根则断不能离弃"自然"。

心灵的憩园

一个人，在他人生的旅途中，无论背后的烟云有多浓厚，无论脚畔的收获有多丰硕，抑无论前头的景致有多繁喧，在他心灵深处，最渴望的，有时其实不过是一小块澄澈清宁的净土，像他故居的老屋，似他记忆的童年，好供他疲了、乏了、累了、烦了或喜极悲绝时憩一憩、静一静、想一想、缓一缓……而现代的都市中，又有几多这样的净土呢？而同里，又多么宜于作我们心灵的憩园呀！

这是我许多年前初次踏上同里的时候就有的想法。记得是一个月上柳梢的黄昏，记得我是从别处坐那种木条椅的小客船抵的同里；弯弯曲曲的河道，曲曲弯弯的岸陌，一路上胸襟里灌满了新稻初刈的清香，还有那水葫芦无边无涯的蔓延。登岸后住的小旅店，又是座紧傍河埠的老房子，上楼的时候梯阶咕吱咕吱发响，房间里却是窗明几净，一尘不染。睡觉的时候，弯弯月牙儿刚好在我头上的木格儿窗棂上面。最妙的是吃晚饭的时候，一碗醇香的家酿黄酒，几碟道地的家常小菜，窗外就是热闹的市河，一条条晚归的乌蓬船伊呀来去，驳岸随着街道曲折，水巷伴着人家穿梭；岸边高大的榆树古槐，鹊鸦飞鸟啾啾喳喳地安顿着自己的宿处；而那些散市归来的居民，或提或担，或笑语或追逐的喧闹，很久才消隐于星星点点浮映在水上的灯火之中……多么恬静、多么温馨而古朴的市井呀，如若我将来老了，能在这样的地方租一所小房子，静静地读一点书，静静地回味一下人生，该是多么地惬意呀！我那时就这么想着。

许多年后我又来到这里的时候，同里正热热闹闹地举行着旅游文化节。彩旗飘展，人声鼎沸，镇里镇外，四乡八村和天南地北的游人把水桥古巷塞得满满的。而来时，那四通八达的公路，漂亮而舒适的度假村，曾让我一度悬起几分疑虑，唯恐那记忆中的古风已不复存在，同里也如许多古老的集镇一样，填河造路，拆房建楼，大兴土木。可是我在下榻的度假村稍稍一逛，便知道自己的担心是多余的。度假村紧傍着同里湖，同里湖包环着悠悠古镇，放眼一望，眼中没有一根喷云吐雾的烟囱，环湖没有一座煞风景的厂房，唯见罗星洲上那红墙黑瓦的庙宇，在夕阳下默默地闪着神秘的光泽。湖上波光潋潋，水上小船翩翩；掬起一捧湖水，那么清泠，没有污染，只有一股久违了的令人倍觉亲切的淡淡的鱼腥……

次日我进镇一逛，小巷依然旧时风采，三桥仍旧千古遗韵，河水照样悠然环绕，唯有老树曲柳，已是新枝满树；还有老街老屋，里外整修一新，却风格如昔，魅力不减。正是清晨，独具江南水乡风味的茶楼特别引人流连，里面门庭若市，河滩泊着渔船，楼上楼下人声喧腾，热气腾腾，茶客们乡音如歌，谈笑风生，其中还有几个老者，居然还口衔一柄烟管……然而侧耳细听，茶客们的言谈丝毫没有掉在时代后面，他们的言谈从抗洪到克林顿访华，几乎无所不包，甚至还有不少人比比划划，正在大侃股经。毫无疑问，今天的同里依然是古朴的，但今天的同里人更是明智的，在奔向现代化的过程中，他们不急功、不近利，更不以牺牲传统和毁坏家园的代价来换取一时的发展，他们懂得珍爱历史，更懂得如何以扬弃的态度来谋求发展，如何以自己的特色来换取外界的青睐——由此你不禁不为之感叹，名闻遐迩的退思园诞生在同里不是偶然的，同里人今天的发展并不是偶然的。毕竟，这是一座历史悠久且诞生过陈去病、严宝礼、费巩等名人的文化古镇，文化因子在同里的历史中始终潜伏着无可置疑的决定作用。

临行前夜，我又在幽幽的月光下，独自在同里湖边久久盘桓。风很轻，湖很静，星星点点的灯火也仿佛昏昏欲睡了。而远远地，却不时有高一声低一声的昂昂声断续入耳。想起来了，白天在湖边，我见过一大群洁白如雪的大白鹅，那是它们梦中的呓语吧？我不禁想起马斯洛关于人的论断，他认为人的性格发展中最高的层次是自我实现，而次一层的就是美的需求。按理，社会的发展也同样不应该忽视美的需求，遗憾的是，在什么是美上，社会往往步入误区，总以为高楼大厦，香车宝马才是美好而理想的。而相形之下，我们却不难发现，如同里的美，才真正是人的心灵所最钟情的！

同里，多么诗意而迷人的憩园哪！可惜在我们的生活中，如此这般的净土委实是越来越少了。如果可能，我希望能常来同里小住，如果可能，我更希望我20年前的愿望真能实现。尤其是在归途的公路上，当我的鼻子被无奈地灌进路边工厂里散发出来的各种怪味时，这种愿望愈发地强烈起来……

哦，垛田

诗人爱吟风弄月，哲人爱仰天长叹。我呢，可谓爱好多多，但骨子里怕是属"小人"的，所谓"小人爱土"是也。土地、田野，璞玉般未琢的生态或事物，总对我有着深长的引力。所以我虽已久居闹市，难脱对都市文明的依赖，感情上却始终无法与之亲和。有时我也担心这可能是一种异癖，甚至已泛化成迷误：我始终难以对许多人为之鼓捣并尊为文化的东西感兴趣，更难以对那些被追捧为明星、名人者产生崇拜。平素如此，有机会上哪儿去透透新鲜空气时也如此。顶烦的是随团式的旅游。孩子般跟着面小黄旗，屁颠屁颠地以追逐更多的所谓景点为乐，结果时间都耗于车上，看到的不外乎陈陈相因的庙呵碑呵亭子呵，沿途那颇富特色的明山丽水却被弃于汽车的尾气后了。

好在亲近自然的机缘和享受还是有的，比如新近的兴化之游。那浸淫着浓郁春意的泥土气息，至今犹在心上温煦地拂荡。但坦率说，给我这份美感的，并非颇具历史价值的文化遗存如施耐庵墓和郑板桥旧居等。它们在我心上刻下的是近乎于"知道了"的印痕。让我流连玩味大感亲切的是那村民们习见不惊的田园风情，尤其是诗一般蕴蓄、村姑般静美而迷宫般诱人的垛田。

先民们真是聪明得可以，硬是将低洼的沼泽变成千万亩良田。深挖取土，堆成高地，谓之为垛田。而掘出的沟渠恰为交通的水网。那垛田广可百亩，小仅数分，丰美的花篮般盛满春光，绿油油的小岛般飘浮于绿水间。这样的田土肥沃自不必说，还旱不患水，涝不怕淹。村人之耕作进出，全凭一叶扁舟。如此稀罕的劳作景象岂不也有几分浪漫？但若非惯常出入者，你可轻易不可盲目浪漫。须知那迷宫般错综、卦像般复杂的垛田，当年还曾是抗御日寇的天然屏障呢——贸然侵入的汽艇，不为鱼鳖者几稀！

主人一再为我们惋惜，错过了菜花流金的佳期。我倒毫无此憾。正所谓"水光潋滟晴方好，山色空濛雨亦奇"。此时虽黄花初谢，籽荚方满的油菜却也别具情韵。而成片大葱箭簇般青翠挺拔，密集的麦穗如少女的裙裾轻舞于风中；跃鱼泼剌闪光，轻舟欸乃隐约——此外绝无喧哗，更无烟尘。这份恬淡、幽雅，多似我们久违的梦中桃源！垛田的魅力，根本就蕴于这恬静却生机勃发的泥土气息里呵。圣经有云："你生于泥土，终将归于泥土。"可见泥土不仅是生命温床，亦是归宿。此亦我们本能地亲近"泥土"之根由吧？而如垛田这般本色的"泥土"而今却越益稀见了。所以当主人言及曾多方努力，终因缺钱而未能将垛田开发成景点时，我虽理解，却也暗觉庆幸。君不见古朴的周庄，而今已沉沦于滚滚人潮；幽美的天目湖，几已为宾馆楼阁所蚕食。真不敢想象人声鼎沸、大起楼台的垛田，将又是何等面目！让美丽的垛田"养在深闺人不知"确乎有些遗憾，但能为生命多保留几分泥土气，未尝不是善莫大焉的高着呀。

袜子与行走

"千里之行，始于足下。"与此相似的说法还有"读万卷书，行万里路"之类，说的都是追求与行走。没错，人生而在世，想活出点意义或生出点价值来，就得追求点什么，要追求自然就得"行走"。此可谓人生一大特征。至于行走的哲学本质，台湾诗人楚戈说得无比透僻："人以双足行走，兽以四足行走，蛇以身体行走，花以开谢行走……生以死行走，有以无行走，动以静行走，诗以文字行走，历史以过去行走，伟大以卑微行走，行走以行走行走！"

人之行走须始于足下无疑。但这足下本身有何讲究，以往我是茫然的。其实赤脚大仙的行走和西装鞋履者的行走，虽然都是行走，那具体内涵和速度却不可同日而语。再如，你足蹬什么鞋子固然要紧，鞋里穿没穿袜子，穿双什么样的袜子，虽然未必关乎到行走的目标，却切切乎关乎着行走者的品位、格调、速率甚至其人格与生存质量呢！

意识到这点还是在去年的一次酬酢上。有位处长的同事拿处长打趣，说是开会住宾馆时，处长大人趿着拖鞋与各地同行嘘寒问暖。但其尊足上却套着双露出脚趾的袜子，人都窃笑而处长大人毫不自知。处长红着脸说那有啥关系，艰苦朴素嘛。可他的太太却不干了，当众指斥他就会给我丢人现眼，明明给你带了 5 双袜子去！偏偏处长大人不领情，说你啥时给我整过行装？别人赶忙调和却为时已晚，处长太太竟拂袖而去！我敢说当时所有人都暗中检查或反思自己的袜子是否也有破绽，而我从此再不敢穿有破洞或污迹的袜子。

处长太太何以对这种小事如此在意？我后来才明白，原来在太太们看来，丈夫着袜是否得体是与妻子的面子有关的。透过丈夫的袜子，人们可以揣摩出妻子对丈夫是否关心照顾。好莱坞有部《闻香识女人》的电影。说一位上尉因负伤双目失明，但他却拥有一门闻香识女人的绝技，即通过嗅女人所用的香水来判断其容貌性格品位等。巧的是生活中女人也有一门技巧来判断男人的素质品位等，即品袜识男人。男人的水平、地位及生活质量怎样，女人无须劳神多打探，往他脚上瞄一眼就昭然若揭。据说穿丝光袜的男人，多是以上世纪生活为主流的老男人。而穿棉制和品牌袜的男人以年轻者居多。这类男人因赶上好时光而自小就爱享受与时尚。这类男人也许是务实的，也许是小资型，可以从他选择的袜子价钱品牌来定位。袜子也如领带一样可以成为男人身份的标志。

从此我对袜子有了层特别的兴趣，研究一番更意识到，原来小袜子还真有点大讲究呐。比如袜子的历史演化就颇有趣识。直到古埃及时代，人们用的还是麻或毛缝制的护腿装束。十字军时期出现袜子，但它不是为女士们准备的，女士们用精致的鞋装饰她们的脚踝，在漂亮的裙子下忽隐忽现。中国妇女则更有一个以又臭又长的裹脚布充袜子的黑暗时期。1589年，英国神学院学生威廉·李发明了手动缝袜机器，比手缝速度快6倍，这是缝制机鼻祖。同时女士们也开始穿袜。工业化袜子生产始于1860年。制袜业一直寻找新的材料代替少而昂贵的真丝。1928年杜邦公司展示了第一双尼龙袜，同时拜尔公司推出丙纶袜。1940年，高筒尼龙袜在美国创历史最高销售纪录，并成为普通日用品。

许多人不在意在袜子上博人好评，其实袜子很重要。因为它虽然不显山不露水，却起到烘托其他服饰的作用。比如穿袜子最讲求整体搭配性。袜子虽处于人体最下端，但却起着连贯裤装与鞋子的作用。它不像一块闪光的金表或一条艳丽的领带，且多数时候还被裤身遮住，但只要不经意地动一下，它就会露出人的某种真面目。正是此时，它的色彩、质地、清洁度，就会为其主人的品位高低提供打分依据。而袜子对女士的意义则尤甚于男士。有人说，外衣穿的是时髦，丝袜穿的是品牌。此话不假。名牌丝袜不仅手感轻柔，让你充分享受丝袜带来的温柔呵护，还能让你的玉腿和美丽的足尖在薄如蝉翼的丝袜里若隐若现，展现出韵味无穷的朦胧与性感之美；丰韵的色彩和织纹能令你的腿部更具吸引力。在秋冬时节穿上漂亮入时又温暖的丝袜，是只有女人才能拥有的一种感觉和心情。所以，时髦的女士们分外重视袜子这"腿上时装"，她们挑选丝袜时，实用考虑总是让位于其适用的场合并力求与自己心情吻合。

话有点扯远了。现在我得说说这袜子文章的缘起了。这也与行走有关。浙江作协给了我行走到大唐的机缘。这大唐居然就是个号称中国袜都的名镇。而她所以能由千把人口的小村镇跃升为近7万人口，产值70多亿的现代化城镇，靠的就是袜子！其袜子年产量逾70亿双，天下三分有其一，全球人均一双还富余！许多作家记者、社会经济学家从方方面面对大唐奇迹作了一唱三叹式的剖析，对此毋庸我再置喙。我想强调的是，大唐人咬定袜业不放松，把人们眼里并不足道的小小袜业越做越大、越做越全、越做越红火。其启示无疑是丰富而广义的。这与他们独特高超的眼界与经营意识密不可分，但也从侧面证明了袜子的价值与内涵是决不亚于其他产业的。而袜业能成就大唐，一个根本因素也是不可忽视的，即大唐逢着了一个经济、时尚突飞猛进的盛世。不是中国的改革开放，不是今天这个全球生活质量、需求与品位飞速提升的地球村时代，在人们温饱尚不暇的前提下，袜子的时尚与消费无异于侈谈与梦呓。而大唐生产再多再好的袜子，也是缺乏市场的。当然，如果没有大唐人这种因地制宜、因时制宜的"行走"，及其对袜业的一往情深，袜子的运道也决不会如此兴盛。故从此意义上说，大唐是以袜子行走，而袜子，岂非也得以大唐而行走？

坐马上山

这题目本该叫"骑马上山"或"走马上山"，一看就透着潇洒。可我实在不好意思夸这个口——我两手紧抓的不是缰绳，而是马鞍上特制的铁环，目不斜视地绷着身板，由马伕牵着那鼻息沉重的老马，一步一颤地攀向高崖。

山是贵州铜仁的九龙洞。山势不算太险，却曲曲弯弯，陡坡众多。风景也美得可以，身后是玉带般蜿蜒的锦江，身前是青幽峭拔的奇峰怪壁。有众多山民在此牵马带客，成为又一个颇富刺激的旅游项目。说它刺激是对都市人而言，这种体验比偶尔在平地遛一圈马更新鲜有趣。此外还多少有些惊险。山道漫漫，宽不过一米多。一侧紧挨峭壁，一侧却是百丈深崖。每到弯处，尤其是石阶拐角，马儿的后蹄距路沿不过十来公分。有时简直已悬在虚空了。倘那马儿不小心来个马失前蹄的话，我的天哪！所以我一路上无心赏景，随时警戒着如何不从马背上掉下去，如何在万一来临的刹那，能从坠崖的马背上挣脱——虽然在没处垫脚的情况下，让我从不动的马上下来都有些胆怯。

好在对马的同情多少转移了我的担忧。那马儿真苦！坡陡人沉，砂土路崎岖而易滑，间或还有段高高的石阶。马儿一步一挣，时时打颤且鼻息如喘，不一会就大汗淋漓。而目的地还遥遥地藏在万木丛中，影子也不见呢！不知是枣红马耍小聪明，还是它刚好闹肚子。总之它一路上不断停下，任马伕吆喝，就是不动弹。好一会，拉出点屎来，复又攀登。坏东西，又屙了！马伕为多跑几趟吧，扬鞭欲打，总被我制止。有一次马儿挣向崖边的滴水处欲喝口积水，马伕终于抽了它一鞭。我勃然怒吼：让它喝！吓得马伕再也没举过鞭子。而我却并没有平静，心里升腾着一种作孽感，也不知我哪来这么大的火。恨马伕太心狠太贪婪吗？是的，胯下这马，多像臧克家笔下的《老马》呵：总得让大车拉个够/它横竖不说一句话/背上的压力往肉里扣/它把头沉重地低下！

而隐隐的惭愧和对自己的某种失望，恐怕是更重要的原因。早年的我，曾做过《我愿是一头毛驴》的诗，豪气冲天地吟什么：尽管我不能驮着勇士去冲锋杀敌/但我会在骡马过不去的羊肠小道上/运输份量重于我的物资/只要主人把鞭梢一指/我都愿意去呵我都愿意去——可实际上呢？还不到 50 岁的我，却只会抖呵呵地"坐"在可怜的马背上了！当然，人毕竟是人，马毕竟是马。你说马也好，道驴也罢，终究只是种比兴，当不得真的。但当年之我确也曾有过满腔豪情，是什么如此快地消磨了它？

目的地到了。付钱时我才刚发现似的猛省到，其实马伕也一点不比马儿轻松。浑身几无干处，红赤的脸被汗糊得睁不开眼睛。而她还是个 50 开外的瘦小老妇！这么艰苦的山路，让我跑起码个把小时，她和马拢共才挣十块钱！而当我游完洞下山时，却见她又拽着那可怜的老马，驮着个大胖子往山上赶了！

如山般坚忍的马儿，如马般含辛茹苦的山民呵……

东河行吟

　　东河现为苏州西山镇的所在地。20多年前我在那里呆过近10年。而今重游，无论我如何寻觅，还是很难找回往日的记忆了。那逼仄破旧的镇街，已被许多井字型排列的新建筑取代。狭窄的土路变成宽坦而标准的公路。昔日藏于深闺无人识的金庭山色，因太湖大桥的通车而崭露头角。过去不可思议的大酒店、超市、歌舞厅也应运而生，林林总总竟有几十家。过去清一色灰扑扑地瑟缩于山脚下的毛石民居，竟也一变为鳞次栉比的新楼，其中还有那么多红红绿绿半中半欧的别墅式建筑，高高低低喜不自胜地散落于绿树青山之间。徜徉其间，我的感觉可想而知。却也有别一种复杂的情愫，时隐时现地盘恒。

　　变化无疑是巨大的，甚至是暴发式的。然变与不变也是相对的。新的、富丽的未必便是理想的；剧变中也有些可能是永远不会也不必大变的东西，如湖光山色，如茶园、桔林和草中的獐子，如静寂的夜晚，如散发着新稻香气息般纯朴的乡音，都一如既往地赋予我亲切而略带酸涩的美感。某种感触，则或许来自我的怀旧心理。比如那富有历史积淀的古镇的消失，那飞檐翘角、木格纸窗的老房子的毁灭，山里采石的炮声，几乎为汽车摩托和三轮小车取代的肩挑人扛的劳作画面，和那极富特色如榴花般小巧的农家桑篮的淡出，都不免让我有所失落。但这还是不难理解的。我所遗憾的是这样一些东西：似乎人们在求变的同时，对文化的延续、特色的保留乃至精神的建设方面，顾及得少了些。某些该留的破坏了，某些不该留的却顽强地活了下来。东河新镇就给我与别的新镇陈陈相因、失却特色的遗憾。而居民的新居美则美矣，富丽的门楣上却常煞风景地嵌着一面面镜子，大的竟至尺把见方，小的则品字形地一镶三面。这"照妖镜"里折射的，恰恰是富足未必能填满精神空虚的真理。禁忌源于人类对自然和人生缺憾的深层恐惧，亦可理解，但解脱的方式却未免过于原始，与现代精神的不谐也委实太尖锐。

入夜，远山被无际的黑暗融化成一线残墨，近树也无言地淡隐于霓虹的阴影中。漫游街头，恍若回到了都市的某个角落。唯有楼角那十五夜硕大而微红的圆月，引我到旧时的夜晚。那时，这里分明是蛙鼓和流萤交织的稻田呀！"换了人间"的梦幻感，又一次笼罩了我。遗憾的是新镇之夜煊煌却太过寂寥，不到 8 点，就连偶见于舞厅前的几个穿皮裙女子的身影也无影无踪了。我并不觉得日出而作日落而息是个需要变革的传统，问题是从这头逛到那头，我耳中连续着哗啦哗啦的麻将声，这就是新镇主要的文化生活吗？想起白天我几乎找不到卖报的，想起别的小镇之夜也这般岑寂凄清；麻将、纸牌或几张已不太时兴的桌球台子，再加上哼哼哈哈大播"拳头加枕头"的录像厅，似乎便是一些暴发起来的新镇最普遍的文化景观了。无怪富裕了的青年人仍会热切地挤向大城市去。文化的变革和建设显然不可能象经济般暴发，而从眼下来看，某些小镇的主人似乎还没意识到变化的必要。他们陶然其中，他们的下一代会不会也受此熏染而"轮回"其中呢？幸而，朝暾初升的时候，我在车站看到那么些朝气蓬勃的中小学生，一伙伙骑着变速车，像林间的小溪般，在淙淙湿漉漉的丛林间，从如烟的雾气里流出，汇向国旗猎猎、喇叭欢喧的学校。霞光将他们的脸庞染得红扑扑的，未来像越升越高的太阳，在他们充满希望的眼前闪烁；我的心情也被朝霞点燃一般，倏然亮丽……

文明的软肋

　　环保问题，其来也久。实际上有史以来，它就与人类文明如影随形、如藤缠树般相生相克，直到今天、乃至永远。只不过文明程度低下的年代，人类的刀耕火种、劈山毁林和对资源的耗费，相对于大气自净力和地球的自愈力，还不过是毛毛雨，我们才不像今日这般痛心疾首、高度关注。

　　今日之地球，环境的败坏、生态的脆弱、空气之污浊已到何等程度，相信已不是个需要论证的问题；环境问题早已成为现代文明的软肋。视之令人心悸，抚之令人神伤，思之令人长太息！就在我敲打此文的时候，不远处的秦淮河上飘来的阵阵腐臭，就明白无欺地昭示着一切。而曾几何时，秦淮河还是诗性而柔美的六朝烟水和金陵古韵的美好象征！

　　显然，环境的败坏与污染的加剧，几乎与社会的发展和文明的进步成正比。多么不幸、多么具有讽刺意味的悖象呵！有史以来，人类最向往、最足自豪的，岂不就是科学的进步，文明的发展、社会的现代化么？而发展的目的，自然也是为我们生活得更幸福、更健康、更美好，"诗意地栖居在大地上"！

　　这么说，问题就出在发展、进步上？

　　然而，不求发展的话，人类岂不至今仍在牛车上踯躅？世界岂非至今还在中世纪的蒙昧中昏睡？尤其在一个不平衡的、弱肉强食的世界结构中，

"不发达国家"因落后而挨打的历史教训比比皆是。试问谁愿坐以待毙？而对于中国、印度这样 10 亿以上的人口大国，仅求一温饱，就不得向"发展"二字要出路……

扯远了，还是回到现实中来吧。事实上，引发我这通书生之见的，正是现实。

这现实就是，作为"江苏作家绿色采风"活动成员，我有生以来第一次换了副眼镜，从一个牢骚满腹、站着说话不腰疼的环保"批评家"变而为一个（尽管还是皮相的）"环保观察家"；视野既新，角度既变，感受自然也切实了许多。尤有意义的是，此行不仅长了见识，还使我第一次站在环保工作者的立场上看一些现状，想一些问题，体会到一些环保的深度意义与艰辛，可谓不虚此行。

实在说，江苏，尤其是苏南等经济发达地区的环保工作，力度之大，成就之著，都是我此前难以想象的。如有太湖明珠之称的无锡市，多年来为保护和治理太湖水质投入了巨量资金和艰辛不懈的努力。他们以五里湖（蠡湖）水环境综合整治为突破口，组织实施生态清淤、污水截流、退渔还湖、生态修复和环湖林带建设等七大骨干工程。我们参观时正值仲春，五里湖畔春意正浓，桃花与海棠竞相争艳，火苗般燃红十里湖滨。绿茸茸的柳丝则充满温情地轻抚着细软的人工沙滩。由退渔还湖而来的蠡湖地区，已建成大片由沿湖开放公园、湖滨居住区、城市公共服务和旅游设施组成的观光游览胜地。

向有人间天堂美誉的苏州市，环保工作自然也可圈可点。多年来，他们在苏州及下辖市区的发展建设中，始终将环保纳入区域生产力布局和经济结构调整的中长期规划中，使苏州先后获得国家卫生城市群、国家环境保护模范城市群、国家园林城市、全国创建文明城市先进工作市等难能可贵的荣誉，并被有关国际组织评为国际花园城市、世界九大新兴技术城市、全球六大最具活力城市之一。

成绩，显然是足以欣欣鼓舞的。虽然以理想的人居环境标准来看，还只是相对的。而成就的取得，无疑是得益于当地政府和环保部门之先进的环保理念。如此行中，一路上不绝于耳的是当地政府大力发展循环经济之说。也就是说，他们的环保不仅着眼于对污水、废气、垃圾等治理，而更着重于对资源的充分利用、对生活和工业污水、城市固体废物的循环利用上。如炼钢废水由简单排放到处理后重复利用，垃圾由一填了之到采集甲烷气体或焚烧发电等等，都是让我耳目一新的高明之举。

当然，成就更得益于苏南地区那充裕的经济后盾。环保，尤其是都市的环保，没有大把银子的投入是不可想象的。仅一个上百万人口城市的工业和生活污水的处理，就得建上几十座现代化的大型污水处理厂，其投资之巨也无须赘述。

正是这一点，让我于欢欣中又生出丝丝隐忧。因为，此中分明又呈现出那个隐匿的怪圈之魔影——保护与修复环境有赖于经济的发达，经济的发达又几乎不可避免地加剧着环境的解构与损蚀，如此循环往复，何处是个尽头？

事实上，我的忧虑并非杞忧。即便是在苏州、无锡这样名满天下的人间福地，你也时时感受得到，环保问题仍是一个远不能高枕无忧的严峻挑战。

在苏州，我们有过一次如梦似幻的运河夜游。

苏州长大的我，对于环城而去的古运河是再熟悉不过的。60年代的大运河，水清云白，樯橹穿梭，可谓我总角之年的摇篮。我的泳技便开蒙于斯，夏日里常与小伙伴逐浪嬉戏。有时一去十余里，然后攀上长长的木排返回。而这样的童趣，我们的下一代恐怕是不会再有了。几乎与新时期经济腾飞同步，大运河水质江河日下，早已成游泳禁地。现今的环城水段，经大力整治已有所恢复。河两岸亦遍植新柳，重整堤围；修葺了上百座古老的拱桥、粉饰了十来处残余的城墙，成为古风盎然的旅游观光胜地。是夜，河上船影煌煌，船上评弹悠悠，两岸的灯火则争妍斗彩，勾画出"人家尽枕河"的昔日胜景，数十公里水路处处漂浮着梦幻般的氤氲。然而煞风景的是，迷离夜色和夹岸灯火，终究粉饰不了某些化工厂的怪味，一些水域的腥腐之气也阵阵袭入船舱，无情地宣告着环保的任重而道远，昭示着"发展"的后遗症是多么地冥顽不化！

水域治理的难题正日益成为姑苏水乡的心腹大患。尽管防治力度也年复一年地强化着，其间的张力却迄今未有明显纡缓。太湖治理之艰，便是佐证。

众所周知，包孕吴越、风情万种的太湖，一度曾恶化为腥臭百里，蓝藻泛滥的臭湖。以至曾由国务院出面，层层签下军令状，发动过一场环太湖省齐抓共治的浩大战役。几年下来，如上所述，仅从无锡来看，战绩确乎不小。但其水质究竟恢复得怎样了？其远景又将如何？

我曾就此请教过无锡的环保专家。不意他们的回答令我咂舌：目前只能说有所改善。真正的恢复或曰理想的治理，则有待于更加坚决而旷日持久的攻坚。原因就在于湖泊等水质易败难治。如果依据日本湖泊专家的预言，即使要恢复到五六十年代的水质，没有 100 时间、5 万亿以上的资金，难以达标！

我心黯然。

伫立湖边，凝望着灰暗渺茫的湖心，不禁怀疑多年前我栖居过近 10 年，并一度决心终老于斯的太湖，是否真有过清风明月、碧波连天的桃源胜景。而就个人而言，我一时竟无法判断，那个清贫而干净的昨天，和这个纸醉金迷却不免浮躁污浊的今天，哪一种更宜于人类的生存、生命的本质？

一只白色的飞禽疾速地掠入我的视线。但见它在水气和疾风的合力下奋力击翅，上下翻飞，似在寻觅，又似在哀鸣。那是什么鸟？

我忽然不合时宜地想起那只远古的小鸟来，莫非它就是试图填海的精卫？

不久前在中央台看到的，那条有着嗜食同类天性的非洲王蛇也浮现于眼际。

不知是贪婪的天性使然，还是饿昏了头，这条十来米长的大王蛇，竟一口咬住自己尾巴，狠命地吞将进去。那越缩越小、令人毛骨悚然的圆环，充分显示着它的贪欲是何等地凶悍而愚蠢。遗憾的是那电视片没有告诉我结局如何。

其实这也不难想象，不是它及早意识到自己的蠢笨而放弃其变态的贪欲，就是它最终被自己的贪欲所消化。

人类是这个星球上最高智商的动物。我们自诩为万物之灵长，宇宙的精华。我们不可能像那条王蛇那样蠢笨。然而在某些方面，某种进程中，我们的所作所为，究竟又比那没有理性的王蛇明智多少呢？

行文至此，耳畔传来中央台的最新消息：国家环保总局首次评选出第一批7个"国家环保生态城市"，苏南的张家港、常熟、昆山三市赫然入围。

从此行的考察来看，这3个城市的当选名至实归。而她们在环境治理上有一共同特点就是，切实落实环保一票否决制。多达数百项有损环保的项目，被她们坚决逐出于市域。这显然是源头治理的一着硬招。然而在大为赞赏的同时，我却又不免暗生隐忧——这一招对于局部环境固然善莫大焉；问题是那些被他们驱逐的项目，最终会不会又在某些尚患着"招商引资饥渴症"而急欲发展的地区被引进，从而对我们的整体环境构成新的威胁？

所幸，"全面、协调、可持续的科学发展观"的及时提出及其实践，为我们拓出一条明智而理想的途径。虽然还有个如何协调、如何确保科学、如何不懈努力的问题，毕竟让我们看到了那颗遥远而明亮的启明星。

天下第一节

号炮响处，金鼓骤鸣。千百只群鸽急风般旋起，万千只气球雪片样漫舞；直升飞机隆隆飞来，在波光粼粼的溱湖上盘旋助威。而船，大大小小千百条彩船，挤挤挨挨上万名船民，鸣动鼓乐，舞起彩龙，一艘一艘，一列一列，一队一队，一群一群，直似千军万马排云而来，恰如万人空巷，花车巡游……

一年一度的姜堰溱潼会船节，便这般有声有色地拉开了她那气势恢宏、令人叹为观止的序幕。

是的，叹为观止！我的感受并无夸张。非亲眼目睹者，确乎难以想象这精彩的一幕。而身处此地者，谁个不为之血涌！那一潮又一潮的船队，对你的视觉和感官造成的冲击是如此强悍，我甚至为未曾亲临这难得一遇的盛会而感到几分遗憾。尤其是那彩船丛中蛟龙般穿梭的数百条篙子船破浪而来时，再博闻广阅者，也不由得要为那战船破浪般的雄浑气势喝一声彩，道一声壮观！那密密麻麻不下千条、万条的长篙，仿佛被同一面帅旗挥引着，在或着古代兵俑服、或穿现代战士装，或衣红或着彩或男队或女营的撑船者手中，群戈劲舞般齐唰唰升起，又齐唰唰击水，将绵绵船队撑得如轻舟蹈浪般你追我赶的场面，令我视野陡然开阔，直透热浪滚滚的溱湖烟云，恍若又回到千百年前"专练会船架竹篙，一声锣响滚银涛；各争胜负分前后，不亚金焦训水操"的胜景之中。

　　将溱潼会船节视为天下第一节，或许有我的感情成分在。但她那非凡的气势和内涵确乎独步天下。更有意义的是，它是悠久历史和独特文化传统的自然延伸。如今天南海北五花八门的这节那节海了去，我个人有幸光临过以食品或风物为主题的此类节会也不下二三十处。总而言之，我理解这有助于经济腾飞、旅游潮热。惜乎其组织、场面、文化特色乃至内涵上堪与溱湖会船节比肩者并不多，某些节会甚至给我强行造势的印象。在姜堰，关于溱潼会船之源的版本有多种，究竟何说为准并不重要。我感兴趣的是，这以民间自发为主且绵延兴盛、一续千年之传统缘何而成？生命力又缘何如此顽盛？想来总与其得民心、合民意且切合渔米之乡水网密、湿地多之地域特征有关。而其文化含量大且于今为盛的现状，无疑又证明了姜堰和溱潼在新时期经济文化、人民生活水准的突飞猛进。

　　其实在溱潼，值得叹赏的又何止会船？那古风悠悠、湖景怡然的千年古镇，那麻石铺就的曲径小巷，那终日飘拂的烹鱼饼和"湖中八鲜"之香息，都足以让人流连。而那棵目睹了千年会船古俗的穿天老槐，至今还生机盎然地向游人诉说着董永和七仙女对人间真情的向往。尤其是镇中，竟还灼灼盛放着一株江淮仅有的千年山茶。其树巨如冠，花红似血，花期长达四五个月，花繁竟至千朵！她那苍劲的虬枝，繁星般的满树嫣红，浑似溱潼古老文化与现代文明水乳交融的化身；同时，岂不也是其欣欣向荣之美好前景的鲜明昭示？

檐前雨滴响泠泠

是那种淅淅沥沥的雨。远远望去飘飘若雾，缠绵于起伏的绿林间。近处却汇成细密的水流，珠帘般垂于门前。雨帘后若沉若浮的，是那种圆圆耸耸挤挤挨挨的山包。苗笋般湿漉漉，分外青幽，俨然石涛笔下的大写意。

门前梭巡着一灰一白两条湿毛草狗。一条在大嚼鸡头，另一条渴望着我筷上的鱼头。但我远远地掷给了趴在山脚雨檐下望我的黄猫。狗追过去，黄猫按住鱼头，呜呜地呲开牙花……

雨声渐密，和着碗里啤酒泡的噬噬声，感觉反而淡静。山腰的岚烟将景致和声响都凝成浅蓝的雾气。包括时间。恍然又见千年前的慧悟禅师也现身门前："一切声，是佛声，檐前雨滴响泠泠。一切色，是佛色，觌面相呈讳不得。"

凡俗如我者，向不知禅为何物。然而有些时候，也许是情也到了，意也足了，境也对了，没准它自个儿就撞上你了。这就是所谓的顿悟吗？

这也算是泾县之旅的一点收获吧。那是我们 7 个在泾县蔡村山道旁的一户农家搭伙的时候。"开轩面场圃，把酒话桑麻。"鸡是下蛋窝里现逮的，菜是山脚地里自采的，还有一碗来自梁上的腊肉。酒后我们让女东家只管开价。她眼花闪烁良久，终于下了狠心，蚊蚋般哼了声："120 块。"

这地方远没别处有名。但比起它周边的西递、宏村，远一点的周庄、乌镇等以古朴蜚声海内外的热门景点，这地方才真正当得起古朴二字。所以真有些担心我这类文章写的人多了，早晚也会让这片桃源沦为"景点"。这世上有什么美能抗得住汹涌的人潮和精致的修葺？名曰休闲，道是访古，实际上往往是始于想象，终于现实。我个人还特烦那种被导游掐着钟点，让讲解员牵着思维的旅游。尤其后者，讲得不可谓不细到，知识不可谓不丰富。但我们真是为寻求知识而逃避喧嚣都市的吗？何况哪次回家后，我们还记得小姐们的娓娓说道？

此来我本也没抱什么期望。不意到现在还有许多朦胧的牵恋在臆间萦浮。曲曲弯弯的山道，青烟袅袅的村落；随处可见的铁索桥，隐约于野林的古栈道。还有那跌宕蜿蜒地追了我们一路的青弋江。喜欢吗？那就停下来坐坐看看；爱哪儿吗？那就跑过去纵兴乐乐。上江边打几个水漂，到卵石滩上找几块奇石。没错，幽寂散淡的老房子也蛮有看头，村落后的参天古树，尤宜作留影的背景……

好多年了，好些地方，只有这一回，这个地方，让我们反复叨咕着还要再来。

唯愿再来时，它还和原来一样淳朴。唯愿你来时，别灌输太多的"文化"。

悠然见"南山"

　　建筑是立体的诗，是凝固的艺术，是历史的座标，是审美的客体；这么说都不错。但也不能忘了，建筑根本上还是各式各样供人住为人用的房子。所以在我眼里，建筑最实在的定义就是，它是人类需求的产物、又是人生不可或缺的温床。从这个意义上说，森严肃穆的紫禁城与流浪汉栖身的桥洞本质上是一回事。不同的是没人会赞美或羡慕流浪汉的寓所，而末代皇帝被逐出紫禁城，却会让无数长辫子遗老们哭绝在地或上吊在绳。这就又回到艺术、历史或审美和价值判断这类建筑和人与生俱来的互动关系上来了：它因人而生，人又因它生，更因它而情；人与人处久了会成朋友，房子住久了，或者说，有一处令人满意的居所，会比朋友还让人恋恋不舍。因此，说建筑是人类灵魂的附着物、是文化、是可触摸的诗，又是个绝不夸张的定义了。比如我，打从 1980 年来南京后，搬来搬去待过不少地方，其中既有历史文化积淀极厚的地方如总统府，又有平常无奇的普通公寓甚至阁楼间。多少年过去了，每当我路过那些地方，仍不免停步驻足，心情复杂地冲它们望一会呆。许多个模糊的日子又如初恋情人般謦謦笑笑地闪烁于眼前。

　　说到我的寓所，我发现一个有点意味的现象，即尽管我搬来搬去住过不少地方，但那些个吸纳、消磨了我长达二三十年生命的居所，全都是单位分配的，其中几乎没有个人意志的余地。因而回首起来，尽管时光依然将我的情感烙注在它们身上,实际上它们却很少是我真正满意的居处——一个必然将寄寓着人的生命和情感的重要空间,居然排斥了这个人的主观意愿。好像一种父母或媒妁包办的姻缘,我居然还与之相伴了那么多年,想来是不是有点儿奇怪?

顺便说句题外话:仅仅从一个人可以依据自身条件、自由自在地选择(买卖)自己居所这一点来看,中国人的生活实在是发生了具有划时代意义的质变!

也许是在闹市区住得太久了,也许是年事渐长及职业和个性的使然(当然首先得有条件的许可),许多年来我一直有一个隐隐躁动于臆中的向往;一个在过去被大多数人也包括自己视为一枕黄粱式的梦:但愿我能有一处舒适而美观、远离都市的喧嚣、浮躁与倾轧,却又很容易嗅到现代文明气息而生活便利、不至于过于偏僻与孤独的住处,以安顿我的梦想,抚慰我的灵魂。然而,由于客观条件尤其是主观意志不够坚决等局宥,这一理想一直只能以梦的形式停留在口头或心的深处。直到 2003 年到鲁院学习后,我才最终下决心要在南京近郊觅一个理想的居所,以让我飘零已久的梦想有一个稳靠的栖居之地。

在北京我有个最大感触就是,那地方真叫大,在那地方活人也真叫累!学院组织活动、朋友邀请酬酢,问在什么地方,答案多半是:不远,打车只消几十分钟。或者:很方便,坐地铁倒几路公交,个把小时就得……经多了,我恍然顿悟:空间与时间、距离与生活方式等等,都是个相对的概念。相对于上下班一两小时车程是家常便饭的北京上海等地,人际交往花费半小时到个把小时,的确算得上方便了。而在南京或苏州等相对较小的城市,上下班花费个把小时,准让人叫苦连天了!为什么北京人就不当回事呢?无非是比较效应及习惯的作用。而人的适应能力有多大弹性,比一比北京人就一目了然了。既如此,南京近郊距中心半个小时左右车程、价格又便宜得多的好楼盘比比皆是,我何不到那儿看看呢?

没多久后,我就成了个心满意足的江宁居民。新居东傍水光潋滟的百家湖，西邻翠屏山机场高速公路。百家湖作为一个开发很早的社区，各方面配套设施已相当成熟。因而在此生活、日常购物等均很便利。而入住江宁最大的好处是房子的性价比特别优越。我是卖了龙江小区的房子，换至江宁的。结果，我的居住面积增加了一倍，住房档次则跃入全新的天地。实际操作下来，龙江的卖房款庶几抵了我的购房和装修款。几乎一钱不花，尽得风流！事实上，这一片区尽管地处市郊，但其区位优势也是很明显的。且不说此处楼盘的物业、保安、娱乐设施等大都相当现代而出色。其交通、生活等也都不像一般想象得那样有何不便。因为它紧靠机场高速翠屏山出口，几公里高速后，紧接着一路高架，从小区坐班车或开车到单位或中心区，单程不超过半小时。这点儿时空间隔，相对于我实际的"获得"，实在是谈不上多少不便的。难能可贵的是，由于物业管理先进、周到，安全系数颇高。加之绿化丰茂，布局又和谐而诗意，住在其间，你真有邂逅桃源之感，几乎忘了外面还有一个喧嚣的、常常让我们欲爱又怕、欲弃又难的世界。

尤值称道的是，江宁还有那么多真山秀水，可以任你饱览。近一点的百家湖、将军山、南唐二陵、远一点的南山风景区，都是你休闲度假的好去处。尤其是宜居宜游的南山旅游度假村。去过的人，无不流连忘返。那里的山色如此青幽，镶嵌于苍松翠竹间的红色别墅又是如此令人神往。那里的水色如此潋滟，南山十八弯饱蕴着草香的空气又是如此让人陶醉。喜欢刺激的人，大可到马场纵兴驰骋，或者上林间越野狂欢。甚至，学一学年轻人，到拓展训练场去试一试攀岩……

住在南山的那夜，喜欢散步的我，久久徜徉在柳丝轻拂的湖畔，心底浮溢着难得而分外深沉的安逸感。花团锦簇的甬道上静谧无人，一切都仿佛早早进入了梦乡，只有浓荫间的莹莹灯光一路追随着你。看着河上的野鸭将脑袋掖在翅羽里，无忧无虑地顺流漂浮的睡态，以及住家的灯光透过青竹和玉兰的枝叶闪闪烁烁地相互问候，令我生出几分羡慕与感动；真有一种不知是蝶梦庄周还是庄周梦蝶的恍惚。工作的种种压力、生活的色色繁劳、欲望的种种饥渴，便也如饱含着浓郁的山野气息和花朵馨香的淡淡湿雾，一点一点地向着星光妩媚的夜空散逸。而丝丝缕缕的遐想，斑斑驳驳的梦境，则如松枝间漏下的点点月光，沁染、涤洗着我那常感疲惫的身心……

"采菊东篱下，悠然见南山。"陶渊明的时代一去不复返了。陶公式的闲适、避世和独善其身的精神境界也只能是现代人的奢望了。但南山犹存，多少还能寄寓几分陶公意趣的"南山"也未必没有，就看你对于自己的人生作何抉择。

我相信，人们不论出于何种考虑，作出购房或买车等重大决策，实际上都是在选择一种新的生活方式。选择就有付出，付出则终有回报。当时代提供了多样化的选择可能时，人的主观意志才真正有了对自我的主宰。而对于我这种年事渐长却还揣着个久远的梦的人来说，还能选择目下这种方式来安顿自己的灵魂，想来也特别令我安慰。至少，我把它视为自己心态还不算太老的一个标志。

春风吹又生

很难想象，脚下这片土地，就是明初至清前期蜚声海内外、为金陵三大寺之首、并被誉为中世纪世界七大奇观的金陵大报恩寺遗址。

眼下我看到的，只是晨光宾馆院内几个为探寻报恩寺琉璃塔地宫而掘的探坑。塔自不存，周围满目鳞次栉比的楼堂馆所和民宅，毫无寺庙迹象。深深的探坑也宛如一组大大的问号，至今尚未明了地宫的具体方位。

正午的阳光似乎也很好奇，直直地射入探坑。借着阳光，一具不知何年何月的遗骨横陈眼前，似乎也在迷茫：你们是谁？缘何扰我清梦？而我更想知道的是：你是谁？为什么会躺在这里？是报恩寺中仙风道骨的老法师，还是寺畔曾有幸日夜聆听暮鼓晨钟的先人？对于重现昔日的辉煌岁月，你将作何感想？

许多谜团尚不得而知。真正明了究底的，恐怕只有头上这轮创世以来就目睹着人世一切兴废更替的太阳了。正如《旧约全书》所云："已有的事，以后必再有；以前的事，以后必再行。太阳之下并无新鲜事。"江山更替，人事兴废，恰如寒来暑往，花开花谢，自有其不以人意志为转移的客观规律。其花开时，香艳鲜润，令人振奋；其花谢时，香消玉殒，催人伤怀。正所谓"离离原上草，一岁一枯荣"，万事万物，无不周而复始；人世人事，概莫出其辙穴。

无论如何，深埋于地下的幽灵，终于有了重见天日的一天。毁于战火的大报恩寺，终于盼来了再生——南京市国资集团等已正式立项，将在现晨光厂路周边约115亩范围，原样复建包括大琉璃塔在内的金陵大报恩寺建筑群。此举不仅是传承文化，满足人们精神文化需求，营造历史文化名城的壮举，还对实施旧城改造，改善人们生活品质具有非凡而积极的现实意义。如果仅从大报恩寺复原的角度论，正所谓以前的事，以后必再行。太阳之下并无新鲜事。然而从另一个角度论，这毕竟又是个内涵和外延都已今非昔比、凤凰涅槃式的全新事业。仅从投资及工程规模来看，当年明成祖耗银两百多万两所建之寺，今天复原至少要投入10个亿。而始建并无探询原址和拆迁之烦。今天仅拆迁费用，粗算就超过7个亿！何况还有原塔到底高几许，地宫究竟在何处等未解之谜待破。至于具体如何复建，能复原到何种程度等技术上、理念上的异议，亦有待最后协调……

我对争议倒不那么在意。甚至地宫遗址最终能否找到，我看也不应影响开工。没有人能两次趟过同一条河流。复原毕竟也是新建。譬如诗曰："人面不知何处去，桃花依旧笑春风"，但此桃花毕竟已非彼桃花。哪怕你现代科技再高超，我们都无法也不必尽现其昔日风貌。就说那琉璃塔吧，昔日塔内置 146 盏长明灯，由 100 名童子日夜轮值添油。而今我们还用设置灯盏、人工添油吗？所以，即使地宫遗址最终无法确认，能在原址复建，已是了不起的大手笔。

"沉舟侧畔千帆过，病树前头万木春。"今天我们进行的，毕竟是一件"万木春"的新事业。新的时代，新的社会，新的契机，更有那全新的宗旨——朱棣建庙乃为报一母之恩。我们复建此庙，当然也要弘扬报恩观念。但我们要报的，岂止是生养和列祖列宗之恩，更要报传统文化之恩，报新时代和新社会之恩，报人民之恩！这是何等的胸襟，何等的气魄，何等的意趣！浴火重生的凤凰，固然还是凤凰，然而此凤却已非同彼凤，又何必拘泥于像与不像、似与不似呢？

故我别无所求，惟愿大报恩寺早日建成。届时，南京又添一处绝佳胜景，仅从文化或观赏角度便堪往流连，何况众多善男信女乎？膜拜于此，岂不"善哉"！

洞庭饭店

没想到如今还有这样的饭店——如果它存在欠发达地区，我未必感到新奇。可它就在富甲天下的苏州市东山镇上。东山镇还是苏南著名的旅游区，镇区面貌可谓繁荣昌盛、车水马龙。而且，改革开放 30 年了，现今你还能在哪儿听说有国营的饭店呢？可朋友言之凿凿地告诉我，洞庭饭店就是！

这个我没调查，姑且存疑。但这饭店的格局、面貌乃至经营方式，和我久违了的上世纪七八十年代的国营饭店几乎如出一辙，却是我亲身体验了的。

首先，在这儿用餐，你别指望会有花枝招展的小姐来为你引座或点菜。我在这里见到的服务人员都是中年男女。菜单呢，都在门口帐台的玻璃上贴着。你相中哪几样菜，就请先买筹再用餐。一菜一筹，买好了送到厨房口，会有个大嫂给你端来。有趣的是，这儿没有收银机，收钱用的仍是别处几已绝迹的算盘。店堂不算小，大约有 10 桌的空间，面貌也几乎和算盘一样老式。餐桌是四四方方的八仙桌，座椅是方方正正的骨排凳。头顶上旋转着吱吱响的旧风扇，四壁上涂着斑斑剥落的老油漆。而那些桌子椅子都至少见过 30 年世面了。青春早已褪尽，张张揩抹得惨白。总之，这里的一切都分外陈旧而简朴，连店招也是灰扑扑的 4 个红漆字。这一切似曾相识，却又恍若隔世。但对于我这个年龄的人来说，一进来就有种说不出的亲切感。这就是所谓的怀旧感吧？当年我下放在与此一湖之隔的西山时，金庭镇上不也有家与此几乎一模一样的饭店吗？店名也只差一字，叫作金庭饭店。而当年我也只能在朋友间难得打伙"劈硬柴"时，才会光顾一下金庭饭店。印象中那是个多么温馨而诱人的地方呵。前些年我回过西山，金庭饭店早已不知何在，不意竟在这里见到了几乎一模一样的洞庭饭店，哦……

洞庭饭店存续至今，不是没道理的。它的啤酒 3 块钱一瓶，大瓶橙汁汽水 6 块钱一瓶。菜点多为几块十几块，最贵的一大段青鱼尾也只有 20 几块钱。这样的价格显然是有吸引力的。所以店里的食客多为当地百姓和外来工。遗憾的是如我一般的游客并不多。其实，越传统的反倒是越时尚的。与其趋时趁热地赶到各地去吃那些炒几个时蔬、炖只把草鸡的所谓农家菜，或者在水边盖个船形房子就谓之船菜的人为名堂，倒不如到这里小酌一下，反能体验到相当纯正的传统风味。说到正宗，时下到处可见的古镇风情、农家乐，那些看上去飞檐翘角而明清得很的餐馆、建筑里面，其实到底有多少传统存焉？不说其内饰、格调和饭菜品质如何，就说那一扇扇卷闸门，看上去就是有些不伦不类。

不过话也要说回来。老的或传统的未必就是好的。如果现如今还四处都是纯正的"洞庭饭店"，那景象恐怕会让人悲哀！洞庭饭店的特色就在于以不变应万变。但其环境、档次的局限也显而易见。所以，如果有一天它也与时俱进，新潮起来，我不会奇怪。毕竟发展和变化才是硬道理。而没准，"旧作新时新亦旧"呢！

喜看"白鹭"舞蹁跹

因职业关系，常有外地同行造访南京。夫子庙和秦淮风情总是必览之地。游夫子庙，我的感觉是，初来者宜于晚上游览。是时灯彩璀灿的楼台亭阁，桨声灯影的河上风情恰如天上人间，令人流连忘返。而想深入了解夫子庙的人文典故者，恐怕还是白天闲庭信步为佳。夫子庙、秦淮河一带可谓步步有典、处处出故，最能体现南京古都风貌，正宜细细观赏。稍感遗憾的是，盛名之下，此地无论白天晚上，总未免过于繁喧。过炽的游客和过于兴旺的商业氛围，多少淹抑了夫子庙最足珍贵的人文气息。

不过，看了白鹭洲公园新设的"十里秦淮水上实景演出"后，感觉不仅弥补了以上缺憾，还通过这一新颖而独具匠心的创意，集中渲染、强化和突出了夫子庙的人文特色。使人在欣赏歌舞之余，如入历史长河，身临其境般鲜明而生动地把触了一回形神兼备的六朝风情。

是夜，我们从文德桥登舟，一路观赏着悠悠东去的秦淮河两岸火树银花的魅人风采，不觉便到了白鹭洲水上舞台前。舞台三面环水，演员在台上歌舞，轻舟在水上往还，配合着盛妆的古装歌舞，水上也变幻着历史风云。忽而有蓑笠渔人撒圆大网，忽而见雪芹望月抒怀。踌躇满志的朱元璋也率着满朝文武登舟巡游，而头上又飞临散花的仙女……一时间，灯彩与水色交辉，历史与现实相融，今人与古人互揖；恍惚里，真有不辨今夕何夕之慨。演出与编排都很出色，仅从节目名中，你就会感受到扑面而来的人文气息——《乌衣名巷》《夜泊秦淮》《桃叶团扇》《状元及第》《南唐风韵》……恐怕，也只有号称天下第一人文河流的秦淮河和夫子庙，才能有如此丰富多彩的人文资源，供后人淋漓挥洒呵！我到过的地方不算少了，许多地方也确曾人文荟萃，常为人称道为风水宝地。我对此说法则难认同。天下所谓风水妙处比比皆是，有多少能经历了时间和历史的淘洗而常葆风流呢？人文的积淀和富集决不是偶然或神秘的产物。而是特殊的历史、地域文明，特殊的政、经、文化因缘际会的结果。其中文化本身特具的凝聚力应是主因。罗马不是一天建成的，文化的积淀也非一朝一夕可以形成。而六朝古都、十朝都会的南京，如果没有今天之人文大观，反倒是一件奇怪的事情了。

不禁又想到风行一时的"文化搭台，经济唱戏"的说法。我以为这也是颠倒了本末的短视思维。任何时候，文化都决非配角。经济繁荣无疑是我们持久的追求，但文化的繁荣与传承才应是人类的终极价值。海德格尔希望人能"诗意地栖居于大地"上。这难道不是文化地生存的同义语吗？故我要为秦淮区不惜巨资，精心组织而盛演的这一出"经济搭台、文化唱戏"的好戏，由衷地叫一声"好"！

乡里的文化

　　清明后，得友人邀，逛了趟丹阳延陵。延陵有季子庙，说是三月初六是当地一年一度的庙会，有趣得很。而现实总爱和人的期待开点儿玩笑，到了却发现，所谓庙会，热闹倒热闹，内涵全非想象中那回事。基本就是个临时性的大集市。街两边各式货物码得山高，无非是些常见的日用品和大红大紫的廉价衣物。汹汹人潮中，除开烧香许愿做买卖的，多为像我一样凑热闹的。至于祭祀、巡游或唱戏卖艺之类"文化"，至少我在时没见到。就是见到也不会带给我太多乐趣。毕竟时代、环境大不同了。如同今天的相声，如不彻底革新，老拿些传统段子说事，恐怕只能越益式微。许多人疾呼弘扬传统文化甚至还恢复私塾，依我看也只能是强按牛头饮水。不同时代自有不同的文化内涵或娱乐方式，你怎能要求一个使惯电脑或痴迷电玩的青年人还去对《三字经》或老思维相声感兴趣？所以文化的发展顺其自然也罢。何况，我们眼里的传统其实从来都是随社会历史之嬗而变的，其中到底有多少玩意是打三皇五帝那儿沿袭到今的？恐怕找不出几件的。

　　不过，风俗这东西倒是长寿得很。比如在当地，哪儿逢庙会就习惯由靠近的几个村子上的人家作东，呼朋引类、大聚一场的风俗就依然循例。友人家村子距延陵不足一公里，那天就开了3桌。而我在村里闲逛，发现人家的空地几乎都被四乡八村涌来的摩托、电瓶车和小汽车挤爆了。到了中午，差不多家家都"开轩面场圃，把酒话桑麻"。这让我颇觉有趣，也真切感受到了孟浩然诗的传神。乡里人吃饭，的确都喜欢门户大敞、直面场圃。只不过，孟老夫子料不到的是，如今乡人酒席上，谈论的几无桑麻，而是股票、CPI、用工荒甚至希拉里与奥巴马的同床异梦。这恐怕又和时代变迁有关。新的生活方式给传统文化形式注入了新的内涵与期待。如今的乡人尤其青年男女，有多少还纯粹在村里窝着呢？而庙会依然保有生命力的深层原因，恐怕就在它也如春节一般，又一次让越益清寂的村庄聚拢人气，让空巢家庭多一个团聚的理由。这倒不无新意，又何尝不是一种与时俱进的新型文化呢？我一桌上就有在印刷厂搞经营和在外包工、做漆匠和开洗染店的各色人等。所以他们的谈吐常常也文化得很。虽然也会露出些诸如：人民币升值和次贷危机说明老美以后要看中国脸色了；大陆要拿下台湾小菜一碟，小鹰号敢动武，我们一个激光就把它斩两截之类高论，听着倒也别有一趣。

　　不过最有趣的，还是轩外那满目黄绿的田野，那水一般漾满胸臆的菜花香息。忍不住溜开去，在比酒更醇的熏风里遛达。阡陌上菜花炫目、麦浪翻绿、蚕豆花满眼妩媚而静悄悄谙无人迹。只有蜜蜂在快乐地哼哼，鱼儿在卟卟唼喋。唉！这世上最迷人的"文化"，惟有大自然呵！而真正亘古不变的，也惟有自然法则了。到了春天就全心开花，到了秋季就努力结果；孔老夫子吃的，咱们还在吃着。所以，无论你如何说道，一切人为的东西，哪怕都贵为文化，焉能跟自然媲美！

盘锦玉龙床

　　说来也是我孤陋寡闻，过去只知道辽宁的盘锦盛产好大米。到了盘锦才知道，这地方还大大的"有油水"。她紧傍渤海湾，是我国第三大油田辽河油田所在地，也是亚洲著名的湿地保护区。逾百万亩芦苇随风漫卷，其势堪比海潮。海滩上还密布一种别处罕见的碱蓬草，通体红如玫瑰，远远望去，云蒸霞蔚，美不胜收。

　　更出乎意料的是，盘锦是东北军阀张作霖的老家。因了他，盘锦又出了件恐怕是举世无双的煌煌重器——玉龙床。

　　若非在辽河博物馆亲眼见识了此宝，我真不敢相信这是一张真正的龙床，而且完全是墨绿的岫玉雕琢而成。它形体硕大，长 2.6 米，宽 1.88 米，高 2.2 米，重达 1.5 吨！通体以宫廷龙纹为饰，由 20 余件大玉件和数百件小玉件构成，造型为晚清家具小开门款式，垂挂有玉制宫灯、璎珞，并另制有一对清宫版玉香炉，置于床前方凳上。整张床看上去富丽堂皇而极富皇家气魄。难怪它一问世，就力压群雄，从 13329 件参赛藏品中脱颖而出，获得 2007 年 6 月在北京钓鱼台国宾馆颁布的"中国民间国宝"称号。

　　如此一张宝床，究竟曾是谁的卧榻？既是龙床，显然只有皇室才可享用。那么它又如何不在宫中，却出现在今日之盘锦？

　　遗憾的是，玉龙床现今的主人杨志斌对此讳莫如深。他只提供了一些相关资料及照片。其中即包括张作霖于 1927 年摄于北京顺城王府的一张满是沧桑的旧照。莫非张作霖就是此床的主人？而他虽然雄霸东北多年，却并非王侯。难道这竟是其狼子野心的一个佐证？

经多方考证，目前最权威的说法是，玉龙床实是张作霖当年为庆贺袁世凯复辟称帝，委托其心腹在盘锦秘密雕琢的。却因工程量巨大，还没等龙床竣工，袁世凯便在排山倒海的倒袁声中一命呜呼了。玉龙床从此成为烫手山芋。张作霖显然不敢将其留用。那么，他会托付给谁？玉龙床最终又经历了怎样一番颠沛流离，并最终由谁将其出手给杨志斌？其价又是几何？这一切，直至其于 2007 年 1 月 16 日在盘锦重见天日，期间近百年的种种谜团，尚无确解。

可以肯定的惟有一点，如此一件堪称世界之最的宝器，竟是诞于一个令人哭笑不得的诡念！念此不禁令人作呕。然再一想，却又有些释然。世间多少珍奇异宝，甚至江山兴亡、朝代更替、历史演变，不亦是人类种种欲念的产物吗？所幸的是不论其初衷如何、沉沦与否，也不论是玉龙床也好，紫禁城也罢，最终都将成为人类文明长河中美的结晶而还于全人类。正所谓"人面不知何处去，桃花依旧笑春风"！

只是，那雕琢玉龙床的能工巧匠，而今安在？那珍藏此宝多年却又最终售出它的神秘人物，而今安在？而假定袁世凯当年有幸享用了此床，那么，而今他又安在？

南京的食文化

食色，性也。

孔老夫子的这个"性"，就食而言是说饮食乃人之第一天性，这毋庸置疑；谁都不能否认"食"是一切生命活动的基础。但具体而言，人这第一"性"又因人、因地、因时甚至因地位、文化不同而异，是一种非常个性化的文化现象。大处看，南甜北咸，东辣西酸，中菜西餐，八大菜系，反映的都是饮食上的不同习惯不同风味不同烹饪方法的差异即个性。小处看，石头大小不同，人的个性迥异。王公贵胄与庶民百姓的胃口差异自不必说，同一地域甚至同一家庭里，张三李四、老婆丈夫的饮食喜好也往往有很大差异。以至作厨师的有众口难调之慨，当婆婆的有媳妇口刁之怨，当法官的竟至于会碰上因饮食习惯相左而引爆的离婚案！

当然，这么说并非否定饮食上的共性，且不说饿时糠也甜，平时面对珍馐美味，人们大抵都会垂涎三尺，但这比较特殊。倒是一道曾经最称名贵的甲鱼汤上席，个性再那个，恐怕无人会不奋勇下箸，因为都知道这家伙养人还能帮你得个长跑世界冠军。不过，这类事例同时说明的又不止是个性与共性问题，还有个为营养还是为口味而食的问题。而这问题恰恰又反映出个性差异。有人饮食偏重营养，口味次之；有人则宁重口感，不计营养。如有人吃芹菜须去叶，甚至水焯以去苦。我则从不去叶，因为叶比茎更富维生素。

平素也常听人对报上一会说吃苹果削皮好，一会又说不削皮好的现象啧有烦言，无所适从。其实这种希求有个统一说法的心态，也是一种个性。许多人压根不睬报纸，或者哪怕报上只有一种权威说法，不合他老兄习惯的，照样嗤他一声，拿个苹果往衣襟上擦擦，咔嚓就是一口！这问题也反映出饮食专家的个性，吃皮论者看重的是营养，去皮可惜；去皮论者看重的是安全，为防农药污染，宁舍皮上的营养。你愿听谁的，尽管依据自己的判断去吃。各有各的理论根据，又多一种参考理论，有何不好呢？

人与人之间有差异，地方与地方之间又何尝没有饮食文化或曰心理上的差异与个性呢？比如南京人，他们中间有种种口味的差异，但作为一个群体，他们与上海人或北京人，在风味乃至食物的构成上，各自的特色还是比较明显的。

而一想到南京人的"吃"，首先浮摇翻滚于脑海的，竟是只青皮嫩肉、圆滚滚而憨乎乎的大萝卜。这种青皮红心，甜而爽脆，多汁而不辣，北京人呼之为心里美的水果萝卜，之所以素负盛名，不仅因为一到季节就到处挤满此君，更因为它简直是咱南京人的集体雅号。许多南京人提到"大萝卜"，自己也会情不自禁地微微一笑，点头曰：就是呀，南京人就是大萝卜！以至许多外地人以为这是对南京人某种愚蠢性的一种揶揄。其实"大萝卜"的典故究竟如何我也闹不太清，但实际使用上并无明确的褒贬，南京人说到它时，内涵也视语境而变化多义，相当丰富。有时确有种自嘲或善意讥讽的意味，但多半还是一种肯定，甚至还含着些许自豪。多数人认为这个形象体现了南京人的一种憨厚、宽容、淳朴、兼收并蓄、不拘小节、不紧不慢及多少有些保守的性格特征。所以你除非是板着脸横眉竖目地呼南京人为大萝卜，南京人对这一声大呼是不以为忤反以为热乎的。而实际上，外地人在南京呆久了，有时会比南京人更喜欢这股子大萝卜味的。

无论如何，大萝卜作为一种菜果，确曾在南京人嘴巴上咯巴脆响过几个世纪。只是这么一个营养丰富口感也佳且富文化意味和地方特色的好食物，已经被如今的南京人冷落多矣。无孔不入的商品经济早已用南方的荔枝、芒果和香蕉，北方的葡萄、香梨、哈蜜瓜，乃至鲜艳夺目却未必都可口的洋水果如蛇果、榴莲、粒粒橙等，将南京大萝卜等许多传统食品挤到了不起眼的角落里。这其实也是全国甚至世界性的共同现象，交通大发达与世界经济一体化使一切商品都如水银般在地球村无孔不入地漫溢，食品的大流通丰富改造了一地人的食物结构，也多少有些令人遗憾地消减抹杀着地域特色和文化差异。所以谈到南京人的饮食文化，首先必须看到南京人食谱的丰富性。南甜北咸与精米粗粮兼收，山珍海味和野菜杂果并摄，这一点倒真是颇有"大萝卜"味的。这或许与南京的地理有关，它紧靠长江下游之南岸，北人眼里它是南，南人眼里它又北；历史上曾是十朝古都，魏晋南渡和太平天国更使北人南人来了个空前大杂居；文化、物资和风俗的大交流早已是如此频密，口味的渗透影响也就是自然的事了。而这一特点恰又构成一种"南京人吃无特点"的感觉。的确，南京的餐馆里京苏大菜、维扬菜系、粤味徽帮应有尽有，就是不会有公认的南京菜系。而普通人的家常食谱，尽管品种应有尽有，日常上桌也顶多是两荤两素一个汤，内容换换花样而已。买两块臭干蒸一蒸，加一点葱末姜丝，浇少许麻油便是一道夏令常菜，大辣椒里塞点肉末，油煎起来酱油一喷，可口至极。荤的则免不了红烧菜，红烧鲫鱼或鳊鱼，当令再来点红烧黄鳝；红烧肉加豆腐果，红烧猪肚或大肠，都是南京人桌上的常规菜。许多人家还少不了一碟红辣椒。说到这一点，倒也算得上南京人口味的一种特色，许多去过四川的南京人回来都说好，除了麻得太狠吃不大消，辣味也不过如此嘛。所以川味能够在南京大行其道，盛夏也满街都是光着膀子围炉大啖麻辣烫的人。

毕竟是一方水土养一方人，无论风习怎样变化，富有传统色彩的南京饮食文化特征也还是很鲜明的。夫子庙的秦淮美食就是一个典型的缩影。其源远流长，可以远溯到六朝时期，明清两朝尤盛，各派菜系尤其是各种风味小吃都在这里争奇竞胜。改革开放以来，有关部门对散落民间的风味小吃发掘整理，在继承传统特色的基础上进行创新，形成了以"秦淮八绝"为代表的秦淮风味小吃。素有"风华烟月之区，金粉荟萃之所"美誉的十里秦淮，自古多佳丽，明末清初的八位名妓李香君、董小宛、柳如是、顾横波、马湘兰、陈圆圆、寇白门、卞玉京，曾被冠以"秦淮八艳"，她们留下的凄婉动人的爱情故事，为秦淮河增添了几多传奇色彩。如今，少了顾盼倾城的"秦淮八艳"，这里似乎少了往日的精彩，于是人们便从口腹之欲中去追寻美食的"秦淮八艳"了。秦淮美食不仅风味独具，还穿插各种民俗表演，具有浓郁地方特色和文化氛围，使餐饮过程同时成为普及文化欣赏的过程，体现了饮食和文化的精美结合，对中外游客产生着持久的吸引力。目前夫子庙的风味小吃已达200多个品种，经济效益显著，成为夫子庙旅游经济的重要支柱和这一地区的特色文化。近年来，夫子庙又相继引进肯德基、麦当劳等西洋快餐和台湾风味食品，保留了一些夜市大排档，形成了中西餐合璧、高中低档共存的餐饮新格局。今日夫子庙已成为闻名遐迩的"美食中心"。

值得强调的是，秦淮饮食文化的一大特色就在于它的创新和兼容并蓄。实际上引进本身就是创新，包容就是一种特色。秦淮食风一方面源自民间，继承中国烹饪文化的优秀传统，另一方面又勇于借鉴，广泛吸收外地和海外的长处，以"南料北烹""京苏合璧""西菜中做""海派风味"取胜。特别是在运用现代科学技术、革故鼎新、紧跟世界饮食潮流上，常常走在前头，肴馔年年变，充满着朝气与活力。晚晴楼、金陵春、秦淮人家、文枢阁、新香园等宾馆、饭店、酒楼都善于在创新菜肴上做足文章。他们分别推出的创新美食有"芦笋烤鸭卷""韭菜海鲜盒""蟹黄鱼翅包"等面点和"晚晴养生鼎""酥皮海鲜蟹斗""菜干焖肉坛""老妈菜炖蛏肉""酥烤飘香鸡""网烤鲫鱼""百合珍珠圆""彝族跳菜"等特色菜肴。由于将珍馐佳肴、水乡园林和精约文雅的食艺集于一体，展示出文士的饮食文化风格，故而人们在进餐时不仅得到物质上欢快享受，且在精神上受到美的熏陶，畅神悦情，净化心灵。

当然，无论是正规餐饮还是家常菜肴，南京最著名的吃食无疑还得首推鸭子。如果让鸭子们来评选最可恶城市，我不知道世界上还有哪个城市的得票率会比南京更高。虽然北京有大名鼎鼎的北京烤鸭，但南京人说那还是明朝迁都带去的风俗。南京人对鸭子情有独钟，料理鸭子的方法也数不胜数，盐水鸭、金陵烤鸭、烧鸭、板鸭、金陵酱鸭、香酥鸭、八宝珍珠鸭等等。鸭菜中又以盐水鸭最为知名，吃一口，肉嫩多汁，咸淡适中，香而不膻。所以南京人的餐桌上几乎不可一日无此君。以至南京的街头巷尾到处飘飞着柳絮般的鸭绒，出入任何一座居民楼，一不小心都会撞上个砰砰大斩盐水鸭的小铺子。甚至大清早起来吃泡饭，南京人最爱的也是盐水鸭。鸭肫、鸭爪、鸭心肝，无一不是请客的菜。尤其是那鸭屁股，报上总说它是淋巴腺，是各种病菌的集散地，可还是有那么多老南京从来不信这个邪，抢过来就吧叽吧叽，嚼得自己满嘴油，嚼得别人流口水。

　　还有一种荤食则可说是南京人的专利。就是那种模样活像大龙虾，一个约摸两把重，烧出来鲜红油亮，吃起来脑子颇有螃蟹味的绒螯虾，南京人也管它叫龙虾。20年前我初来南京，立马就爱上了此前从未谋面的龙虾。虽然这种"爱"，更多的是对它那肥满的黄、鲜美的肉之贪嗜，故而对龙虾来说未必是福音。但我确也挺喜欢此公那貌似凶猛其实挺敦厚的尊容的。一身红袍，大头长须，还有两只怎么看怎么吓人却也怎么看怎么逗人的大螯。其实它从不主动攻击谁，你若犯它，它才钳你，钳了也疼不到哪去，一甩了之。有意思的是，那时除了南京及其主产地盱眙（或许还有安徽），别处似无嗜龙虾之癖。故乡苏州偶可在花鸟市场见到，是供人买回观赏的。南京人虽嗜龙虾，以往却又视为贱菜而不上席。至于如今以盛产龙虾而名扬四海的盱眙，据县领导说，以前捞龙虾是因它爬得满河满沟都是，为消灭而用石碾压碎肥田！现在谁还肯干这傻事？餐馆里一只盱眙十三香龙虾最高卖到七八块钱哪！正所谓风水轮流转吧，如今除了贵客豪宴，南京人几乎已逢席必上龙虾。而省内外乃至更远的地方如哈尔滨等地，张牙舞爪向龙虾，满嘴流油满屋香的场景，亦已是比比皆是。龙虾可爱之别一原因也在于它如大排档这形式一样，为平头百姓提供了大快朵颐而又还算大嚼得起的美味大餐。这东西口味虽好，据说这也是个不够卫生的玩艺，专家说它身上带有寄生虫，且爱栖居于污水沟，故而易受污染云云，却同样败不了南京人的胃口。

再一个令专家大摇其头却令南京人尤其是南京女人们爱不释嘴的东西便是所谓的"旺鸡蛋"了。如果你在仲春的南京街头巷尾，甚至水沟前厕所旁，看见有一堆堆、一撮撮女人撅着屁股埋着头，围作一堆而又不知道是不是在找什么金银财宝的话，大可上前看个端详。那就是在吃"旺鸡蛋"呢。旺鸡蛋就是春天那小鸡因病未能孵成的蛋，如今已有了特意不让小鸡出壳而专供煮食的"活珠子"代替它。各地都有爱吃它的，只是都不如南京女人这么爱的，也不像别处红烧酱煮的那么麻烦，南京人只须白水煮煮，然后提上街去，自然会有成群的女人围上来，专挑那基本成形的旺蛋，满身是毛的更好，剥开来蘸点盐末，便那么茹毛带血，脸不变色心不跳，一口气就下去10个8个。专家说旺鸡蛋营养差而细菌多，南京女人们却相信它是营养女人大补阴气的上好佳品。而且也的确很少见她们因此而拉肚子的。也许是适应力强，或者竟因相信而得着了心理效应，亦有益于增强抵抗力的关系？我不得而知，也从不想就此补它一补。

由此我倒有过一些感慨，这些感慨也不仅仅针对南京人而言。我觉得咱们中国人的饮食传统似乎不太重视饮食卫生，在吃的上面首推的是色香味，花式品种和口感，而不是科学性营养性，评价菜肴的好坏也多凭感性而非理性，穷起来看重的是能填饱肚子，富起来讲究的是美感和稀罕物。尤其在一般百姓中间，至今那"不干不净，吃了没病"的老遗训似乎仍有很大市场。好在咱们的物质已是大大丰富了，不论你是否吃得科学吃得理性，每天摄入的营养也许不那么均衡，满足身体需要是不成问题的了。至于是否会得饮食不当的毛病，那还有个个体素质的问题，似乎难以一概而论。但从我的观察来看，南京人的饮食习惯对健康还是利大于弊的，首先它也不乏咱中菜的许多先天优点，多纤维而少脂肪，多维生素而少卡路里。其次，有句话叫广州人什么都吃，咱南京人却完全可说是什么都爱吃，食性真够杂的。主食中粗细对半，大米和杂粮兼容是一个普遍习惯。蔬菜中也有许多别人不吃独咱们酷嗜的好东西，青绿清凉的菊花脑，脆爽奇香的芦蒿茎，还有许多我也叫不上名来的野菜杂蔬，都是令外地人尝了赞不绝口的好食物。所以南京人走出来，你虽然看不大到粗壮如牛的"山东大汉"，却也看不到什么弱不禁风如上海较为多见的"豆芽菜"，尤其是南京的姑娘家，不腴不瘦，不高不矮，一个个多半是苗条而又丰满、水格而又灵灵的，那回头率，着实是够让咱"大萝卜"满面生辉的呢！

板桥怀古

说来有些惭愧，我自从 1980 年 1 月从苏州调来南京工作以后，迄今已逾 30 年了。30 余年来，我的行踪可谓天南地北，大半个中国乃至部分欧美国家都曾涉足，唯独我定居工作的南京，反而阴差阳错地，还留有许多识见上的盲区。即如雨花台区吧，虽然我就居住和工作在她的边缘，却除了一个雨花台烈士陵园，几乎再未到过其他地方。而说起来，我和"雨花"还是最有缘的。30 年来我唯一工作的单位就是一个叫《雨花》的杂志；社交或外出遇到不了解情况的人，常会把我当作是雨花台区的人——"哦，雨花台区很有名呀，你们是属于哪个部门的呀？"

好在，有缘终究要相会。这不，最近应《雨花文艺》（这才是真正的雨花台区的杂志）之邀，我有幸去板桥作了次采风游。时间虽短，印象却老深刻了。完全可以刮目相看、肃然起敬来形容。毕竟我虽然没到过板桥，但板桥作为六朝古都南京和雨花台区的一处历史文化重镇，又是南京市、区、街道合力营造的目标要达到 35 万人口的南京卫星城——板桥新城所在地，日常的耳濡目染不说如雷贯耳，也是不绝如缕了。就说那赫然耸峙于大江畔的热门楼群"金地自在城"吧，我单位就有一多半同事评议和看过他们的房子，并至少有 3 个同事已经在那里购了房。而百闻就是不如一见，实地走下来，印象要比想象得还要繁荣兴盛且催人气壮得多。就这一点而言，周起源先生所编写的《板桥文史》一书中所载的对联，可谓形象生动地勾勒和概括了板桥的历史人文和美好前景——"聚吴楚商贾通南北盐铁昔日风情冠金陵；引九州英才创千秋伟业明朝繁华傲江南"。

不过，就我个人的见识而言，此次板桥之行，还有一个更让我感到不虚此行的收获就是：原来中国人文史上极为著名的一个史实、曾让我热血沸腾而过目不忘的"新亭对泣"的发生地——新亭，就在板桥境内。而此前我只是朦胧知道，新亭在南京无疑，但具体在南京的哪个地方，偶然和朋友聊及此话题，也探询过，回答却都含混不明。只说是在南京的南部地方，应该临江云云。这虽不算大憾，毕竟是一个未解的疑窦。而此行所获《板桥文史》一书上，周起源先生专门辟有一章介绍新亭的史实与考据。虽也未完全确认，但据众多学者论证，多数还是倾向于新亭即位于板桥之说。无论从感情上还是从实地感觉上（板桥紧邻长江，历来又人文荟萃，且是不少朝代的驻军和争夺之地），我都乐意接受新亭就在板桥之说。

而新亭，是我早年读刘义庆《世说新语》留下最深刻印象的地方。而今一旦闻及，顿时又涌起绵长而难言的思古之情。

虽然这段史实熟谙者众，不妨还是容我再引用一下：

"过江诸人，每至美日，辄相邀新亭，藉卉饮宴。周侯中坐而叹曰：'风景不殊，正自有山河之异。'皆相视流泪。唯王丞相（导）愀然变色曰：当共戮力王室，克复神州，何至作楚囚相对！"

寥寥数语，包含着的却是极为丰富的历史和人文、心理内涵。盖因中国的数千年文明史，历来是"分久必合，合久必分"，而实际上更是分得多而合得少，或曰乱得多而治得少，故而渴盼统一。思恋故国、祈求和平而难得，也就成了中国历代文人士子的集体意识，一种深隐而绵长的痛。新亭对

叫我如何不爱书：姜珩敏散文选

泣正是这样一种人文和心理最为真实而形象的反映和浓缩。而东晋初年，南渡的北方士人，虽一时安定却也经常心怀故国。这里的山河之异，即指长江和洛河的区别。当年在洛水边，名士高门定期举办聚会，清谈阔论，极兴而归，形成了一个极其风雅的传统。此时众人遥想当年盛况，不由悲从中来，唏嘘一片。王导及时打消了北方士人们的消极情绪。这便是史上非常著名、令人感怀而又催人奋发图强的新亭会。后世咏叹国破家亡的诗词歌赋里常常见到的"新亭""风景""山河"，就典出此次新亭会。

耐人寻味的是，斯时于新亭慷慨激昂、意气风发地铮铮豪言，要"戮力王室，克复神州"的王导，后来却成了一个颇受诟病的"愦愦"之人。突出的例证便是，当时驻扎在京口的军谘祭酒祖逖曾多次上书司马睿，坚决要求出师北伐。祖逖的要求，使司马睿左右为难。因为建立并稳固偏安朝廷在江南的统治，是当时司马睿和王导的首要任务，北伐勤王之举倒在其次了。但是他们又不愿意因直接拒绝祖逖的要求，而激怒一部分有志光复中原的南渡北人，更不愿意留下一个不忠于朝廷的恶名。最后，司马睿和王导采取了敷衍的态度，一方面同意祖逖北伐，任命他为奋威将军、豫州刺史；另一方面则只给祖逖调拨一千人的粮廪和三千匹布，由祖逖自己去召募军队……显然，在这样的背景下，"戮力王室，克服神州"的宏图大志，最终只能成为虚话。

然而，我们是否可以就此指责王导再也无志北伐，或者色厉内荏而背弃夙愿，一味地软弱偷安呢？我觉不然。历史从来不容假设，也不容冲动和过份的理想化。任何一个真正高明而理性的政治家，面对着当时那种政治局势，多半也会作出如王导一样的抉择。正所谓天下大势，顺之者昌、逆之者亡。哪怕你个人意志再强悍、再奋勇或再有为，亦不可能超越历史、逆转趋势，故只能是此一时也彼一时也。说归说，做起来，则一定要审时度势，顺势而为。而王导后来的"愦愦"，一定程度上也是无奈之愦。它反映了当时南北政治军事实力对比之实况。东晋政权草创，百废待兴，军力松弛，即使举国大兴北伐壮举，能否在胡人强悍的铁蹄下全身而退也是一个未知数。历史是一种必然，虽然它有时似乎又充满了无限的可能性。因此刘义庆在《世说新语·政事》中，又记载了王导因此而自叹的："人言我愦愦，后人当思此愦愦。"

信哉斯言！微王导及后任者之"愦愦"，焉知半壁东晋是否能勉力撑持于东南百把年，而不速朽于一次次不合时宜的北伐之短暂狂欢之中？

尽管"愦愦"，尽管东晋也曾有过多次挣扎以图强，结果还是湮没于历史的劫灰之中。此正所谓时也、势也、运也。然而，新亭会之不甘沉沦、发奋图强的历史意义和精神价值却并没有因此稍减。某种程度上看，它其实也是中华民族厌恶分裂、渴望统一的根本意愿、和民族性的形象体现。事实上，中国的历史虽经无数次反复，最终也还是运行在统一、和平、强盛的必然趋势之中。今日之桥板，乃至南京和全国的崭新"山河"，无疑也是历史规律和人民诉求共振之必然产物。而其中，亦未尝没有新亭精神存焉？

"不二"的玉祁

中国有多少乡镇？我不清楚。我到过多少乡镇？年代久远，也记不全了。但有些地方，比如无锡的玉祁镇，去过一回却再也忘不了了。因为时光虽然无情，但那些伴随着某种感情或特殊印痕的记忆，是它所难以淘洗的。

玉祁在沪宁高速有个出口，这条热门线路上的过往者，对她多少都会有个印象。但这不是我对玉祁印象深刻或有某种感情的主因。我对玉祁的感情可以追溯到 11 年前，1998 年我国遭受特大洪灾之际，省作协派出两批作家到一线采访，我作为苏南片成员，第二站就到了玉祁。那感觉，可真是"一片汪洋都不见"。大片良田不见了，许多地方的路面几乎与水面齐平。许多新兴的乡镇企业的厂房、车间如鼋背沉浮于混浊的水上。我们穿着渔翁的橡皮裤，蹚着齐胸深的水吃力地爬上一片高地，陪同的一位年长的镇领导（可惜我没记住他名字）指着远处突击加固的一处堤圩，相当文言地说过的一句话，至今犹在耳畔："亏它力保不失，否则，玉祁人或为鱼鳖！"

而今，当我有机会再次踏上玉祁大地时，印象最深的首先还是水——然而那却是怎样一片令人心旷神怡的水呵！虽然早就知道，洪灾再大，不可能扭转玉祁的发展轨迹，但玉祁的新貌仍让我有些吃惊。就连眼前的流水，也完全改了脾性。它们温驯而清洌，静静淌过高大伟岸的唐平湖拱桥，环绕着烟笼雾罩的丛丛垂柳，柔柔地漫入花荫绿地。水边有许多亲水平台，更有座座古色古香的大小拱桥。远远望去，如诗如画，亦梦亦幻。镇长陆阳告诉我们：这一片 300 多亩的水域上，很快将新建多达 70 座桥梁，成为一座江南小桥流水的博物馆！而整个唐平湖区域，将以她独特的地域、环境优势，集聚的人气效应逐步发展成为玉祁新的政治、经济文化、商贸中心。总规划面积达 5.8 平方公里。

而现在的玉祁，早已是"原生型"经济总量超过两百亿元的赫赫重镇！

经济腾飞无疑是令人振奋的。但更令我欣赏的，还是玉祁宣传册上的那两句话："经历沧海桑田，依旧不变的是那雍容的文化肌理。"因为，发展、腾飞，在当下中国尤其是苏南大地上，早已是一种常态。而玉祁这座有着 1100 多年历史的古镇，所能赋予我们心灵的洗礼和感喟，显然是远不止这些的。沧海桑田也罢，洪水地震也罢，甚至更多的天灾人祸，想必其都不止经过一番轮回和历练了。其依然能保有颠扑不灭、生生不息而最终欣欣向荣的强大生命力，根源无疑很多，如当今党的改革开放政策和玉祁人勤奋向上、坚强不屈的精神本质等等，但那渗透于玉祁人心和玉祁大地每一根毛细血管的"雍容的文化肌理"，亦即优良的文化传统，亦当是根本内因之一。

触发并支撑我这种感想的，正是与唐平湖一水之隔的礼舍老街。因为相距很近吧，从新机盎然的唐平湖来到古风蔚然的礼舍村里，我的第一印象就恍如穿越时空，有一种异样的亲切感和沧桑感。新与旧、传统与现实，就这般水乳交融而"不二"地统一于玉祁的时空中。

礼舍村也有 800 多年历史了。街上现有的建筑，据说最早的可追溯到明代，但看上去多的还是近现代的旧建筑。许多地方正在修葺，所谓修旧如旧。但建筑有多古老，在我看来并不紧要，令我肃然起敬的是，小小一个礼舍村，居然有着薛暮桥、孙冶方、薛明剑、薛佛影等一大批保存很好或修葺一新的故居纪念馆。这本身就体现出玉祁人对历史、人文和传统的一种尊崇。想来正是这份令人敬重的"尊崇"，才能孵化出礼舍当年乃至今日人才辈出的辉煌吧？这些足令玉祁人骄傲的历史文化名人本身，如其中的孙冶方、薛暮桥，他们的理论造诣曾经深刻影响甚至左右过一代中国的经济走向和命脉；虽然以今视之，其理论显然有着需要完善、升华甚至革新的必要，但玉祁人并未以此论英雄，而是给予他们充分的敬重，这体现出的就是一种源远流长的对文化及优良传统的尊崇。假如薛、孙二位九泉有知，念此当会有以欣慰，但想必也不会惊讶；毕竟他们就是玉祁传统文明长河里的一个重要波段，对故乡的人文精神应该是再了解并自信不过的。

名人故居旁边有一个新修的古戏台，据说是从其他地方移建的，现在成了礼舍人自娱自乐的好去处，到了晚上时常会有戏班子来唱戏。如果在春末夏初的季节，轻摇蒲扇在老街戏台下听戏纳凉，倒也别有情趣。老街上还有一些即将修缮的名人故居，虽说破败，却能看出旧时的气派来，石库门、方砖楼、花墙、雕梁，别具一格。探访老街，吸引人的除了老建筑，还有就是它依旧保留着的古朴的生活气息。如我在杂货铺里看到的芭蕉扇和民房里生柴火的大灶台，都令我恍若回到童年。不禁想起一个企业家朋友说过的话来。他说：现在我出则名车，住则别墅，可夜里做的梦里，却几乎都是在小时候住过的老房子里。此言初听有趣，细想却意味深长。至少可见，无论社会如何发展变化，发展中人的血脉和灵魂里，永远不会泯灭对传统和文化基因的怀恋。

　　不过，问题似乎也由此而生了：如果这位老兄、或者我们，依旧还居留在相对破旧过时的老房子里，我们梦中更多出现的，恐怕还是空调、汽车、高堂华屋吧？这并不奇怪。因为向往变化、期盼发展、渴望生活方式与时俱进，和怀旧思故、珍惜传统表面上看似乎是一种悖论，实际上却是一种合情合理的人性诉求。不禁又想到那个古老的概念："不二法门"。许多人误以为这指的是"惟一的、没有第二种方法或途径"之意。实则不然。"不二"是一个非常睿智的哲学概念。意指世间的万事万物，表象上看似乎都分成对立的两极，如黑与白、阴与阳、动与静、好与坏等等，实际上，这只是人们在认识过程中人为地将一个事物或理念打成两截的结果。那一劈两半的"东西"，原来就是一个"东西"。它的实质还是一体，而不是两半，故曰"不二"。比如你伸出一只手，从这边看的人，看到的是手掌，从那边看的人，看到的是手心，你能就此认定那是两只手吗？

　　再如今天的玉祁，她似乎是很先进的（如她那发达的 GDP 和高楼大厦），又分明又是很传统的，如她的老街和老街上那几乎和百年前如出一辙的传统风貌，你能说它是两个镇子吗？

　　所以我想说，今日玉祁之扬弃式的发展道路是明智的、理想的，也是符合社会和人性逻辑的。倘若她一味求新、求洋而忽视对传统人文的保护和传承；抑或固步自封，一成不变，都可能演变成一只不完整的"手"。而今天这个既注重现代文明的拓展，又重视传统文化的传承与光大的新玉祁，才是真正意义上的求新，才最有魅力因而也最值得我们叹赏而流连。

　　玉祁，来日再相会！

盂城驿歌

城与人一样，也各有其性格。高邮的特色尤为鲜明。

历史悠久，人文淳厚自不必说，她还是全国唯一因两千余年前秦王在此筑高城，建邮亭而以邮字命名的城市。且因高邮湖和大运河悬于城市之上，形似覆盂而别称盂城。至于风物，不仅那嫣红流油的双黄鸭蛋，异香可口的界首茶干等美食让人垂涎，单是汪曾祺笔下诗一般毓秀的大淖风情，和小英子与小和尚那清风明月般纯净的初恋，就足以让你怦然心动而心向往之了。

而让我流连的还有一处尤具特色的文化遗存，也是全国唯一因保存完好而获国家级文物保护单位的古代驿站——盂城驿。它让我油然生发思古之幽情。

"一骑红尘妃子笑，无人知是荔枝来。"（杜牧）

"折梅逢驿使，寄与陇头人；江南无所有，聊赠一枝春。"（陆凯）

两诗皆与驿使有关，也皆蕴寓着浓郁的挚情。只不过后者让人温馨、释怀；而前者令人悲凉、怅伤。试想，滚滚烟尘之中，一骑快马流星般驰来，那驿卒稍事喘息，又飞身上马，加鞭疾去。那马儿犹在厩中喘息，早已汗流浃背的驿吏却还得披星戴月，甚至冒着战火流矢驰往长安。古驿30到60里一设，从岭南到长安少说也得两三千里，得换多少匹快马，抽多少道重鞭，才能让新鲜如初的荔枝及时运达。所为只是让唐明皇博宠妃一笑！能不让人肠热齿冷，能不让人想起戏诸侯的褒姒，能不让人为那想必有不少累毙荒漠的人和马扼腕三叹！

当然，古驿的功能与价值决不止于满足帝王私情或"聊寄一枝春"，驿站是古代官办飞报军情，递送仪客、运输军需的机构。历代王朝都十分重视邮驿，称之"国之血脉"。故古代驿吏属国家编制的准军事人员。一遇急事和战情，则快马飞骑，八百里加急，驿路风尘，朝发夕至，完全与军事行动无异。若无它编织的通联网，帝王与统帅纵使能运筹于帷幄，又岂能决胜于千里之外？

孟城驿始建于明洪武八年。原规模宏大，除驿站本身的牌楼、照壁、鼓楼、厅房、库房、廊房、马房等外，临里运河堤有迎饯宾客的皇华厅，驿内有秦邮公馆，驿北有驿丞宅等房屋。驿站东南有驿马饮水地的遗址，盛时畜有良马数百匹，好一派车辚辚而马啸啸的壮观景象。是我国古代南北大动脉——京杭大运河上的一处重要驿站。对研究我国古代邮政、交通、水利史具有科学、艺术、历史和文物价值。高邮市对该驿进行了良好的规划与保护，并举办"古孟城驿"史料展览。她的存在，更明确地佐证了将自己名字与邮传联系在一起的高邮市，因"邮"而生，因"邮"而兴，一支"邮"字歌，从古唱到今的独特个性。

而今，社会已进入电子信息时代，驿站似已退出了历史。其实不然。那密布世界各地由路由交换设备和机站构成的因特网和移动通讯网，岂不就是别一种形式的"驿站"？而孟城驿的存在，也如一块昭示古代文明的活化石，生动存储着祖先的悲欢离合，永久传递着历史的暮鼓晨钟。